Eri Pfeffer

Adlerschießen

Eri Pfeffer

Adlerschießen

Ein Oberschwaben-Krimi

Silberburg-Verlag

Eri Pfeffer, geboren 1966 mitten in Ravensburg, studierte Psychologie, war im Verlagswesen tätig und arbeitet seit zehn Jahren im Seminarmanagement für Beratung und Lebenshilfe. Sie ist verheiratet, Mutter von vier Kindern und lebt heute in Göppingen. Nach Ravensburg kommt sie übrigens mindestens einmal im Jahr – nämlich zum Rutenfest!

1. Auflage 2011

Lektorat: Stefan Marschall, Reutlingen.
Umschlaggestaltung: Wager ! Kommunikation, Altenriet.
Druck: CPI books, Leck.
Printed in Germany.

ISBN 978-3-8425-1153-8

1. Tag
– Sonntag –
Noch fünf Tage bis zum Rutenfest

1

Der hohe weiße Turm ragte mächtig in den wolkenlosen blauen Himmel, so dass die Stadtfarben Blau-Weiß symbolträchtig über der sonntäglichen Stadt leuchteten. Es war ein klarer Julimorgen, genau 7.30 Uhr, als der dunkelgrüne VW Beetle auf den kleinen Besucherparkplatz bog. Nick Sailer stellte den Motor ab, warf einen prüfenden Blick in den Rückspiegel, atmete tief durch und stieg aus.

Überrascht stellte er fest, wie kühl es war – er meinte schon die erste Ankündigung des Herbstes zu riechen. Er blickte schnell über den kleinen Platz; um diese Zeit war diese Gegend hier menschenleer. Die alten Bäume standen still um die asphaltierten Flächen herum und das Wahrzeichen der Stadt, der Mehlsack, thronte in jahrhundertealter Würde auf der Rasenfläche zu seinen Füßen. Die Stille war dicht, undurchdringlich, und obwohl die Altstadt unmittelbar hinter den Bäumen lag, machte diese Ruhe Nick Sailer noch nervöser und er fing an, seine Fingergelenke knacken zu lassen. Langsam ging er jetzt in Richtung Mehlsack, sein Informant war nicht zu sehen. Ärgerlich dachte er daran, dass er sich an die Anweisung gehalten hatte, weder Fotoapparat noch Tonbandgerät mitzunehmen. Angespannt fuhr er sich durch die kurzen, blonden Haare, er schwitzte und sein Puls pochte in den Ohren.

»Halb acht«, hatte die Stimme gesagt, »seien Sie pünktlich. Ich habe die Beweise, die Sie brauchen. Sie erfahren dann, was ich als Gegenleistung von Ihnen erwarte.« Dieser Anruf hatte ihn gestern Nachmittag erreicht, Tanja war gerade in der Stadt. Die Stimme war verzerrt – im Klang weder Mann noch Frau. Aber er hatte immerhin noch so viel Instinkt, dass er anbiss. Beweise, das war es, was er jetzt dringend brauchte. Handfeste Beweise, die der mit Sicherheit drohenden Klage standhalten und ihn retten konnten. Schließlich hatte er sich diese ganze Geschichte nicht aus den Fingern gesogen, sondern nur über die Wahrheit geschrieben. War doch ihr Pech, dass sie ihn einfach so fallen gelassen hatten. Sein Pech allerdings, dass er nichts Konkretes in der Hand hatte, bevor er das Ganze in Buchform an die Öffentlichkeit zerrte. Und sein Anwalt hatte ihm deutlichst klargemacht, dass es ohne Beweise schwierig werden würde.

Deshalb war er ohne zu zögern auf das Treffen eingegangen und jetzt stand er hier: bestellt, aber nicht abgeholt. Er suchte mit den Augen den Weg zu seiner Linken ab, konnte aber niemanden sehen.

»Hallo Nick.« Überrascht fuhr er zusammen, *die* Stimme, seit Jahren nicht mehr gehört, seltsam vertraut und fremd zugleich. Er sah sich einer Person gegenüber, ganz in Schwarz gekleidet, bis hin zum Kapuzenpulli, der fast das gesamte Gesicht verdeckte.

»Du? Seit wann bist du hier? – *Du* hast die Informationen?«

Sein Gegenüber nickte, trat näher an ihn heran.

»Das ist eine Überraschung, ich weiß …«

Nick Sailer war immer noch völlig perplex, deshalb rührte er sich auch keinen Millimeter von der Stelle.

»Ich fasse es nicht …« Dann, mit rauer Stimme: »Was für Beweise hast du? Und was willst du dafür haben?«

»Das Einzige, was ich dafür haben will …« Eine Hand zuckte nach vorn; im selben Moment durchfuhr ihn ein stechender, durchdringender Schmerz. Impulse blitzten durch sein Gehirn: *linker Oberschenkel! Schmerz! Alarm!* Sein Blick fiel auf die weiße Jogginghose, die sich an seinem Oberschenkel dunkel färbte. Er fühlte eine warme Flüssigkeit an seinem Bein ... *Blut,* sein *Blut.* Verwirrt starrte er auf den rasch größer werdenden Fleck an seinem Bein, realisierte noch, dass ihn etwas Furchtbares aus dem Nichts der Ahnungslosigkeit angesprungen hatte und sackte stöhnend zusammen.

»... ist, dass du stirbst.« Diese Worte drangen als letzte Wahrnehmung durch die Wolke von Schmerz und Lähmung in sein Bewusstsein, sein Blick verlor sich im strahlend blauen Julihimmel und zu Füßen des mächtigen Wahrzeichens der alten Reichsstadt tauchte er ein in endlose Dunkelheit.

2

»Toter am Mehlsack« – gab es eine größere Katastrophe in dieser Stadt, als fünf Tage vor Beginn des Rutenfestes eine solche Nachricht zu bekommen?! Krautter stöhnte leise auf.

Die Stimme von Alex Tenhagen lärmte durch das Telefon, holte Kriminalhauptkommissar Max Krautter aus dem wohligen Halbschlaf des Sonntagmorgens brutal in die Wirklichkeit seiner Arbeit. Der Wecker zeigte 8.15 Uhr!

»Chef, soll ich Sie abholen oder kommen Sie direkt dorthin?«

Erstaunlich schnell kombinierte Krautter, dass er, wenn er sich denn abholen ließ, noch Zeit für einen Kaffee hatte! Kaffee versus Dusche – die Entscheidung fiel eindeutig zu Gunsten des Kaffees aus.

»Kommen Sie her und holen Sie mich ab«, kratzte seine Stimme ins Telefon, »ohne Kaffee bin ich nicht einsatzfähig, das wissen Sie genau. Die fünf Minuten brauch ich!«

»Alles klar, dann bis gleich«, das Grinsen in der Stimme seines jüngeren Kollegen war nicht zu überhören.

Fünfzehn Minuten und einen großen Kaffee später saßen beide in Tenhagens schwarzem Audi TT; seine Zusammenfassung war kurz und umfassend: »Kurz vor acht, genauer um 7.50 Uhr, ging der Anruf ein: Ein älterer Herr, der seinen Hund spazieren führte, kam am Mehlsack vorbei und fand den Toten auf der Wiese liegend vor. Hat nix angefasst, der Super-Hund auch nicht« – Tenhagen grinste – »und mit dem Handy, ja, mit dem Handy«, quittierte er den fragenden Blick des Älteren, »gleich angerufen.«

»Weiß man schon, wer es ist?«

»Jeder kennt ihn, sogar Sie. Es ist unser ›Autor des Monats‹, DAS Gesprächsthema Nr. 1 in dieser Stadt seit Wochen.« Krautter quittierte die launige Bemerkung mit einem leisen Knurren und hörte seinen Kollegen das laut aussprechen, was ihm durch den Kopf schoss: »Es ist unser mehr oder weniger beliebter, umstrittener und bekannter … Nick Sailer.«

Die beiden Kollegen, die seit zwei Jahren als Team arbeiteten, hatten in letzter Zeit schon verschiedenste Diskussionen wegen und über Sailer und dessen Buch mit dem bezeichnenden Titel »Hai-Society« geführt. Krautter, der Ur-Ravensburger, dessen Familie seit Generationen in der Stadt und ihrer Geschichte verwurzelt war, schimpfte über die fast schon blasphemische Nestbeschmutzung: Das Deckmäntelchen »aus Liebe zu dieser Stadt geschrieben« riss er jedes Mal empört in Stücke. Tenhagen, gebürtiger Mainzer, der erst seit drei Jahren in dieser jahrhundertealten »Metropole Oberschwabens« lebte, hielt das Ganze für ein recht aufschlussreiches, wenn auch nicht gerade objektives Sitten-, Geschichts- und Mentalitätsgemälde. Außerdem fand er Positives wie Negatives aus dem Buch im täglichen Umgang mit den Ravensburgern bestätigt. Daher war ihnen beiden der Name des Toten ein Begriff – Krautters Mitgefühl hielt sich aber arg in »professionellen Grenzen«, wie er nur zu gerne eingestand. Er war aber auch Profi genug, um diese Animositäten jetzt beiseite zu räumen und sich auf seine Arbeit zu konzentrieren.

Sonntagmorgens um diese Zeit waren fast keine Autos auf den Straßen, daher dauerte es nur fünf Minuten von Krautters Wohnung in der Friedhofstraße bis zum Parkplatz beim Mehlsack. Tenhagen parkte den Wagen parallel zum Streifenwagen, beide stiegen aus und hörten gleichzeitig die Trommeln.

»Was denn, auch am Sonntag?« Tenhagen zog irritiert und verwundert die Augenbrauen hoch. »Nicht mal da geben die Ruhe?«

»Na jetzt passet Se aber mol auf …« Krautter wollte gerade wieder einmal einen seiner Vorträge zum Rutenfest und der Vor-Rutenfest-Zeit sowie der Bedeutung der Trommlerkorps ablassen, als die Kollegen von der Streife sie zu sich winkten.

Tenhagen atmete erleichtert auf: Sonntagmorgen ohne Frühstück plus ein unausgeschlafener Krautter plus ein Vortrag übers Rutenfest wären selbst für seine Geduld eine zu harte Probe gewesen.

»Wer immer das auch war, das war kein Ravensburger!«, polterte Krautter. »Kein Ravensburger würde so was vorm Rutenfest machen, nie, auf gar keinen Fall!« Er kämpfte mit seinem Hemdkragen, um wenigstens nach außen einen guten Eindruck zu erwecken.

Die Kollegen von der Kriminaltechnik waren dieses Mal schneller gewesen – wie in einem gut einstudierten Theaterstück spielten sich eifriges Fotografieren, Absperren und Markieren ab. Regisseur und Hauptdarsteller zugleich war der Rechtsmediziner Dr. Klaus Brielmaier, Leiter der Abteilung und einer der wenigen engen Freunde, die Krautter hatte.

Sein geschulter Blick pickte den Doktor denn auch sofort aus diesem Ensemble heraus – der Pathologe stand etwa zwei Meter von der Leiche entfernt und sprach mit seiner Assistentin, einer atemberaubend schönen Frau. Die schlanke Endzwanzigerin war in einem ganz anderen Sinne polizeibekannt. Fast alle männlichen Kollegen rissen sich um den Gang in die Pathologie, wenn sie Dienst hatte, und beneideten den Doktor um diesen aufregenden weiblichen Faktor in seinem Berufsleben.

»Guten Morgen, Klaus, ist ja ein toller Einstieg in die Rutenfestwoche.« Die beiden Männer reichten sich freundschaftlich die Hand.

»Kann man wohl sagen – vor allem, wenn man bedenkt, wer das ist!« Er nickte zu dem schmalen Wiesenstück, auf dem die Leiche inzwischen mit einem Tuch bedeckt auf den Leichenwagen wartete.

»Ich weiß schon, Sailer … Sag mir doch bitte, dass er an einem Herzinfarkt gestorben ist!« Krautter spürte das Grummeln im Bauch, das ihm signalisierte: Es kommt nichts Gutes.

»Wenn ein präziser, gezielter Schnitt durch die Arteria femoralis, also die Oberschenkelarterie, als Herzinfarkt durchginge, wäre das ein natürlicher Tod. Aber da dem nicht so ist …« Dr. Brielmaier zuckte leicht die Schultern und hob die grüne Decke an, damit Krautter die tödliche Verletzung sehen konnte. »Ziemlich ungewöhnlich, ein sauberer Schnitt mit einem sehr scharfen Messer, oder eigentlich eher einem Skalpell, hat die Oberschenkelarterie glatt durchtrennt. Wenn ihr mich fragt, war das jemand, der sich gut in der Anatomie auskennt. Hab ich jedenfalls schon lange nicht mehr gesehen, mindestens seit …« Er fing an, zu überlegen und zu rechnen.

Doch Krautter polterte zwischen seine gedankliche Auflistung von Jahreszahlen.

»Ja, Doc, das kann dauern … kannst du ungefähr sagen, wann das passiert ist?«

Dr. Klaus Brielmaier nickte: »Ziemlich genau sogar, der Körper ist noch warm, nach der Lebertemperatur ist er ungefähr seit ein bis zwei Stunden tot. Aber Genaueres bekommst du wie immer ›N-d-O‹.«

»Jaja, nach der Obduktion, ich weiß.« Krautter schob seine Brille auf der Nase auf und ab, ein sicheres Zeichen für angestrengtes Nachdenken. Er suchte nach seinem Kollegen.

»Er hat noch alles bei sich, Portemonnaie, Ausweis, Schlüssel, Uhr et cetera, sagt die Spurensicherung.« Tenhagen kam gerade von den Kollegen zurück, die den Tatort weiter absicherten. »Also definitiv kein Raubmord. Oh, apropos … das da drüben ist laut Fahrzeugschein sein Auto.«

Krautter registrierte überrascht, dass sein sonst so ordentlicher Kollege seine Notizen kaum lesbar auf eine Serviette gekritzelt hatte.

»Sorry«, grinste dieser, »hab meinen Block vergessen, und Claudia, äh … Frau Rist, hat mir die hier ausgeliehen.« Er wedelte mit der Serviette.

»Na klasse, Ihnen ist auch keine Ausrede zu blöd, um mit einer Frau anzubandeln, gell! Ich rede noch kurz mit dem Mann, der ihn gefunden hat, dann fahren Sie uns zu Sailers Wohnung.«

Die drei Männer nickten sich zu, und Tenhagen schickte noch ein leises Winken in Richtung Claudia Rist, das allerdings ungesehen verloren ging.

Krautter ging langsam zu der kleinen Bank, auf der der Mann inzwischen saß, der den Toten gefunden hatte: Er war schätzungsweise Anfang 70, trug einen leichten grauen Sommermantel und einen passenden Hut. Der Langhaardackel zu seinen Füßen schien mit den gegebenen Umständen ganz zufrieden zu sein, offenbar lag er lieber, als dass er spazieren ging. Sein Umfang ließ zumindest darauf schließen. Von Tenhagen hatte er den Namen erfahren, Hellmuth Fischer, Professor Fischer. Krautter erkannte in ihm sofort seinen ehemaligen Lateinlehrer wieder, hütete sich aber, ihm das zu verraten.

»Herr Professor, guten Morgen, ich bin Max Krautter, Kriminalhauptkommissar bei der Polizeidirektion Ravensburg. Es tut mir leid, dass Ihr Sonntag so angefangen hat, und ich hoffe, Sie verstehen, dass wir Ihnen ein paar Fragen stellen müssen.«

Der Professor nickte lebhaft.

»Könnten Sie mir vielleicht kurz erzählen, was genau vorhin passiert ist?«

Hellmuth Fischer war zwar nicht mehr der Jüngste, aber sein Blick hatte noch immer jene durchdringende, blaue Intensität, an die Krautter schaudernd zurückdachte – *»Krautter, bilden Sie den Ablativus absolutus von … Na, kommt noch was? Nein, gut, setzen Sie sich und leisten Sie Abbitte bei der lateinischen Sprache!«* Selbst jetzt zog sich eine leise Gänsehaut seinen Rücken hinunter.

»Guten Morgen, Herr Kommissar, leider kann ich gar nicht viel sagen. Eigentlich hat Hilde ihn ja gefunden«, er zeigte auf den kaffeebraunen Langhaar-Dackel. »Wir kamen von da, vom Philosophenweg die Treppen runter. Sie ist mit einem Mal losgerannt, macht sie sonst nur noch selten, und hat gebellt, gebellt und gar nicht mehr aufgehört …«

Krautter wartete ab, doch Fischer schien nicht weiterreden zu wollen.

»Und dann?«

»Dann, dann bin ich hinter ihr her hierher auf die Wiese und hab ihn gesehen, und das Blut am Bein, die Augen … waren tot. Kenn ich, war mal Sanitäter … Hab Hilde dann zurückgerufen und die Polizei informiert. Tja, das war eigentlich alles.«

»Aufgefallen ist Ihnen niemand, jemand, der vielleicht weggerannt ist oder sonst noch zufällig vorbeikam?«

Bestimmt schüttelte der Professor den Kopf: »Nein, das nicht, ich hab zwar irgendwo ein Auto wegfahren hören, aber gesehen hab ich nichts, gar nichts und niemanden.«

»Gut, Professor Fischer, Sie haben uns ja Ihre Adresse und Telefonnummer gegeben. Falls wir noch Fragen haben, dann würden wir uns melden. Sie kriegen, denk ich, morgen Bescheid, wann wir Ihre Aussage protokollieren, dann können Sie sie unterschreiben.«

Der Professor war aufgestanden und überragte ihn noch immer um einen ganzen Kopf. Sein Blick schien sich an Krautter festzusaugen. »Krautter, ja? Maximilian Theodor Krautter? Doch – manche Schüler behält man im Gedächtnis!«

»Ja, Herr Professor, und manche Lehrer auch!«

3

Als Krautter seinen Kugelbauch auf den Beifahrersitz des Audis zwängte, hatte Tenhagen die Adresse des Toten bereits in das Navigationsgerät eingegeben.

»Oh, dieses neumodische Zeugs«, raunzte Krautter und konnte sich eine abfällige Handbewegung Richtung Navi nicht verkneifen. »Zu meiner Zeit kannte man noch alle Straßen auswendig.«

»Tja, die Ravensburger Straßen kenne ich ja auch inzwischen. Aber leider wohnt er nicht in der Stadt, sondern in Torkenweiler.« Tenhagen gluckste regelrecht vor Vergnügen.

Torkenweiler war einer jener Ravensburger Vororte, die zwar mittlerweile mit der Stadt zusammengewachsen waren, aber doch nie wirklich dazugehören würden.

»Na klasse, wohnt nicht mal in Ravensburg, schreibt aber drüber«, brummelte Krautter vor sich hin.

»Tja, wahrscheinlich waren ihm die Mieten in der Stadt zu hoch«, konterte Tenhagen, wie immer entschieden zu gut gelaunt für diese Uhrzeit und den Anlass.

Nach gut zwanzig Minuten hatten sie die Adresse zwar gefunden, aber zwischen dem Parkplatz oben an der Straße und der Wohnung selbst lag eine schmale Treppe, die sich eingerahmt von einer Hainbuchenhecke ins Unendliche nach unten zu erstrecken schien.

»Was wetten wir, bestimmt ist es die letzte Wohnung am Ende dieser Treppe.« Krautter schauderte jetzt schon beim Gedanken, hier wieder hochsteigen zu müssen.

»Tja, Chef, so ein bisschen Joggen wär halt nicht schlecht, nicht nur wegen der Kilos, sondern auch fürs Herz und so. Apropos …«

»Es ist Sonntagmorgen, halb zehn, ich hab Hunger und ganz bestimmt keine Lust auf Vorträge zum Thema ›Trimm dich fit‹! Außerdem – solange der Amtsarzt sagt, alles im grünen Bereich …«

Den restlichen Satz ließ Krautter unausgesprochen und konzentrierte sich lieber auf die unzähligen Stufen, die vor ihm lagen. So verdrängte er auch besser seine Erinnerung daran, dass der Amtsarzt ein großes Aber hinter diese Bemerkung gesetzt hatte. Konnte er denn was dafür, dass er die schwäbische Küche fast ausnahms- und bedingungslos liebte?!

Nach 50 Stufen – fünf Absätze mit jeweils zehn Stufen! – gelangten sie endlich zur Haustür, auf der ein pinkfarbenes Türschild den Besucher mit schrillen grünen Lettern darauf hinwies: »Hier wohnen Tanja und Nick Sailer.«

Da der Vormittag ja eigentlich schon hinter ihnen lag, konnte man getrost annehmen, dass sie niemanden mehr im Tiefschlaf überraschen würden – selbst wenn kein Kirchgänger als Maßstab diente. Tanja Sailer gehörte offensichtlich nicht zu den sonntäglichen Kirchgängern, denn als sie nach fünf Minuten Sturmklingeln endlich die Türe öffnete, trug sie nur einen pinkfarbenen Bademantel und karottenrote Strubbelhaare – ein umwerfender Kontrast, den die beiden Männer mit großen Augen und einem tiefen Atemzug quittierten.

»Was?«, fauchte sie wie eine aufgeschreckte Katze, »ich gebe keine Interviews und außerdem ist Sonntag, ihr Idioten!«

Instinktiv hatte Tenhagen seinen rechten Fuß über die Eingangsschwelle geschoben – was ihm allerdings einen schmerzenden Zeh einbrachte, als Tanja Sailer die Tür wütend zustoßen wollte.

»Frau Sailer! Wir sind von der Polizei!«, dröhnte Krautter mit gewaltiger Bass-Stimme, die so überhaupt nicht zu seiner geringen Körpergröße passte.

In ihrem Gesichtsausdruck schwankten jetzt Wut und Überraschung. »Polizei? Hat ihn jemand angezeigt?«

Mit Formen der Höflichkeit schien diese Frau nicht gesegnet zu sein. Krautters Meinungsbild begann sich weiter zu verfestigen.

»Könnten wir vielleicht kurz reinkommen? Es wäre mir lieber, wenn wir nicht hier draußen reden müssten.«

Nachdem sie ihre Ausweise eingehend inspiziert hatte, ließ Tanja Sailer die beiden Männer widerstrebend eintreten – und den Grund dafür konnten sie gleich sehen: Die Türen, die von dem dunkelgrünen Flur abzweigten, standen bis auf eine alle offen und breiteten die komplette Unordnung der Zimmer dahinter schamlos aus. Auch das Wohnzimmer, in das der Flur mündete und das eine umwerfende Aussicht weit über das Schussental bot, präsentierte sich als heilloses Chaos. Statt übers Schussental wanderten ihre Blicke über Berge von getragener Kleidung, ungebügelter Wäsche, Zeitschriften und Zeitungsteilen sowie Geschirr in allen Formen und Farben. In der ganzen Wohnung hing kalter Rauch in jeder Ecke und in jedem Winkel wie unsichtbare Spinnweben.

»Tschuldigung, kam gestern nicht zum Aufräumen«, murmelte Tanja Sailer ertappt. Sie schaufelte hastig ein Sofa frei und setzte sich gegenüber auf den Couchtisch, was zum Absturz von mindestens 20 gestapelten Zeitschriften führte.

»Frau Sailer, Nick Sailer, ist das Ihr Mann oder Ihr Bruder?« Krautter wollte sichergehen.

»Nick? Mein Mann natürlich, wieso?« Sie angelte nach einem blauen Päckchen Gauloises Blondes und Streichhölzern.

»Sie vermissen ihn nicht? Wussten Sie, dass er heute Morgen schon in der Stadt war?«

»In Ravensburg? Neee, ik dachte, er pennt noch drüben im Arbeitszimmer …« Die beiden Männer tauschten einen Blick aus. »Warten Sie, ich seh mal nach …« Sie ging den Flur entlang, öffnete die einzige geschlossene Türe und meinte ratlos: »Er is nich da, komisch, sonst steht er eigentlich nie vor zehn auf, schon gar nich am Sonntag.«

Krautter war aufgestanden, Tenhagen auch.

»Warum sind Sie hier?« Durch den Rauch sah sie die beiden Männer jetzt direkt und voller Misstrauen an. »Ist er verhaftet worden, hat ihn jemand angezeigt?«

»Frau Sailer«, Krautter holte tief Luft, diese Nachricht war immer noch am schwersten zu überbringen, »Ihr Mann ist heute Morgen in Ravensburg, am Mehlsack, zu Tode gekommen. Wir müssten Sie bitten, mitzukommen, damit er identifiziert werden kann.«

Krautter hatte während der letzten Jahrzehnte die verschiedensten Reaktionen auf eine solche Nachricht erlebt, meist wiederholten sie sich: Tränen, Zusammenbrüche, Schweigen – aber Tanja Sailers Reaktion war selbst ihm neu.

Sie stand auf, murmelte nachdenklich: »Okay, ja, gut, danke«, drückte die Zigarette aus, ging in die Küche und fing an, das schmutzige Geschirr in die Spülmaschine einzuräumen, wischte den Tisch ab und putzte die Arbeitsplatte.

Fünf Minuten lang hörten die beiden Männer dem Konzert aus der Küche zu, bis Tenhagen es im Wohnzimmer nicht mehr aushielt. »Frau Sailer«, er stand unter der Küchentür, »können wir etwas für Sie tun? Möchten Sie sich nicht lieber setzen? Oder sollen wir jemanden anrufen, der sich um Sie kümmert?«

»Nein, alles okay, deswegen muss sich keiner kümmern.« Sie legte das Trockentuch zur Seite. »Wissen Sie, es war eigentlich aus zwischen uns, wir lebten hier nur noch zusammen, um für seine Familie den Schein zu wahren.« Sie sah die beiden Männer direkt an: »Ich zieh mich mal an – und dann können wir die Sache erledigen.«

»Hätten Sie was dagegen, wenn wir uns im Arbeitszimmer Ihres Mannes umsehen? Vielleicht finden wir einen Hinweis darauf, was er in der Stadt wollte? Er hatte doch bestimmt einen Kalender oder einen Computer?«

»Ja, nee, klar … sehen Sie sich ruhig um. Der Rechner ist auf Standby, einfach klicken. Seine Termine finden Sie im Google-Kalender.«

Tenhagen setzte sich auf den wackeligen Schreibtischstuhl, der schon bessere Tage gesehen hatte und erweckte den Apple iMac zum Leben. Es dauerte keine Minute, dann hatte er den Kalender und die aktuelle Wochenübersicht auf dem

Desktop. »Mal sehen …« Er scrollte langsam über die einzelnen Tage. »Hmmm … also gestern, am Samstag, hatte er zwei Außentermine in Lindau. Dann noch einen Friseurtermin und ›Rundel Möbel anschauen‹. Für heute steht leider nix drin.«

»Na, wenn er seinen Kalender immer so penibel geführt hat«, kommentierte Krautter, »dann platzte der Termin wohl ziemlich kurzfristig rein – oder vielleicht wollte er ihn auch absichtlich nicht für jeden lesbar hinterlassen.«

Krautter sah sich rasch und professionell in dem kleinen Raum um. Alles beherrschend wirkte der große Schreibtisch aus schwerem dunklem Holz, der so gar nicht zu den billigen Regalen und dem windigen Aktenschrank passen wollte. In einer Ecke trauerte ein Ficus Benjamini vor sich hin und die Deckenlampe bestand aus einer einsamen, nackten Glühbirne. Ein altes Klappsofa mit karamellfarbenem Cordsamtbezug wurde offensichtlich als Bett benutzt. Die einzige freie Wand zierte eine Metalltafel, auf der mit Magneten Tausende Zettel unterschiedlichster Größe, Form und Farbe ein modernes Mosaik bildeten.

Krautter trat näher und betrachtete interessiert das Zentrum: ein Farbfoto in DIN-A5-Größe, datiert »Dreikönigstreffen 2009«. Aber das wirklich Interessante war, dass Krautter nicht nur Nick Sailer auf dem Foto erkannte, sondern auch die drei Männer, die Arm in Arm mit ihm posierten. Der Anwalt, der Architekt, der Bankier … die logische Reihenfolge konnte er ja verstehen. Aber was um alles in der Welt hatte Sailer mit denen zu tun?

»Und? Was Interessantes gefunden?« Tanja Sailer lehnte am Türrahmen, sie trug eine rote Jeans, dazu ein grünes Oberteil und erinnerte Krautter irgendwie an eine Verkehrsampel.

»Sagen Sie, Frau Sailer, was hat das zu bedeuten? Kannte Ihr Mann diese Herren?«

Ein hasserfüllter Ausdruck huschte über ihr Gesicht wie Wolken im Sturm und war sofort wieder verschwunden. Die

Gleichgültigkeit kehrte zurück, aber ihr Blick war nicht mehr ganz so teilnahmslos.

»Diese ›hohen Herren‹«, ihre Stimme klang zynisch, sie räusperte sich, fuhr fort: »Nick kennt sie von früher, von der Schule und vom Trommlerkorps. Damals hätte man sie noch als unzertrennliches Quartett verkaufen können. Vor allem als Nick noch der reiche Sohn des bekannten Autohändlers war, haben ihn diese drei gern zu Geschäftsessen mitgenommen und er lernte 'ne Menge wichtige Leute kennen. Sie wollten ihn auch an diesem Hotelprojekt beteiligen, da ist letztes Jahr auch dieses Foto gemacht worden. Aber als er dann kein Geld mehr hatte und auf sie anjewiesen war, ham se ihn fallenjelassen wie 'ne heiße Kartoffel. Seither ham wer nix mehr von denen jehört oder jesehen.« Die Aufregung ließ ihren Berliner Dialekt durchbrechen, ihre Augen funkelten jetzt vor Wut. »Die hätten uns so leicht helfen können, aber keiner war mehr da, keiner. Nick hat dann als Fotograf jearbeitet, na ja, hat nich viel jebracht. Und das Einzige, was uns von damals noch geblieben ist, ist dieser blöde Schreibtisch!« Wütend schleuderte sie die Streichholzpackung auf das unschuldige Möbelstück. »Können wir jetzt gehen?!«

4

»Qui tacet, consentire videtur!« Ein zufriedenes Lächeln begleitete die gemurmelten Worte. »Oh ja und ihr habt ja *anscheinend* alle zugestimmt – aber vor allem geschwiegen.«

Die Worte, laut ausgesprochen, hallten erschreckend tief und dumpf in der fast leeren Wohnung. Außer dem Bett und einem uralten Fernseher mit künstlicher Holzapplikation befand sich in diesem Zimmer nur noch eine große, überdimensionale Pinnwand – das Licht des strahlenden Julitages fiel durch die schräg gestellte Jalousie und warf Blöcke aus Licht und Schatten darauf. Fotos waren darauf festgesteckt wie Schmetterlinge im Schaukasten, farbige und schwarz-weiße. Die Kopien, die Zeitungsartikel – das waren die Motten, die farblosen Falter. Die alten Farbfotos und die neuen aus dem Internet – waren die prachtvollen, farbenprächtigen Tagpfauenaugen, Admirale, Fuchsschwänzchen. Die beiden Herzstücke der ganzen Sammlung, dieser Komposition aus Vergangenheit und Gegenwart, waren das Foto eines jungen Mädchens, strahlend, lachend, glücklich, und die Todesanzeige, die zu diesem Mädchen gehörte – schwarz-weiß, eine zerbrochene Rose oben links, daneben: »*Sie ging, bevor es Abend wurde.*«

Darunter hing in Plakatgröße der Spruch von Bonifatius VIII.: »Qui tacet, consentire videtur!«

Einer der prachtvollen Schmetterlinge, ein Foto aus dem Internet, hing säuberlich festgepinnt oben rechts an der Wand. Vier Männer mittleren Alters, gut gekleidet, lächelten zufrieden in die Kamera – unverbindlich, wohl wissend, wer sie waren ... Die Unterschrift lautete: »Zuschlag für neue Partnerschaft: Größtes Bauprojekt der Stadt so gut wie unter Dach und Fach«.

Datiert war der Artikel mit »07.01.2009« – das war der Tag, der für die abgebildeten Männer der Anfang vom Ende sein sollte. Der schwarze Filzstift seufzte leise über das weiche Papier, das seine Farbe aufsaugte. Ein Gesicht wurde umkreist und mit einem Kreuz ausgeixt: Nr. 1 erledigt!

5

Alex Tenhagen hatte es übernommen, mit der immer noch merkwürdig kühl wirkenden Frau Sailer die Fahrt in die Gerichtsmedizin zu machen. Dafür setzte Max Krautter sich in ihrem gemeinsamen Büro in der Rudolfstraße an den Computer, um einen ersten Bericht zu tippen. Die Juli-Sonntagssonne schien voll durch die beiden Fenster und er konnte einzelne Staubflummselchen in der Luft tanzen sehen. Lust zu arbeiten hatte er nicht wirklich. Seine Mutter hätte jetzt gesagt, da liegt sowieso kein Segen drauf. Schließlich kapitulierte er vor seinem knurrenden Magen und beschloss, mittagessen zu gehen.

In diesem Moment kam Tenhagen ins Zimmer, schüttelte den Kopf. »So was Eiskaltes hab ich selten gesehen! Hat ihn identifiziert, ratzfatz, und mich dann gebeten, ihr ein Taxi zu rufen. Fünf Minuten höchstens haben wir gebraucht. Das Letzte, was sie noch wissen wollte, war, wann sie das Beerdigungsinstitut informieren kann. Echt, kalt wie 'ne Hundeschnauze im Winter!«

»So trauert jeder auf seine Weise und mancher wohl gar nicht … Kommen Sie mit? Ich hab Riesenhunger – gehen wir zum Italiener rüber?!«

Da Alex Tenhagen zur Zeit in keiner festen Beziehung lebte und Krautter ebenfalls Single war, warteten zu Hause weder Frau noch warmes Essen und so machten sich die zwei Kollegen auf den Weg in die Eichelstraße zum »Italiener«, den sie beide gerne mochten. Es war Sonntagmittag, schönstes Sommerwetter und daher kein Wunder, dass noch einige andere Ravensburger dieselbe Idee hatten. Aber Signore Martinelli, der Chef, organisierte trotzdem noch einen kleinen Tisch für sie beide.

Nachdem ihr Mittagessen und der leichte Tafelwein serviert worden waren, versuchte Krautter eine erste Zusammenfassung: »Also, was haben wir bis jetzt? Einen Toten, offensichtlich ermordet, der als so genannter Buchautor die Region unsicher machte, und dadurch für ziemliche Unruhe sorgte. Theoretisch könnte der Täter aus Gründen der Rufschädigung aktiv geworden sein, was meinen Sie?«

»Ich weiß nicht.« Alex Tenhagen stoppte in der Bemühung, Tagliatelle um seine Gabel zu winden. »Sailer hat zwar ziemlich Staub aufgewirbelt und einige der Herren ganz schön angeschwärzt, aber … war ja alles fiktiv und ob das jetzt so weitreichende Folgen hat für die – ich weiß nicht …«

Er gab die Wickelaktion auf und schnitt entschlossen die Nudeln mit einem Messer klein.

Krautter schüttelte den Kopf: »Aber vergessen Sie nicht, Kollege, wir sind hier in Ravensburg, Oberschwaben, und da ist es nicht so wie in Stuttgart oder München oder Mainz. Wenn man hier einem auf die Füße tritt, dann merken das mindestens noch zwei andere …«

»Filz in der City«, quetschte Tenhagen zwischen Nudeln und Lachsstücken heraus, »und Sie glauben, dafür wollte sich jemand rächen?«

»Na ja, wenn dadurch das Großprojekt Veitsburg platzt, verlieren zumindest drei der Hauptbeteiligten eine Menge Geld – es sind ja wohl schon erhebliche Zahlungen geflossen und die Planung kostet ja auch 'ne Stange Geld. Na ja, und wenn jetzt die Baugenehmigung nicht erteilt wird, weil Vetternwirtschaft vermutet wird … dann ist das auch für diese Herren viel Geld, was die Schussen runterschwimmt. Außerdem« – er zeigte auf Tenhagens Teller – »sollten Sie endlich mal 'nen Kurs bei der VHS machen: ›Wie esse ich italienische Teigwaren‹, das ist nicht zum Anschauen, wie Sie die massakrieren. Aber vielleicht gibt's bei euch im Norden ja gar keine Pasta.«

»Ne, da gibt es nur Nahrungsmittel, die sich freiwillig essen lassen, ohne dass man erst mit ihnen kämpfen muss!«

Nach diesem Geplänkel, das sich in schöner Regelmäßigkeit wiederholte, drehte sich der Rest ihrer Unterhaltung um die Planung des nächsten Tages und – natürlich – um das bevorstehende Rutenfest.

»Es ist echt völliger Mist, einfach en Käs, dass das jetzt grad so direkt vorm Rutenfest passiert!« Krautter kippte einen großen Schluck Rotwein hinunter und goss den Rest der Flasche in sein Glas. »Hoffentlich bläst die Presse das nicht groß auf, sonst haben wir nicht nur den OB an der Backe.«

Den Nachmittag wollte Krautter eigentlich mit einer seiner Lieblingsbeschäftigungen zubringen: mit Kaffee und Kuchen in einem Buch von Jane Austen versinken, sich verlieren in längst vergangenen Zeiten und Schicksalen.

Seine Nachbarin kümmerte sich seit dem Tod seiner Mutter vor fünf Jahren rührend um ihn; sie war in ständiger Sorge, dass er verhungerte oder im Dreck erstickte. Deshalb kam sie einmal die Woche und räumte seine Drei-Zimmer-Wohnung auf, machte die Kehrwoche und warf ordnungshalber auch immer wieder einen Blick in seine Gästewohnung, die zwei Stockwerke drüber lag. Außerdem bekam er regelmäßig samstags selbstgebackenen Kuchen fürs Wochenende. Krautter genoss diese Fürsorge, denn sie hatte zwei entscheidende Vorteile gegenüber der seiner eigenen Mutter: räumliche Distanz und keine Fragen und Diskussionen zum Thema Heirat und Schwiegertochter. Von Jane Austen wusste allerdings nur sein bester und ältester Freund, der morgen zu Besuch und damit nach Jahrzehnten das erste Mal wieder nach Ravensburg kommen würde. Oliver konnte seine Vorliebe für diese Autorin verstehen und zog ihn manchmal damit auf. Aber nie, und darauf konnte Krautter sich verlassen, niemals würde er sich darüber lustig machen, ganz im Gegenteil zu seinen Kollegen, deren Sprüche er sich nur zu gut vorstellen konnte. Deshalb hütete er sein Geheimnis sorgsam und stellte die Bücher nur in den geschlossenen Teil seines Bücherregals. Jetzt aber saß er in sonntäglichem Frieden in seinem Hängesessel im Schatten auf der Terrasse, hatte die Kanne mit frischem Kaffee und ein großes Stück Apfelkuchen neben sich und versuchte bereits zum dritten Mal vergeblich, sich auf Jane Austen zu konzentrieren. Die Buchstaben bildeten einen weiten Himmel, in dem seine Gedanken sich selbständig machten und zwar in eine Richtung, die ihm gar nicht gefiel.

Seufzend gab er schließlich auf, holte das »Machwerk«, wie er es abschätzig titulierte, aus dem unterem Regal und ließ sich in die fiktive, gar nicht schöne und auch nicht glücklich endende Geschichte der »Hai-Society« hineinnehmen. Selbstverständlich waren die obligatorischen Hinweise abgedruckt, von wegen »erfundene Geschichte«, »jede Ähnlichkeit mit lebenden Personen oder Sachverhalten rein zufällig und nicht beabsichtigt.«

»Hohn und Spott, so ein Lettengschwätz«, brummelte er, »freilich kennt man die alle!«

Ihn als alteingesessenen Ravensburger konnten die veränderten Namen, leicht abgewandelten Schauplätze und auch das Großprojekt »Industrieanlagenbau« nicht täuschen. Er wusste genau, dass von den einflussreichsten und ältesten Familien der Stadt und dem Hotelprojekt oben an der Veitsburg die Rede war. Sicher, auch er war nicht dafür, einen 100-Betten-Koloss an einem der historischsten Plätze der Stadt zu errichten. Aber er vertraute auch und immer noch auf die drei funktionierenden Stützpfeiler Bürokratie, Ordnung und Demokratie, die sicher dafür sorgen würden, dass dieses Hotel niemals gebaut werden dürfte. Allerdings hatte auch ihn die Nachricht überrascht, dass vier der umstrittenen, seit Jahrzehnten als unverkäuflich eingestuften Grundstücke vor einigen Monaten »plötzlich« zum Verkauf freigegeben worden waren. Die Verantwortlichen im Stadtrat wussten Näheres, rückten aber noch nicht damit heraus. Da konnte man selbst als wohlwollender Bürger schon sehr nachdenklich werden.

Krautter war nach dieser Lektüre einfach nur grantig, pfefferte das Buch wieder zurück in das Regal-Souterrain, holte sich ein Bier und verbrachte den Abend in seinem Lieblingssessel zwischen einem Single-Chatroom und dem rituellen Fernseh-Tatort am Sonntagabend.

2. Tag
– Montag –
Noch vier Tage bis zum Rutenfest

6

Die Bahnhofsgegend Ravensburg hatte sich auf der Ostseite in den letzten Jahren enorm verändert, ehrlicherweise musste man sagen: verbessert – was im Blick auf früher allerdings auch nicht schwer war. Durch den Neubau der gigantischen »Bahn-Stadt« mit ihrem riesigen Büro- und Wohnungskomplex wurde das Gelände vor dem Bahnhof komplett neu gestaltet.

Auch im Innern hatte endlich die Neuzeit Einzug gehalten. Der nüchterne Charme der marmorbeplatteten Haupthalle mit dem grauen Schatten der abmontierten Uhr wurde wohltuend durch das kleine Bahnhofscafé aufgelockert. Auch auf der Westseite hatte sich einiges getan: Der Fußgängersteig über die vier Gleisstränge war verschwunden; für die Wartenden gab es endlich überdachte Sitze, so dass sie nicht mehr ungeschützt der Witterung ausgesetzt waren. In Richtung Schwanenstraße wurde das Bahnhofsgelände von der riesigen Treppe beherrscht, die die Reisenden in die Tiefen der neugebauten Unterführung leitete. Und dennoch war der Anblick des Bahnhofes vom einfahrenden Zug aus vertraut, scheinbar unverändert.

Deshalb glich der erste Schritt auf den Bahnsteig dem Eintritt in ein Star-Trek-Wurmloch. Dr. Oliver Eishold hatte das Gefühl, mit einem Schlag zurück in das Jahr 1988 versetzt worden zu sein. Alles sah noch fast so aus wie damals – hinter ihm die großen Gebäude und Hallen von Voith und ehemals

Raiffeisen, das Gebäude vor ihm, das auf den ersten Blick kaum verändert schien: Präzise erinnerte er sich noch an den Tag, als er hier auf den Zug wartete, der ihn von dieser verdammten Stadt und den schrecklichen Erlebnissen wegbringen sollte. Dieser Morgen hatte sich in sein Gedächtnis eingegraben und als er jetzt auf diesem Bahnsteig stand, konnte er noch immer die Wut, den Schmerz, die Hilflosigkeit – die Leere fühlen, die ihn damals gepackt hatten. Er kam nicht gerne hierher zurück, schon gar nicht zu dieser Zeit – er hasste den Anblick der Fahnen auf den Türmen, die das nahe Rutenfest ankündigten. Wieder fragte er sich, warum er sich nur hatte breitschlagen lassen und die Organisation ihres 25-jährigen Abi-Jubiläums mit übernommen hatte. Max war eben wie immer sehr überzeugend gewesen …

Mit einem tiefen Atemzug befreite er sich aus dem Sog der Vergangenheit und angelte seinen Trolley und die Laptoptasche vom schmutzigen Boden. Langsam ging er auf das nach wie vor schmucklose Bahnhofsgebäude zu, als wollte er der Stadt und sich Zeit geben, sich auf diesen Moment des Wiederbegegnens einzustellen. Als er auf der anderen Seite hinaus auf den sonnigen Vorplatz trat, traf ihn der Anblick des Komplexes mit voller Wucht – er traute seinen Augen fast nicht, als er die riesigen Gebäude sah, und fragte sich, was denn dort untergebracht worden war.

Das aufgeregte Hupen eines uralten, roten Fiat 126, der direkt vor ihm in der absoluten Park- und Halteverbotszone zum Stehen kam, holte ihn endgültig in die Gegenwart zurück.

Max Krautter wickelte sich hinterm Lenkrad hervor, winkte ihm zu und rief lautstark: »Oliver! Super …« Er rannte fast – bei Krautters klein-kugeliger Statur ein ausgesprochen witziger Anblick – auf den Ankommenden zu und drückte ihm herzlich die Hand. »Na, ist das ein Timing, genau richtig – und dein privater Limousinenservice steht dir in den nächsten fünfzehn Minuten zur Verfügung.«

»Limousine? Okay – ich dachte, du hättest dir jetzt endlich ein richtiges Auto gekauft.« Die beiden Männer verstauten das Gepäck und Oliver faltete seine 1,90-Größe in das kleine Auto.

Krautter grinste, als er diesen Amateur-Akrobatik-Akt sah: »Das ist ein richtiges Auto, wenn man die richtige Größe hat!«

Dieses Spiel wiederholte sich seit Jahren jedes Mal, wenn Oliver in Krautters Fiat klettern musste. Max hing an diesem Auto, noch nie hatte es ihn im Stich gelassen. Deshalb würde er es auch auf keinen Fall für so etwas Banales wie eine Abwrackprämie verraten, auch wenn Tenhagen ihn immer wieder darauf anspitzte. Und Oliver kannte seinen Freund lange genug, um zu wissen, dass hier mit rationalen Argumenten kein Land zu gewinnen war.

»Wenn du erst mal wieder hier wohnst, dann kauf ich mir ein richtiges Auto. Bis dahin … musst du mit ihm hier zufrieden sein.« Den Freunden war klar, dass das noch in ferner Zukunft lag. »Themawechsel – ich hab leider nicht viel Zeit … ein Mordfall, ganz heikle Sache, bekannter Mann und das kurz vorm Rutenfest. Ich fahr dich in die Wohnung und überlasse dich dann einfach deinem Schicksal.«

»Ist doch okay, ich muss mich ja auch erst mal akklimatisieren, zwei Stunden Bahnfahrt in meinem Alter sind auch nicht mehr ohne.« Oliver sah seinen Freund prüfend an. »Nach deinen Sorgenfalten zu schließen, wirklich 'ne heikle Geschichte.«

Max Krautter nickte. »Ich kann dir vielleicht später was erzählen – essen wir heute Abend zusammen?«

»Meinst du denn, du kannst es einrichten?«

»Na aber sicher, für dich doch immer!« Die beiden grinsten sich an. »Wohin willst du?«

Oliver überlegte kurz. »Humpisstube?«

»Geht klar, treffen wir uns um sechs Uhr dort? Ich hoffe, du weißt schon, was du anziehst, sonst muss ich wieder so ewig auf dich warten! Hei, den Fahrer während der Fahrt nicht körperlich angreifen!«

Krautter hatte es wirklich eilig, Oliver abzusetzen und zum Dienst zu kommen. Er raste durch Tempo-30-Zonen, bog ab in Einbahnstraßen, die zu Olivers Zeit noch in umgekehrter Richtung befahren werden mussten, um schließlich in rekordverdächtiger Zeit in der Friedhofstraße auf dem Stellplatz vor seinem Haus zum Stehen zu kommen.

»Okay, also hier hast du die Schlüssel für die Wohnung, du kennst dich ja aus – ist alles wie immer.« Er half ihm beim Ausladen und schloss die Haustür auf. »Soll ich noch mit hochtragen helfen?«

»Quatsch, die zwei Teile schaff ich schon, geh schon.«

»Falls du was brauchst, Frau Schmied wird alles für dich tun.«

Zehn Minuten später stand Oliver in der sommerdurchfluteten Gästewohnung unterm Dach mit dem wunderbaren Blick über die benachbarten Häuser bis rüber zum Friedhof ... Es war eine ruhige, friedliche Stimmung, der Himmel ein bisschen bewölkt ... ganz genau wie DER Morgen, der Morgen, an dem Sina ... sein Herzschlag beschleunigte sich, als die Erinnerungen durch die Schichten seines Unterbewusstseins nach oben drängten. DER Morgen, als er durch Ravensburg lief, halb verrückt vor Angst, auf der Suche nach Sina. Sina, die sich nicht bei ihm meldete, mit der er zusammen frühstücken wollte, zur Feier des Tages im Café Bauer, aber sie war nicht gekommen, ihre Eltern krank vor Sorge, sogar der sich stets beherrschende Vater sagte mit leiser, brüchiger Stimme, die von einer schlaflosen Nacht zeugte: »Es tut mir wirklich leid, Oliver, aber Sina ist nicht nach Hause gekommen, sie ist einfach nicht nach Hause gekommen, wir wissen auch nichts ... gar nichts ... Sie ist einfach nicht nach Hause gekommen.« Oliver hatte aufgelegt, sich auf die Suche nach ihr gemacht, und auf dem Weg durch diese Stadt, die vor dem Rutenfest im Ausnahmezustand war, begleiteten ihn die Trommeln der Rutenfest-Trommlerkorps wie Samen eines Löwenzahns, hefteten sich an ihm fest, in seinen Ohren, seinem Kopf – Oliver drückte beide Hände auf seine Augen, rieb und drückte, massierte die Schläfen und öffnete endlich widerwillig die Augen. Er riss die Türen zur Dachterrasse auf, um nicht nur die stickige alte Sommerluft aus der Wohnung zu vertreiben. Da hörte er es, hörte sie – die Trommeln, allgegenwärtig in dieser Woche vorm Rutenfest. Sie schienen überall zu sein, die dumpfen Schläge wurden lauter, lauter, lauter, dröhnten und hallten in seinem Kopf wider, bis er es nicht mehr aushielt, auf die Knie ging und lautlos, tränenlos zusammengekrümmt auf den Holzdielen liegenblieb – sein Innerstes, die nicht heilen wollende Wunde, schrie nur ein Wort, ein einziges: SINA!

7

Eine halbe Stunde dauerte es, bis Oliver sich einigermaßen gefangen hatte und mit einer heißen Tasse Kaffee auf der Dachterrasse saß. Und an diesem Ort, in diesem Moment entschloss er sich zu dem Schritt, vor dem er seit Jahren weglief. Er würde Sinas Familie endlich aufsuchen, würde sich endlich ihren Vorwürfen und ihrer Kritik stellen. Wie hatte er nur so unverantwortlich sein können und sie an diesem Abend alleine gehen lassen? Hundert, nein tausend Mal hatte er sich diese Frage selbst gestellt und keine andere Antwort gefunden als die, dass er Max helfen wollte. Er wollte den Freund nicht im Stich lassen und musste dafür einen hohen Preis bezahlen. Sein ältester Freund, der an diesem Abend seinen Eltern erzählen wollte, dass ihn die Polizeischule angenommen hatte und er nun endgültig nicht in den elterlichen Steinmetzbetrieb einsteigen würde.

Oliver holte tief Luft, einmal, zweimal, dann stand er mit bleiernen Beinen auf. Er war jetzt unendlich froh, dass er sich für heute bei Gretel zu einem späten Mittagessen angemeldet hatte; der Fußmarsch zu ihrem Haus würde zumindest ein paar der dunklen Gedanken vertreiben. Ein Blick auf die Uhr zeigte ihm, dass er noch mehr als genug Zeit hatte; er verstaute in aller Ruhe seine Kleider im Schrank, baute den Laptop auf, rief seine Mails ab und beantwortete die dringendsten. Dann genoss er eine der ausgiebigsten Duschen seines Lebens.

8

Tanja Sailer drehte und wendete den abgerissenen Notizzettel hin und her – schließlich tippte sie energisch und entschlossen die Zahlenkombination in den Hörer ein.

»Es spielt keine Rolle, woher ich die Informationen habe; meine Quelle ist absolut sicher. Stichwort: ehemaliger Mitarbeiter.«

Heiser klang die Stimme aus dem Hörer, Rainer Raichle hielt ihn von sich weg, fast hatte er Angst, sie würde durch sein Ohr in sein Gehirn kriechen.

»Sie erheben da ganz schön schwere Vorwürfe, aber ... wenn es wirklich so sein sollte und ich tatsächlich, sagen wir mal, Informationen aus anderen Quellen kriegen sollte, was wollen Sie von mir? Geld?«

»Wie gesagt, nur ein Treffen, Auge in Auge, alles Weitere werden Sie dann erfahren.«

»Kein Geld? Keine ... sagen wir mal, Gefälligkeiten?«

»Nein, definitiv nicht. Kommen Sie einfach – aber alleine.«

»Patrizia, verbinde mich mit Dr. Hertkorn, schnellstmöglich!«

Die Gegensprechanlage quakte Patrizia Frey an. Irritiert vom panischen Unterton in der Anweisung ihres Chefs stellte sie die Verbindung her – schaltete jedoch die Mithörfunktion ein, bevor sie auflegte.

»Hör zu, Wolfgang«, die Stimme ihres Chefs flüsterte fast, »wwir müssen uns ddringend sehen. Iich bekam gerade einen

Anruf, dda will mich einer erpressen! Verdammter Mist, was sollen wir denn jetzt machen …«

»Wir?« Er konnte das Hochziehen der Augenbrauen förmlich durch das Telefon sehen. »Jetzt reiß dich mal zusammen. Das muss ja nix *damit* zu tun haben. Schließlich hast du ja noch andere Geschäfte am Laufen.«

»Aaber kkeine Geldforderung! Das ist doch eindeutig, oder it!« Wie immer, wenn er nervös war, fing Raichle an zu stottern und rutschte in den Dialekt seiner Kindheit. Er fuhr sich durch die schütteren, braunen Haare, stand auf, setzte sich wieder.

»Hast du zugesagt?« Die Stimme seines Schwagers waberte durchs Telefon in seinen Kopf.

»Was? Hä? Ja, klar hab ich zugesagt. Es gäbe Informationen, handfeste INFORMATIONEN, mein Freund, dass wir für die Grundstückskäufe private Beziehungen genutzt und Eigentümer massiv unter Druck gesetzt haben ... Und dass noch vorm Rutenfest alles an die Zeitung gehen wird, wenn ich nicht komme oder die Polizei einschalte!« Atemlos stoppte Raichle, wischte sich den Schweiß von der Stirn.

»Jetzt krieg dich endlich wieder ein, verflixt nochmal. Okay, pass auf, ich hab noch einen Termin, danach treffen wir uns um ein Uhr im Club. Anscheinend geht es ja nicht um dein Geld, das ist doch schon mal das Wichtigste für dich.« Das Lachen seines Schwagers klang hart und metallen durch den Hörer.

»Das ist nicht witzig – kannst du nicht mitkommen zu dem Treffen?!« Raichles Stimme war klebrig wie Grießbrei.

»Drehst du jetzt völlig durch? Was soll ich denn da? Dir Händchen halten? Jetzt mach dir nicht ins Knie und triff dich mit wem auch immer. Das schadet deinem Ruf sowieso nicht mehr.« Mit diesen Worten legte der Anwalt auf und ließ seinen Schwager grübelnd zurück.

Patrizia legte langsam den Hörer auf; sie kannte Raichle gut genug, um zu wissen, dass ihn diese offensichtliche Erpressung zutiefst beunruhigte. Seit sie vor wenigen Wochen ihre

Affäre mit ihm beendet hatte, wusste sie nur zu gut, dass er ein ausgemachter Feigling war. »Hauptsache, die Fassade stimmt und die Leute glauben's«, hatte sie ihm vorgehalten. »Nach außen hui und innen pfui – du denkst doch gar nicht dran, deine Frau und dein hübsch gemachtes Nest zu verlassen!«

Raichle wollte etwas erwidern, geriet aber ins Stottern und sagte schließlich gar nichts. Sie hatte recht, das wusste sie, und absolut keine Lust, mit diesem Schwächling ihre Zeit zu vergeuden – »Für dich zählen nur dein Name, dein Ansehen, dafür tust du doch alles. Und eine schmutzige Scheidung würde dich so ruinieren, dass du hier keinen Fuß mehr auf den Boden kriegen würdest. Und dein feiner Herr Schwager würde dafür sorgen, dass du garantiert in jedem Gremium rausfliegst und zur persona non grata in Ravensburg wirst! Du kuschst doch immer vor ihm – also geh und komm nicht wieder zu mir, wenn es dir schlecht geht und du einen Babysitter brauchst.«

Sie konnte seine Feigheit nicht ausstehen; allerdings sah sie keinerlei Notwendigkeit, nach der privaten auch die berufliche Trennung zu suchen. Sie hatte bei ihm eine hervorragend bezahlte Stelle als »persönliche Assistentin«, die ihr Gelegenheit für viele interessante Begegnungen und Informationen bot. Allerdings spürte sie die Bedrohung, die sich ausbreitete und von Raichle Besitz ergriff.

Während sie nachdachte, ob das Ganze auch ihre Position betreffen könnte, stürzte Raichle aus dem Büro, warf ihr ein »Ich bin im Club, nur im Notfall erreichbar« zu und rannte fast aus dem Büro.

9

Die Stimmung in Krautters und Tenhagens Büro war aufgeladen wie die Luft kurz vor einem schweren Gewitter. Der Aufmacher des Lokalteils:

hatte an diesem Morgen jeden Ravensburger angesprungen wie eine tollwütige Katze. Jetzt stand Krautter mit seiner dritten Tasse Kaffee am Fenster; die drückende Schwüle draußen nahm ständig zu und er hoffte, durch den Austausch von schwüler Luft drinnen gegen schwüle Luft draußen wenigstens ein bisschen Kühle aufzuschnappen. Er wollte sich gar nicht weiter ausmalen, was für ein Stimmungstief dieser Presse-GAU bei seinen Vorgesetzten auslöste – Krautter fluchte schon wieder lautstark vor sich hin und schob seine Brille die Nase rauf und runter.

»Alex, verdammter Mist, finden Sie bloß raus, woher die das so schnell hatten!«

Tenhagen hörte die Anweisung inzwischen zum zweiten Mal, hielt seine Tastatur hoch und erwiderte geduldig: »Bin dabei, bin dabei. Was halten Sie von der Idee, dass jemand von der KTU was dazuverdienen will und Infos an die Presse weitergibt?«

»Ja, und Sie schauen zu viel Krimis im Fernsehen«, konterte Krautter. Er spürte, wie sein Zorn sich in heißen Wellen ausbreitete und ihn zu überrollen drohte – seine Faust krachte auf den Tisch. »Das gibt es doch gar nicht! Es war doch keiner von der Presse in der Nähe! Ulla, Simone!« Seine Stimme rollte dunkel durch das Büro und brandete im Nebenzimmer an die Schreibtische seiner Sekretärin und seiner Assistentin.

Sie tauschten noch schnell einen vielsagenden Blick aus und eilten rüber zu ihrem Chef. Tenhagen räusperte sich vernehmlich – und für Krautter reichte dieses Signal, um das Überkochen zu verhindern.

»Diese Schmierfinken, einfach unglaublich: *Eine Woche vorm Rutenfest wird am helllichten Tag ein berühmter Autor mitten in der Stadt ermordet und was unternimmt die Polizei? Geht nach Hause zum Kaffeetrinken! Sind wir sicher – kann das Fest überhaupt stattfinden, wenn ein Mörder frei herumläuft?* Hat jemand von euch eine Ahnung, wer das gestern an die Presse gegeben hat?«

Beide schüttelten den Kopf und Krautter beförderte das Druckwerk in Tenhagens Papierkorb.

»Jetzt fehlt mir bloß noch, dass der Chef sich meldet, das wär dann die Krönung meines bisherigen Tages.«

Genau in diesem Moment schrillte Ullas Telefon; Tenhagen bedankte sich mit einer eindeutigen Geste für das Füllen seines Papierkorbs. Auf Krautters Schreibtisch surrte sein Telefon und er war mehr erleichtert als überrascht, als Ulla nicht seinen Chef, sondern Tanja Sailer durchstellte.

»Herr Kommissar, mir ist da noch was eingefallen, was Nick gesagt hat, als ich ihn am Samstag gesprochen hab. Vielleicht ist das ja wichtig ... aber ich weiß nicht, ob ich das so am Telefon ...«

»Sind Sie nachher zu Hause, Frau Sailer? Wir müssten sowieso noch ein paar Fragen abklären, dann könnten Sie es uns persönlich sagen. In einer Stunde bei Ihnen?«

Krautter legte auf, fing Tenhagens warnenden Blick auf und drehte sich um.

»Guten Morgen, Herr Krautter.« Die sonore Stimme von Dr. Carl-Friedrich Mühlberg schnarrte ihn an, er hasste das gestochene Hochdeutsch des Mannes, der ihm aus Frankfurt vor die Nase gesetzt worden war. »Obwohl er das eben nicht ist. Gerade hatte ich ein ... nennen wir es intensives Gespräch mit unserem verehrten Herrn Oberbürgermeister. Er ist völlig entsetzt, dass er nicht vor der Presse informiert wurde – genau wie ich übrigens auch, wenn ich das hinzufügen darf – und bittet dringend um Aufklärung über den aktuellen Stand – genau wie ich übrigens auch! Sollten Ihre Ermittlungsmethoden darin bestehen, dass Sie uns einfach übergehen ...«

Die nächsten fünf Minuten ließ Krautter an sich vorbeirauschen, dachte kurz an Oliver und hoffte, dass es ihm dieses Mal in Ravensburg endlich besser gehen würde, nickte hmmmend mit dem Kopf, zerbrach einen Bleistift und massakrierte fast seine Tastatur.

»… Gibt es schon irgendetwas Neues? Nein? Gut, dann erwarte ich Ihren Bericht bis heute Nachmittag 17 Uhr, mit den aktuellen Ergebnissen, damit ich unserem Herrn Oberbürgermeister Rede und Antwort stehen kann.« Ohne weiteren Gruß beendete Mühlberg das Gespräch und verließ das Büro. Die Heftigkeit, mit der er die Türe schloss, räumte auch den letzten Zweifel an seiner Stimmung aus.

Krautter funkelte Tenhagen und Simone an: »Findet diesen Informanten, schnellstmöglich, wie auch immer … dem reiß ich den Kopf persönlich ab!«

Zehn Minuten später legte Simone Wenzel ganz vorsichtig den Bericht von Dr. Brielmaier auf Krautters Schreibtisch neben den zersplitterten Bleistift und platzierte ein kleines, in Goldpapier eingepacktes Schokoladestückchen auf der Computer-Tastatur.

Krautter schaute vom Puzzlesammelsurium seiner Notizzettel, die von verschiedensten Blöcken und Umschlägen stammten, hoch. Der Zornsturm war vorbei und sein Blick wieder klar – er nickte ihr zu und würdigte das kleine Geschenk mit genussvoller Aufmerksamkeit.

Dr. Brielmaiers Bericht war relativ kurz und nur bedingt aufschlussreich: Todesursache war, wie sein Freund bereits festgestellt hatte, ein glatter Schnitt durch die Arteria femoralis. Der schnelle, hohe Blutverlust führte zu einem Schock und zu schnellem Herz-Kreislauf-Versagen und war damit definitiv die Todesursache. Zeitpunkt des Todes: zwischen sieben und acht Uhr morgens. Abwehrverletzungen konnten keine festgestellt werden – das war die wichtigste Info dieses trockenen Berichtes.

»Das Ganze kam so überraschend, er muss den Täter also nah an sich rangelassen haben – damit stellt sich die Frage: Hat er den Mörder gekannt?« Krautter reichte die Akte an Tenhagen weiter.

»Oder die Mörderin«, entgegnete Alex, als er seinerseits in der Akte zu lesen begann.

»Was?« Krautter blickte verwirrt auf.

»Na, Sie haben eben gesagt, seinen Mörder, darauf hab ich gesagt …«

Krautter winkte ab und beförderte endlich Bleistift, Goldpapier sowie einigen anderen Krimskrams in seinen Papierkorb, achtete dabei aber sorgsam darauf, dass sich keine Berichtsschnipsel daruntermogelten.

»Apropos, ich hab ein paar Infos über unser Opfer und seine Frau eingeholt – interessiert?« Tenhagen wusste, dass Krautter wegen Oliver heute Morgen die halbe Stunde später gekommen war, aber das stellte für keinen von ihnen ein Problem dar – der eine sprang gerne für den anderen ein.

»Mann, Tenhagen, jetzt lassen Sie endlich diese Apropos-Ausflüge. Legen Sie los.«

»Okay, also Nick Sailer – eigentlich heißt er Nikolaus Sailer, geboren am 3. 5. 1965 in Ravensburg – wuchs hier auf und machte Abitur am Spohn-Gymnasium. Dann war er beim Bund und fing danach ein Journalistik-Studium an, das er allerdings bereits nach drei Semestern wieder abbrach. Kam dann wieder zurück nach Ravensburg und stieg bei seinem Vater im Autohaus ein.« Krautter nickte wissend, und Tenhagen erzählte in nüchternem Beamtenton weiter: »Daraufhin hat er ein paar Jahre ein sehr exklusives Leben geführt und das Amt des Juniorchefs vor allem durch Geldausgeben ausgefüllt. Vor fünf Jahren hat er Tanja geheiratet, offenbar ein Souvenir von einer Berlinfahrt. Dann wurde der Senior krank, Prostatakrebs, und der Junior sollte die Führung des Autohauses in voller Verantwortung übernehmen. Sah wohl anfangs auch ganz gut aus, aber nach dem Tod des Vaters vor drei Jahren ging es mit dem Geschäft rapide bergab. In einem Protokoll einer Betriebsratssitzung heißt es … Moment …« Tenhagen blätterte mehrere Seiten hin und her. »Ah ja, hier, Sailer junior habe die renommierte Firma leichtfertig gegen die Wand gefahren. Zu riskante Geschäfte. Fakt ist auf jeden Fall, dass er ziemlich viel verloren hat, als er den Betrieb verkaufen musste. Seitdem arbeitete er als freier Fotograf, verdiente mehr schlecht als recht. Seine alten Freunde – die vom Dreikönigstreffen – haben ihm wohl 'ne Zeitlang noch weitergeholfen, aber dann war Schluss. Laut Bankauskunft war er mit seinen Konten im Minus und bekam von niemandem mehr Kredit.« Tenhagen räusperte sich, fuhr dann fort: »Na ja, und dann der Hammer. Er veröffentlicht Anfang des Jahres dieses Buch, das jetzt bereits in zweiter Auflage gedruckt wird.«

»Na, dann war ja offensichtlich Geld kein Problem mehr.« Krautter hatte nebenher seine Zettel so weit sortiert, dass er sie Ulla zum Abtippen geben konnte.

»Ah, nicht ganz. Die Aufsichtsbehörde hat das Konto, auf das die Tantiemen geflossen sind, eingefroren – bis zur Klärung der Umstände bei der Firmenabwicklung. Wenn sie ihm da betrügerische Absichten nachweisen können, ist das Geld weg.«

»Hmm«, Krautter stippte seine Brille nach oben, »das heißt, er brauchte dringend Geld. Gibt es eine Lebensversicherung für ihn?«

Tenhagen schüttelte den Kopf. »Nein, wurde alles aufgelöst und zu Geld gemacht.«

»Das heißt, bei seiner Frau finden wir kein offensichtliches Motiv.«

»Woran denken Sie, Chef? Erpressung?«

»Ha, warum nicht? Er hatte einflussreiche Freunde, kannte sie von früher ... vielleicht wusste er ja das eine oder andere, das er zu Geld machen wollte. Wir sollten uns diese Herren doch mal genauer ansehen.«

»Vielleicht hängt das Ganze auch mit dem Buch zusammen, einfach ein Racheakt? So als Abrechnung unter alten Freunden?«

Krautter hatte sich inzwischen ein Glas Mineralwasser eingegossen und schüttelte den Kopf. Die Kohlensäure stieg ihm in die Nase. »Wenn einer so dringend Geld braucht, liegt Erpressung näher als Rache. Oder was meinen Sie?« Er schnäuzte lautstark in ein Taschentuch.

»Vielleicht spielt ja beides 'ne Rolle. Er hat das Buch aus Rache geschrieben, weil sie ihn hängen gelassen haben, zum Beispiel.« Tenhagen kämpfte inzwischen mit dem Verschluss einer Colaflasche. »Er hat das Ganze zwar in einen Roman gekleidet und das Etikett ›fiktiv‹ drübergeklebt, aber Sie wissen ja selbst, die Personen sind ganz eindeutig zuzuordnen. Und er postuliert zwischen den Zeilen, dass diese Männer allesamt nur durch Vetternwirtschaft, vor allem durch die ihrer Väter, an ihre hochrangigen Posten gekommen sind. Dass sie noch immer ganz oben sitzen, verdanken sie diesen Seilschaften, die noch immer funktionieren.« Ein leises Plopp, der Deckel sprang auf und die braune Flüssigkeit sprudelte über seine Hand. »Verdammt noch mal, so ein Mist!«, fluchte er und hastete tropfend zum Waschbecken.

»Ja, das können Sie laut sagen – und zwar eindeutig zweideutig.« Krautter reichte dem Kollegen ein Tempo-Taschentuch. »Wenn man so was hier loslässt, dann sticht man wirklich in ein Wespennest. Und wenn man dann keinen Schutzanzug anhat, wird man übelst gestochen. Hatte unser Herr Autor eigentlich irgendwelche handfesten Beweise für seine Behauptungen?«

»Na ja«, Tenhagen war inzwischen bei der letzten Phase der Selbstreinigung, »er hat sich immer damit rausgeredet, dass es ja eine fiktive Story sei, und er verstünde die ganze Aufregung gar nicht. Jede Ähnlichkeit mit lebenden Personen oder Gegebenheiten sei rein zufällig und so weiter und so fort ... Hab im SWR vor kurzem ein Interview mit ihm gehört. Da hörte er sich zumindest sehr sicher an.«

»Auf alle Fälle hat er sich kräftig in die Nesseln gesetzt. Wir sollten mal rausfinden, ob seine Frau was über diese Hintergründe wusste.«

»Apropos ...« Tenhagen räusperte sich schnell. »Ähh, sorry, was ich noch sagen wollte – seine Frau hat einen interessanten Beruf: Sie ist Krankenschwester!«

10

Dieser Montag wurde zunehmend schwüler; Oliver war froh, dass der Weg zu Gretels Haus großteils durch ein Waldgebiet führte. Der Bungalow der Frau, die ihn mit 16 Jahren nach dem Tod seiner Eltern wie einen Sohn bei sich aufgenommen hatte, lag oberhalb der Stadt, zwar noch an der Schlierer Straße, aber doch schon Richtung Albertshofen. Das weitläufige Grundstück war nach praktischen Gesichtspunkten angelegt, unprätentiös, wie er jedes Mal dachte. Auf der Südseite gab es einen Freisitz mit Dach, den man bei kritischem Wetter benutzen konnte, und eine wunderschöne Terrasse, auf die Wohn- und Schlafzimmer mündeten. Oliver erinnerte sich noch gut an die Nachmittage, die er hier gesessen und aufs Abi gelernt hatte, und während er mit dem »Geheimknopf« die vordere schmiedeeiserne Gartentür öffnete, keimte wie ein erster zarter Blütenstängel ein wunderbares Gefühl in ihm auf – hier war er zu Hause, hier wurde er immer mit offenen Armen empfangen. Er schimpfte mit sich selber, dass er so selten bei ihr gewesen war in den letzten Jahren.

Gretel Maienberger öffnete die schwere Haustür, umarmte ihn und brachte ihn innerlich endgültig nach Hause. »Liebes, komm rein!«

Das Innere des weitläufigen Bungalows war kühl und dunkel. Und es roch herrlich …

»Was kochst du denn Leckeres?«

»Ach, nix Besonderes, ich hatte noch wunderbare Kartöffelchen und ganz leckere Bohnen. Und im Backofen brutzelt Lammrücken mit Kräuterkruste – magst du viel Salat oder wenig?«

»Was für eine Frage – von deinem Salat immer viel.«

Niemand konnte Salatsoße so köstlich zubereiten wie sie – stets mit einem Schuss Dijon-Senf und einer speziellen Gewürzmischung. Mmmh, ihr Salat allein hätte ihm schon gereicht. Die kleine Küche war voller Sonne und herrlicher Düfte ... Er sah sie liebevoll an – ihre silbergrauweißen Haare, die sich immer noch in ungebändigten Locken kringelten, ihre Augen, die immer voller Liebe und Leben waren, ihre leicht gebückte Gestalt, die daran erinnerte, dass sie über 70 war ...

»Jetzt reicht's aber.« Sie schob ihm das Holzbrett mit den Zwiebeln hin. »Mach was Sinnvolles und schneid die Zwiebele, aber kleine Würfele, wenn ich bitten darf.«

Zehn Minuten später saßen sie sich in der Küche gegenüber; es gab zwar auch ein Esszimmer, aber wenn sie en famille waren, wie sie es nannte, dann blieb man in der Küche.

Oliver versank im Salat, genoss einfach mit geschlossenen Augen. Als er sie öffnete, sah Gretel ihn an. Grüne, wissende Augen.

»Du siehsch aus wie gspuckt, mein Lieber.« Kurz und knapp, ohne Drumrumreden. »Wie geht's dir?«

Eigentlich hatte er vorgehabt, sie nicht zu beunruhigen und ihr zu erzählen, dass es ganz gut ginge. In diesem Moment erkannte er allerdings, dass das nicht funktionieren würde. »Danke für das Kompliment – na ja, ging schon mal besser.« Er tunkte ein Stück Weißbrot in die Salatsoße, hier durfte er das.

»Hmmm, Rutenfest und so, kommt alles wieder hoch?«

»Ja, und überall diese Trommeln, die wie Verstärker wirken. Und es gibt so vieles hier in der Stadt, was mich an sie erinnert.«

Gretel nickte, stand auf und stellte dampfende Kartoffeln, dunkelgrüne Böhnchen und den Lammrücken auf den Tisch. »Nimm, du bist hier schließlich daheim.«

»Darf ich trotzdem dir zuerst geben?« Es schmeckte einfach nur wunderbar.

Oliver genoss jeden Bissen, und Gretel schaute ihm, ihrem Jungen, zufrieden zu.

Als sie gegessen hatten, schob Gretel Maienberger das Geschirr zur Seite und zündete sich die eine Zigarette an, die sie sich pro Tag gestattete. »Weißt du, damals nach Werners Tod, da hab ich mir auch überlegt, hier wegzuziehen. Das Haus, die Stadt, alles hat mich immer und jede Sekunde an ihn erinnert.«

Er nickte; auch für ihn war der Tod ihres Mannes prägend gewesen, sein bewundernswerter Umgang mit dem Krebs, sein Kampf ums Leben, die Würde und Liebe, die er bis zu seinem Tod ausgestrahlt hatte – und sein unerschütterlicher Glaube. Er hatte alle beschämt und getröstet und Oliver war sicher, dass dieser Mann auf jeden Fall im Paradies gelandet war.

»Aber ich bin hier geblieben, und das war gut so. Denn so bleibt er Teil meines Lebens, ohne Zorn und Bitterkeit, einfach präsent, einfach da. Und die Trauer ist der Freude darüber gewichen, dass wir das alles gemeinsam genießen durften.« Sie stand auf und ging zum Kühlschrank, holte die Tafel Schokolade mit Kirschwasser raus und brach mehrere Stückchen ab. »Nimm, mehr Nachtisch gibt's heute nicht.«

Sie tat ihm gut, ihre direkte, klare Art, schnörkellos Dinge auf den Tisch zu bringen.

»Es tut immer noch zu weh, als dass ich das aushalten könnte.« Er biss auf die Schokolade und die Flüssigkeit brannte auf seiner Zunge.

»Also jetzt reicht's aber. Es ist über zwanzig Jahre her, und wie lange willst du noch dran kleben wie Kaugummi an der Schuhsohle? Glaubst du, Sina hätte gewollt, dass du so durchhängst?!« Sie funkelte ihn an. »Nein, du sitzt in München und leckst deine Wunden, weil du es so willst, mein Lieber. Und du allein sorgst dafür, dass sie nicht heilen, sondern immer weiter eitern. Ich hab das Gefühl, dir gefällt es in deiner Opferrolle. Lang genug hab ich da zugeschaut, jetzt ist gut. Du bist hier, in dieser deiner Stadt, und das ist deine Chance, mit allem endlich abzuschließen und deinen Frieden zu machen – 's wird höchste Zeit.« Sie wuschelte durch seine Haare. »Es wird auch höchste Zeit, dass du endlich wieder anfängst zu leben. Und dass du mal wieder zum Frisör gehst, mein Junge.«

11

Das erste Wort, das einem Betrachter beim Anblick von Dr. Wolfgang Hertkorn, 42, seines Zeichens Rechtsanwalt und gnadenlos von sich überzeugt, spontan einfiel, war akkurat. Seine schwarzen, leicht angegrauten Haare waren kurz und akkurat geschnitten, nicht ein Härchen leistete Widerstand. Die Brille saß akkurat auf der Nase, die eine klassische Form hatte und das markante Gesicht prägte. Die Krawatte saß taubenblau akkurat am Kragen des weißen Hemdes, das Jackett saß akkurat auf Taille, die Hose hatte akkurat die korrekte Länge und selbst die Schuhbändel waren akkurat gebunden. Mit einem Kamm strich er sich durch die Haare, blickte zufrieden in den Spiegel des winzigen Badezimmers und trat zurück in sein Büro. Von dort hatte er den direkten Blick auf das Dreigestirn Rathaus, Blaserturm und Lederhaus, die den Marienplatz, das Herz der Stadt, wie eine Bühne einrahmten, als wären sie Kulissen.

Alles in diesem Raum atmete Geld: Beherrscht wurde das Büro von dem massiven Frankfurter Schrank, dessen warmer, mahagonidunkler Glanz auf das ganze Zimmer abstrahlte. Die beiden Ledersessel in der Ecke neben der Tür hatten fast dieselbe Farbe und der Teppich harmonierte in warmen Honig-, Karamell- und Mahagonitönen. Die zweite Wand wurde vollständig von einem riesigen Bücherregal eingenommen, und der große Schreibtisch mit der eingelassenen Lederschreibunterlage stand genau so, dass er den wunderbaren Blick genießen, sich aber auch ohne Probleme seinen Klienten zuwenden konnte. Hinter dem Schreibtisch hing neben zwei Menzel-Drucken das Zitat von George Bernard Shaw, das Hertkorn gerne als sein Motto ausgab: »Tradition ist eine Laterne, der Dumme hält sich daran fest, dem Klugen leuchtet sie den Weg.« Er war absolut überzeugt, dass er zu den Klugen gehörte. Und bis zu diesem Tag war sein Leben ja eigentlich auch perfekt gelaufen ... Er hatte Karriere gemacht, nicht nur, weil er der Sohn seines Vaters war. Inzwischen führte er die Familienkanzlei erfolgreicher als jeder andere vor ihm. Er war angesehen in dieser Stadt, hatte einflussreiche Freunde und – wie er diplomatisch formulierte – die Möglichkeit, bei Entscheidungen mitzuwirken. Und bis zu diesem dämlichen Buch von Sailer war ja auch das Hotelprojekt ganz gut angelaufen … Dieser Idiot hatte seine Nase in Dinge gesteckt, die ihn nichts angingen. Hertkorn musste mehr als »Überzeugungsarbeit« leisten, um den Schaden wieder zu beheben. Eine Katze mit Handschuhen fängt eben keine Mäuse, da hatte Ben Franklin schon recht gehabt.

»Na ja, immerhin waren die zwei Wochen Ischia doch eine gute Investition gewesen«, murmelte er grinsend vor sich hin.

Dieses wankelmütige Ratsmitglied zumindest würde ihm nun keinen Strich mehr durch die Rechnung machen. Während er in diese Gedanken versunken war, räumte er mechanisch verschiedene Akten, sein Notizbuch, seinen Füller ein, klappte den Koffer zu und überprüfte seinen Blackberry noch einmal nach neuen Nachrichten und Terminen. Im Vorzimmer warf er seiner Sekretärin, einer südländisch schönen Rothaarigen, einen erfreuten Blick zu und flüsterte so leise, dass sie sich weit zu ihm hinüberbeugen musste, sehr weit …: »Maja, ich geh jetzt grad mal rüber in den Club … wenn was ist, einfach phonen.«

Knappe zehn Minuten später hatte er den privaten und sehr exklusiven Club in der Marktstraße erreicht. Zu ihm gehörte neben verschiedenen Séparées auch eine Penthouse-Galerie, die auf die Sträßchen der Altstadt herabsah, so wie es die Mitglieder übrigens schon seit Gründung des Clubs 1912 getan hatten.

Das kleine Restaurant des »Club Rösch«, wie er in Anlehnung an die Gründerfamilie noch immer genannt wurde, bot durch seine geschickte Raumeinteilung ideale Plätze für Gespräche, deren Stattfinden nicht unbedingt publik werden musste oder sollte. Es gab größere und kleinere Nischen, alle in gedeckten Braun-, Schwarz- oder Rottönen gehalten, mehr oder weniger abgegrenzt, und eine kleine Bar, deren Angebot jedem größeren Hotel zur Ehre gereicht hätte. Die Küche war ausgezeichnet. Dank eines Geheimtipps hatte der Präsident den Koch aus Meersburg abgeworben, und so gab es schwäbische Spezialitäten, aber eben auch die feine »Seeküche« mit Fisch und Gemüse. Die nicht schwäbischen Geschäfts- und Gesprächspartner waren angesichts traumhafter Auberginen-Carpaccios, Bärlauch-Pesto und der berühmten Verbenenbutter mit der oberschwäbischen Mentalität versöhnt und genossen höchst zufrieden diese Gaumenfreuden.

Rainer Raichle saß bereits an der Bar, hatte ein leeres Cognacglas vor sich und verlangte gerade Nachschub. Hertkorn trat neben ihn und spürte sofort, wie sein Schwager zusammenzuckte.

»Wolfgang, heidenei, muss des sei?!« Der Rückfall ins Schwäbische war ein weiteres Signal dafür, dass Raichle nervös war.

»Was ist denn los mit dir?« Hertkorn nickte, als der Barkeeper ihm einen Scotch anbot.

Raichle stürzte den zweiten Cognac hinunter, ohne dessen rauchiges Bouquet oder seinen Preis zu würdigen. »Endlich bist du da, es ist schon zehn Minuten nach eins«, maulte er und schlurfte regelrecht hinter Hertkorn zu ihrem Tisch in die Nische rechts von ihnen. »Kommt Otto auch?« Er suchte den Blick des Schwagers.

»Ja, Otto kommt auch, und jetzt hör auf, dich so dämlich zu benehmen. Du fällst ja schon auf.« Er nickte in Richtung der Bar, an der zwei Herren sich mit Blick in ihre Richtung unterhielten.

In diesem Moment betrat Otto Stöhr-Rehling den Raum, sein Auftritt war jedes Mal bühnenreif, fand Hertkorn abschätzig. Nur knapp 1,70 groß, aber mit schwarzem Hut, schwarzem Mantel – Sommer wie Winter – und Gehstock mit silberfarbenem Knauf erinnerte er an eine Gestalt aus einem englischen Roman des 19. Jahrhunderts. Er stand dann da, fror die Szene ein und wartete die Reaktionen ab, die sein Auftreten auslöste, um dann huldvoll dem Barkeeper zuzunicken – mit tiefer, dunkler Stimme rollte er »Scotch, doppelt« durch den Raum und schritt dann in Richtung Nische. Genau jetzt stürzte der Mann, der als Butler in diesem Club angestellt war, auf die Bühne und bat den Bankier um Hut und Mantel – »aber den Stock behalte ich« – ein Ritual, das sich jedes Mal wiederholte.

Hertkorn drehte die Augen gen Nischendecke und grinste seinem Schwager zu. »Perfekter Auftritt, wie immer, Rainer, was?« Dabei entgingen ihm allerdings nicht die Schweißperlen, die wie Tautröpfchen auf der Stirn des Mannes hingen. »Jesses, Rainer, nimm dich zusammen!«

Otto Stöhr-Rehling setzte sich zu ihnen an den runden Tisch. »Also, was um alles in der Welt ist so immens wichtig, dass ich ein lange geplantes Mittagessen mit einem meiner besten Kunden verschieben musste, hmm?!« Er musterte seine beiden Gegenüber kritisch und ungehalten aus kalten, stahlgrauen Augen.

»Rainer?« Hertkorn suchte den Blick seines Schwagers und nickte ihm aufmunternd zu. »Du wolltest ja unbedingt, dass wir uns schnellstmöglich treffen.« Er ließ keinen Zweifel daran, was er von dieser Idee hielt.

Der Angesprochene drehte das Messerbänkchen hin und her, sah die missbilligenden Blicke und legte es geräuschvoll ab. »Ähm, ja, also vorhin, da kam ein Anruf, eine Frau, glaub ich, sie sagte, sie will sich mit mir treffen, morgen Abend, am Hirschgraben, ich soll allein kommen und zu Fuß. Sie hat Informationen, die für mich unangenehm sein könnten, wenn sie rauskommen. Aber sie will kein Geld, sondern nur dieses Treffen.«

Fast ohne Atem zu holen hatte Raichle den merkwürdigen Anruf heruntergespult, jetzt winkte er den Kellner an den Tisch und bestellte ein Pils. Die beiden anderen bestellten Weißwein, leicht und trocken, und baten um die Speisekarte.

Raichle fing an, den Chromuntersetzer hin und her zu drehen. »Des hot beschtimmt – das hat bestimmt mit dem Hotel zu tun! Sonst gibt es nichts Wichtiges, was mir schaden könnte. Aber woher – und was weiß die denn?!«

»Jetzt komm aber mal wieder runter«, beruhigte Hertkorn den Architekten. »Hei, es ist ja nichts illegal …«

Er schnitt sich selbst das Wort ab, denn der Kellner kam und verteilte die Speisekarten. Heute war »Schwaben-Tag«, es gab also vorwiegend schwäbische Spezialitäten. Sie entschieden sich für handgeschabte Kässpätzle, einen Gaisburger Marsch – Stöhr-Rehling wählte allerdings das Bodensee-Felchen. Hertkorn schluckte eine Bemerkung dazu runter, er wusste wie fast alle andern auch, dass die Vorfahren des feinen Bankhauses Stöhr-Reling einfache Bauern gewesen waren. Manchmal, wenn der Bankier zu viel getrunken hatte, brach dieses Erbe durch. In solchen Momenten schwärmte er gern von seiner Vorliebe für derb-deftige Hausmannskost.

Raichle wurde zunehmend nervöser. Er spürte, dass seine beiden Freunde den mysteriösen Telefonanruf gar nicht so dramatisch sahen wie er.

»Was soll denn diese Aufregung? Wir haben doch keine Ahnung, wer oder warum oder wieso er oder sie dich angerufen hat. Vielleicht hast du ja bei einem Hausbau Mist gebaut oder die falsche Frau angemacht?? Wieso um alles in der Welt sollte das mit uns zu tun haben?! Oder mit dem Projekt? Wir machen einfach ganz normal weiter und bringen die Sache über die Bühne, verstanden.« Hertkorn hatte sich in Fahrt geredet und nahm nun häufiger einen großen Schluck aus seinem Weinglas.

Raichle hatte sein Bier längst getrunken. Nur Stöhr-Rehling saß stoisch auf seinem Stuhl und tat gar nichts. Der Anwalt wollte gerade weiterreden, aber in diesem Moment wurde das Essen serviert – und ein zweites Glas Pils samt Schnaps für seinen Schwager. Sie widmeten sich ihren köstlich dampfenden Tellern und für kurze Zeit war ihnen dieser kulinarische Genuss das einzig Wichtige.

Dann erst schaltete sich der Bankier in die Unterhaltung ein, sah von seinem Teller auf und murmelte mit leiser, kalter Stimme: »Freunde, eines sag ich euch: Wenn hier irgendwer eine Lawine lostritt, glaubt mir, mich erwischt die nicht. Für mich steht zu viel auf dem Spiel, als dass ich mich in irgendwas reinziehen lasse …« Seine Stimme zischte jetzt drohend.

»Was soll das denn?«, fuhr Hertkorn auf. »Reinziehn, spinnst du? Du steckst mittendrin, genauso wie wir, denn es hätte gewisse Finanztransaktionen ohne deine Hilfe gar nicht gegeben.« Er füllte sein Glas mit Pinot Grigio. Du weißt, was passiert, wenn du dich betrinkst, flüsterte eine leise Stimme in seinem Hinterkopf.

»Wolfgang, kannst du denn nicht mitkommen morgen Abend?« Raichle wimmerte fast in seiner Ecke.

»Jetzt gib mal Ruh', verdammt noch mal.« Hertkorn schlug mit der flachen Hand auf den Tisch, dass das Messer vom Bänkchen hüpfte und hässliche Flecke auf dem cremefarbenen Tischtuch hinterließ.

Raichle wischte seine feuchten Hände an seiner Hose ab. »Wieso denn it, dät mir helfe«, brachte er mühsam hervor. Seine schütteren Haare klebten an seiner Kopfhaut und die blassblauen Augen waren weit vor Angst. Raichle hatte Angst, Angst vor Entdeckung, Angst, das Gesicht und damit alles, was ihm wichtig war, zu verlieren.

»Mensch, Rainer, jetzt reiß dich zusammen«, polterte Hertkorn ihn an. »Du bist so ein Weichei, also echt, box dich endlich mal alleine durch!«

»Mal was ganz anderes.« Der Bankier legte sein Besteck auf den Teller. »Was ist eigentlich, wenn die Polizei bei uns auftaucht? Wegen Sailer – schon mal darüber nachgedacht?!«

Raichle fiel fast von der Bank, als ihm bewusst wurde, dass eine zweite Katastrophe im Anrollen war. »Polizei? Wieso denn Polizei?« Seine Stimme war schrill.

Hertkorn fixierte ihn: »Schluss jetzt, hör auf, Rainer.« Sein Blick bannte den Bankier: »Wenn die Herren von der Polizei mit einem von uns sprechen möchten, stehen wir selbstverständlich zur Verfügung. Wir sind pflichtbewusste Bürger, kennen unsere Rechte – und außerdem bin ich morgen Abend mit dem Oberbürgermeister zum Essen verabredet. Ich nehme mal an, dass wir das Thema ›Polizei‹ damit relativ schnell ad acta legen werden.«

Stöhr-Rehling musterte ihn kritisch, schien aber für den Moment beruhigt. »Schon wegen des Rutenfestes wird die Polizei da die Füße stillhalten; wir wollen doch schließlich unsere Besucher nicht beunruhigen.«

Hertkorn goss Raichle ein Glas Mineralwasser ein, das dieser in einem Zug leer trank.

»Und du meinst also, der Anruf hat nix mitm Veitsburg-Projekt zu tun? Oder vielleicht mit Sailer«, versuchte der Architekt eine Verbindung zwischen beiden Vorfällen herzustellen. »Sollen wir wirklich mit der Polizei über unsere Beziehung zu ihm reden? Mir wär lieber, das würd untern Teppich gekehrt …«

»Ssschh – Polizei!« Stöhr-Rehling hatte Dr. Mühlberg, den Leiter der Polizeidirektion Ravensburg, erkannt. Dieser steuerte nun auf ihren Tisch zu.

»Guten Appetit, meine Herren, es schmeckt hoffentlich«, lächelte Mühlberg süffisant, da er nicht zum ersten Mal mit den Herren zu tun hatte. Deren gute Beziehungen führten dazu, dass mehr als hin und wieder ein Strafzettel unter den Tisch fiel – und das ärgerte ihn schon sehr.

»Also, inzwischen lassen sie hier auch jeden rein, oder sind Sie jetzt neuerdings Mitglied, Herr Mühlberg?« Die Abneigung, die die Männer gegenseitig empfanden, war fast mit Händen greifbar.

»Verehrter *Dr.* Hertkorn, erstens heißt es *Dr.* Mühlberg, so viel Zeit sollte doch sein, und dank unseres verehrten Herrn Oberbürgermeisters habe ich hier den Status eines Gastmitgliedes, obwohl ich kein gebürtiger Ravensburger bin. Und die Atmosphäre hier ist eigentlich« – er bedachte die drei mit einem frostigen Lächeln – »meistens sehr angenehm. Einen schönen Tag noch, meine Herren.«

Knisterndes Schweigen begleitete ihn, als Mühlberg die Männer verließ, um an seinen Tisch zu gehen; er konnte deren Erleichterung im Rücken spüren. Irgendwas war da im Busch, und es ärgerte ihn, dass er nicht wusste, was die drei zu besprechen hatten.

12

Eigentlich war längst Mittagspause, aber Simone hatte ihnen drei Mappen gebracht, jeweils säuberlich mit den Namen der drei Herren beschriftet, die sie auf dem Foto bei Sailer gesehen hatten. Dank verschiedener Datenbanken und Suchmaschinen hatte sie in kurzer Zeit eine enorme Menge an Informationen zusammengetragen und Krautter reichte Tenhagen die beiden Schnellhefter mit »Raichle« und »Stöhr-Rehling«. Hertkorns legte er auf seinen Schreibtisch und während er sich ein Apfelsaftschorle mixte – direkt auf seinem Schreibtisch in unmittelbarer Nähe wichtiger Akten – schaute er Tenhagen an und meinte: »Sie lesen schneller als ich, deshalb die zwei!«

»Ich dachte schon, ich krieg die Leichtgewichte und der Chef das Schwergewicht.« Tenhagen grinste trotz seines knurrenden Magens.

Ulla brachte ihnen zwei belegte Wurstbrötchen, das musste heute als Mittagessen ausreichen, und meinte: »So, guten Appetit, ist zwar nicht große Küche, aber besser als gar nix.«

In diesem Moment klopfte Dr. Mühlberg an die offene Tür: »Ah, sehr gut, meine Herren, sehr gut. Keine Mittagspause im Städtchen, sondern mit Hochdruck bei der Arbeit.« Er hatte nicht den Hauch eines schlechten Gewissens; im Gegenteil, schließlich war er doch vielleicht auf einer neuen Spur. Er tippte auf das Foto, das an der großen Metallwand hing, auf dem die vier Männer abgebildet waren. »Krautter, ich komme grade aus dem Club Rösch, Mittagessen …« Tenhagens vernehmliches Räuspern ignorierte er. »Und da hab ich zufällig diese drei Herren hier getroffen. Saßen zusammen wie die Hühner auf der Stange, und dieser Raichle hier war hochgradig nervös. Ich hab so den Eindruck, da ist was im Busch. Finden Sie doch mal raus, meine Herren, was diese honorigen Mitbürger vielleicht mit dieser Sache zu tun haben.«

Tenhagen fächelte sich grinsend mit den beiden Schnellheftern Luft zu. »Selbstverständlich, Dr. Mühlberg, machen wir doch gerne, und überhaupt, weshalb sollten wir auch eine Mittagspause brauchen ...«

Ulla brachte den leicht irritierten Doktor raus auf den Flur. »Ist nur diese Schwüle, Herr Doktor, nur die Schwüle.«

»Ulla, mach doch mal mit den Herren Termine aus – wir fangen mit Dr. Hertkorn an, den Raichle lassen wir noch ein bisschen schmoren. Wenn der wirklich so nervös ist, dann packt der eher aus, wenn er noch länger warten muss. Mühlberg im Club Rösch, ich fass es nicht, und dabei ist der gar kein echter Ravensburger ... Ja, lachen Sie nur, Tenhagen, aber so fängt's an!«

Krautter biss herzhaft in sein Laugenbrötchen und verteilte die Salzstückchen auf der Akte Hertkorn. Anschließend sammelte er das mehrfarbige Allerlei seiner Zettel zusammen und brachte sie rüber in Ullas Büro.

»Morgen, neun Uhr, Dr. Hertkorn – früher ist es ihm leider nicht möglich, meint seine Sekretärin.«

»Du bist so gut, Ulla, oh, und dann wollte ich dich noch fragen, ob du mir das hier abtippen könntest. Und ein bisschen ausformulieren, manchmal hab ich nur Stichworte, du weißt ja ...«

»Irgendwann, Max, schreib ich meinen Namen unter deine Berichte.« Sie lächelte ihn an. »Ist schon okay, gib her – was würdest du nur ohne mich machen?«

»Ich wäre hilflos und verloren ohne dich ...« Krautter setzte sein süßestes Lächeln auf und floh schnell aus ihrem Büro.

Sein Telefon surrte: Die Sekretärin von Herrn Dr. Mühlberg bat ihn, doch schnell mal hochzukommen. Dieser hatte soeben ein weiteres Gespräch mit dem OB und dem Vorsitzenden der Rutenfestkommission geführt, was sich zusammen mit seinem Mittagstief miserabel auf seine Laune ausgewirkt hatte.

Geschlagene zwanzig Minuten musste Krautter sich anhören, wie enorm wichtig es gerade jetzt sei, die öffentliche Ruhe aufrechtzuerhalten und für Sicherheit zu sorgen – wo doch so viele Leute hierherkämen, inklusive Funk und Fernsehen. Da müsste man doch ein richtiges Sicherheitsnetz aufbauen.

»Für wen?«, wagte Krautter zu unterbrechen, »für den kompletten Umzug samt Zuschauern oder bloß für die Honoratioren?«

Sein Chef feuerte den Schnellhefter, den er wie einen Schild im Arm gehalten hatte, auf den Tisch und fuhr Krautter über den Mund: »Die Lage ist sehr ernst, Herr Krautter, und zwar für alle Beteiligten. Stellen Sie sich bloß mal im Ansatz vor, was hier los ist, wenn noch mehr passiert.« Mühlberg wippte auf seinen Fußballen vor und zurück, Krautter rechnete jeden Moment damit, dass er wie ein Gummiball zu hüpfen beginnen würde.

Ein kurzer Blick auf die große Wanduhr zeigte ihm, dass es kurz vor 14 Uhr war; er wollte ja die Berichte noch lesen und mit Tenhagen zu Tanja Sailer fahren.

Mühlberg hatte den Blick sehr wohl bemerkt und signalisierte unmissverständlich: Vorsicht! »Ich will über jeden Ihrer Schritte informiert sein, Herr Krautter! Und liefern Sie endlich Ergebnisse! Der Herr Oberbürgermeister möchte wissen, wie wir vorankommen. Ich stehe ziemlich dumm da, wenn nix von Ihnen kommt! Bin gespannt auf Ihren Bericht heute Nachmittag.«

Irgendwie schaffte Krautter es, ohne weitere Verzögerungen aus dem Büro zu kommen, und widmete sich endlich der Akte Hertkorn und seiner inzwischen lauwarmen, abgestandenen Apfelsaftschorle.

Das Interessante war neben den Informationen, dass der Herr Anwalt verschiedenste Interessen geschäftlicher Art verfolgte und mit den einflussreichsten Familien der Stadt entweder verwandt oder befreundet war, die Tatsache, dass er im Moment am meisten Zeit, Geld und PR-Arbeit in das Projekt »Veitsburg-Hotel« gesteckt hatte. Simone hatte ein paar wichtige Infos dazu gesammelt und ausgedruckt: Angeblich sollten zu dem historischen Gelände, auf dem die Veitsburg stand, noch angrenzende Grundstücke, die als unveräußerlich galten, dazugekauft worden sein. Außerdem gab es konkrete Vorschläge und Bauanträge, die den Abriss der bestehenden Jugendherberge vorsahen. An deren Stelle sollte mit Integration der alten Burg ein großes Hotel inklusive Restaurantbetrieb errichtet werden. Massiver Bürgerprotest hatte sich dagegen erhoben und eigentlich war auch Krautter bis jetzt der Überzeugung gewesen, dass das Projekt ad acta gelegt worden war. Jedoch hatten sich anscheinend einige der VIPs sehr dafür eingesetzt, Dossiers erstellen lassen, Bedarfspläne und Belegungszahlen vorgelegt und schließlich war die Diskussion im Stadtrat angekommen – und nirgendwo fand sich eine klare Ablehnung des Projektes.

Im Gegenteil: Im April war ein Artikel erschienen, Kopie lag bei, in dem von einem Durchbruch bis zum Rutenfest die Rede war …, »aus gut unterrichteten Quellen«.

Krautter sah nachdenklich über die Akte hinweg aus dem Fenster. »Des basst«, murmelte er vor sich hin.

»Ja, find ich auch.« Tenhagen sah von seinen beiden Akten auf: »Der gemeinsame Nenner scheint das Veitsburg-Projekt zu sein und so, wie das hier rüberkommt, haben die ziemlich viel aufs Spiel gesetzt. Wenn das scheitern würde … Das könnte ein paar der einflussreichsten Herren ruinieren. Trotz des Geldes und des Einflusses – das würden die nicht überstehen. Und Sailer ist, so wie es aussieht, ausgebootet worden und wollte sich rächen. Hört sich für mich plausibel an.«

»Sailer wollte mitmachen?« Krautter war irritiert.

Tenhagen nickte: »Ja, er hatte zwar in letzter Zeit kein Geld mehr, aber am Anfang des Projektes war das wohl noch nicht bekannt, dass er pleite war. Jedenfalls haben sie ihn anfangs mit im Boot gehabt. Und als sie ihn rauswarfen, hat er laut Verlag …« – Tenhagen schaute kurz auf seinen Notizblock – »… in drei Monaten Tag und Nacht an diesem Buch geschrieben. War seine Motivation Frust? Wollte er sich so rächen?« Tenhagen holte sich eine Cola und öffnete sie dieses Mal vorsichtiger.

Krautter schob die Brille auf die Stirn und fuhr mit dem Finger den Nasenrücken rauf und runter: «Wenn man viel zu verlieren hat, dann ist man zu vielem fähig. Aber so was … jetzt … vorm Rutenfest? Ich kann mir nicht vorstellen, dass hier ein echter Ravensburger dahintersteckt! Auf, fahren wir zu Frau Sailer, mal sehen, ob sie ein bisschen Licht ins Dunkel bringen kann.«

13

Eine Viertelstunde später waren sie bei Tanja Sailer; sie empfing sie dieses Mal angezogen, aber das Wohnzimmer machte keinen aufgeräumteren Eindruck. Diesen wischte sie jedoch mit einer Handbewegung weg: »Et jibt so viel zu tun jetzt und zu überlegen und denn och noch der Schock, ja, Sie wissen bestimmt, wie det is, ne! Setzen Se sick doch – oh, sorry, ick kann doch weitermachen?«

Krautter schnaufte tief durch, dieser Berliner Dialekt …

Tanja Sailer war dabei, die Habe ihres Mannes in Kartons zu packen. Ein wahres Gebirge an Aktenordnern, Blöcken, Autokatalogen, Fachbüchern, Kameraprospekten und Modellautos türmte sich auf Sofa, Tisch und Parkettboden im Wohnzimmer. Sie befüllte gerade einen Karton mit Burago-Modellautos: »Ick versteh ja ehrlich nich, wat Männer an diesen Dingens finden.«

Wie wertlosen Abfall feuerte sie die nagelneuen, staubfreien Modelle hinein, Tenhagen hätte um ein Haar eingegriffen. Er war kein Autonarr, aber so viel Lieblosigkeit ging selbst ihm gegen den Strich.

»Frau Sailer, ich tu mich ein bisschen schwer mit Ihrem Berliner Dialekt – könnten Sie vielleicht ...«

Sie blitzte ihn aus ihren olivgrünen Augen an. »Na Sie sind ja witzig, ausgerechnet Sie als Schwabe – wissen Sie, niemand hat damals auf mich Rücksicht genommen, neee, alle haben weiter in diesem unverständlichen Kauderwelsch jequatscht. War denen doch egal, wenn die Kuh aus Berlin nix versteht!«

Krautter versuchte schnellstmöglich wieder auf sein Terrain zu kommen, bevor die Diskussion eskalierte: »Wir haben ja heut Vormittag telefoniert und da meinten Sie, Ihnen wäre noch was eingefallen ...?«

Widerwillig lenkte sie ein: »Ja, sehen Sie, mir ist hier beim Aufräumen dieser Artikel mit dem Foto untergekommen ... das wurde im Club Rösch aufgenommen, in Ravensburg, an Dreikönig letztes Jahr. Und am Samstag, als ich wieder zu Hause war, war Nick echt gut drauf. Er war richtig aufgekratzt und meinte, jetzt würden wir bald wieder mit allen Ehren in die Gesellschaft aufgenommen und dann wäre er auch im Club wieder gern gesehen. Er wollte mir aber nicht mehr dazu sagen, meinte nur: ›Wart ab bis morgen. Morgen sind wir einen großen Schritt weiter, dann können die mir gar nix mehr, die Herren. Dann werden sie mir die Füße küssen – ob sie wollen oder nicht!‹«

Tenhagen sah kurz von seinem Block auf, den er auf den Knien balancierte. »Und er hat nichts weiter gesagt? Keine Einzelheiten? Gar nichts?«

Sie schüttelte den Kopf, zündete eine Zigarette an, die sie aus einer im Aktengebirge versteckten Höhle geangelt hatte. Durch den Rauch musterte sie den jüngeren Polizisten eingehend und scheinbar gefiel ihr, was sie sah. »Kommen Sie, Herr ... Tenhagen, setzen Sie sich doch hier in den Sessel, sonst kippen Sie mir noch von der Lehne!«

Überrascht, aber dankbar nahm er in dem tiefen alten Ledersessel Platz – bereute es aber sofort, denn Tanja Sailer platzierte sich direkt neben ihm auf der Sessellehne.

»Frau Sailer, wir hätten da noch ein paar Fragen.« Krautter schaltete sich ein und erntete einen langen Blick seines Kollegen. »Würden Sie uns vielleicht die Unterlagen, die sich mit seinem Buch befassen, überlassen? Vielleicht finden wir da ja noch Hinweise oder mögliche Motive.«

»Ja sicher, kein Problem, ich pack et Ihnen gleich ein.«

Während Tanja Sailer anfing, aus den Stapeln einzelne Ordner herauszuziehen und damit die Statik gefährlich veränderte, setzte Krautter die Befragung fort. Tenhagens Blick signalisierte nun pure Dankbarkeit und Krautter musste ein Grinsen unterdrücken.

»Also, könnten Sie uns vielleicht erst mal sagen, was Sie gestern Morgen gemacht haben, so zwischen sieben und acht Uhr?«

»Jeschlafen, und zwar alleen. Es ist spät geworden am Samstag, ich war mit Freunden am Bodensee und bin erst gegen halb drei ins Bett – Sie haben mich gestern ausm Bett geklingelt.«

»Und Ihre Freunde – können das bestätigen?«

»Mathias Weigele, Mike Fischer, Ulli Schmied, Franziska Schiele. Sind alles meine Kollegen ausm Krankenhaus.«

»Sie arbeiten noch immer als Krankenschwester?«

»Ja, im St.-Elisabeth-Krankenhaus – aber nur noch fünfzig Prozent, ich hab einen Nebenjob angenommen, damit noch ein bisschen Geld ins Haus kommt, nachdem, nachdem …«

»Ihr Mann pleite gegangen ist«, merkte Krautter trocken an. »Wir haben ein bisschen nachgeforscht und dabei auch die finanzielle Situation Ihres Mannes genauer angeschaut.«

Wieder erntete er einen Blitz aus ihren Augen – und sie suchte Tenhagens Nähe. »Det war aber überhaupt nicht meine Schuld, falls irgendeiner seiner sauberen Verwandtschaft det behaupten sollte. Die waren sich dann ja alle zu fein und keiner wollte ihm mehr helfen! Fragen Sie doch mal seine drei Freunde, diese Mistkerle, ja! Solange er erfolgreicher Autohändler war, da hat man sich gerne mit ihm sehen lassen, hat mit ihm angegeben! Nick, hier ein Essen, da ein Foto, und die Geschäftswagen hat man natürlich alle gerne genommen, bei den Konditionen!«

Tenhagen schaltete sich wieder ein: »Sagen Sie, es gibt ja Spekulationen, dass Ihr Mann das Buch aus Rache geschrieben haben soll, um die drei ans Messer zu liefern, die ihn so im Stich gelassen haben.«

»Ja …« Nachdenklich wischte sie ein Ascheflöckchen von ihrem nackten, braungebrannten Arm und setzte sich wieder zu ihm auf die Sessellehne. »Det dachten viele, ich eigentlich auch, und bestimmt hatte er das am Anfang auch vor. Aber das ging ja dann voll daneben. Erst am Samstag hat sich alles wieder geändert, ich weiß nicht, irgendwas ist passiert. Jedenfalls, wenn er Rache wollte, hat sie erst am Samstag richtig gegriffen.«

Sie rückte Tenhagen noch ein Stückchen näher, als sich Krautter endlich entschloss, ihn aus der misslichen Lage zu befreien. »Frau Sailer, konzentrieren Sie sich bitte auf unsere Fragen.«

Sie wandte sich pikiert zu ihm um, und Tenhagen nutzte die Gelegenheit, hievte sich aus dem Sessel hoch und ging in Richtung Tür.

»Wir bräuchten auch den Laptop und den Rechner Ihres Mannes. Könnten Sie uns dic beiden Geräte jetzt schon geben? Sonst müsste ich erst noch den Gerichtsbeschluss holen und dann wiederkommen …«

»Kein Problem, nehmen Sie sich, wat Sie wollen.«

Tenhagen schoss geradezu aus dem Zimmer und machte sich am Rechner zu schaffen. »Ich bring das dann schon mal ins Auto.«

Krautter nickte: »Wenn ich Sie richtig verstanden habe, sagen Sie also, dass der Anwalt Dr. Hertkorn, der Architekt

Raichle und der Bankier Stöhr-Rehling in letzter Zeit keinen direkten Kontakt mit Ihrem Mann hatten?«

Sie nickte zustimmend.

»Könnte es sein, dass eventuell Telefonate oder E-Mail-Kommunikation stattgefunden hat, ohne dass Sie es bemerkt haben?«

Tanja Sailer blickte durchs Fenster ins Leere. »Könnte sein, wir haben … na ja, nicht mehr so viel geredet. Aber einen Satz hat er noch gesagt, das hab ich ganz vergessen: ›Ich krieg die Beweise, jetzt krieg ich sie endlich.‹ Vielleicht für die Behauptungen in seinem Buch? Aber ich hab echt keine Ahnung, und er wollte dann auch nichts mehr dazu sagen.«

Genau in diesem Moment fiel der Aktenberg hinter ihnen laut krachend zusammen.

»Ick muss denn mal – hier ist Ihr Karton. Sie finden bestimmt alleine raus.«

»Heidenei«, keuchte Krautter mit hochrotem, heißem Kopf, als er endlich mit dem Karton oben an der Treppe angelangt war, »das ist mir ja eine!«

»Ja, 'ne echte Berliner Jöre, wa, Chef«, grinste Tenhagen ihn an.

»Hei, vergessen Sie bloß nicht, dass ich Sie aus ihren Fängen gerettet hab, gell!« Er stippte die Brille hoch. »Und den, den dürfen Sie jetzt verstauen.«

»Ja, und für die Rettung bin ich auch wirklich dankbar, ich hab's fast schon mit der Angst gekriegt!«

»Okay, nächstes Mal lass ich Sie schmoren, verlassen Sie sich drauf!«

14

Das Taxi, das Oliver von Gretels Haus zu Sinas Familie bringen sollte, kam nur bis zur Einmündung der Bannegg-straße, dann steckte es hoffnungslos fest. Wie ein riesiger

Korken versperrten über zwanzig junge Männer die Einmündung – es war ein Teil des Trommlerkorps der vier ältesten Gymnasien, wie die Einheimischen an den roten, blauen und grünen Schildmützen erkennen konnten.

Oliver fühlte eine Eiseskälte in der Brust – und wollte nur noch raus aus dem Wagen. Er versuchte, an den Jungs vorbeizukommen. Aber in ihrer überschwänglichen Rutenfestvorfreude nahmen die Gymnasiasten keine Notiz von ihm. Schwarze Schuhe, schwarze Hosen, schwarze Krawatten, weiße Hemden – die traditionelle Uniform des Trommelkorps. Es wirkte wie eine Wand, die nicht weichen wollte.

Nur mit Mühe gelang es ihm, sich von ihnen weg und in Richtung Sinas Haus zu bewegen. Er konnte den Stolz und das Selbstbewusstsein der jungen Männer noch immer verstehen, gab es doch nichts Wichtigeres für die Jungs der Oberstufe, als Mitglied im Troko zu werden, gewählt von ihren Mitschülern. Und sie genossen das Privileg, das Rutenfest zu eröffnen – am Freitagnachmittag, wenn ihnen der Oberbürgermeister in alter Tradition die Stadtinsignien übergab. Wer zum Troko gehörte, hatte einen großen Schritt geschafft, konnte Freundschaften und Kontakte zu den Söhnen der ältesten und einflussreichsten Familien knüpfen. Oliver war damals immer der »Ausländer« gewesen, der »Reingeschmeckte«, und es war ihm nie in den Sinn gekommen, sich für das Trommlerkorps zu bewerben. Auch ohne Troko und ohne Uniform hatte er immer viel Spaß mit seinen Freunden auf dem Rutenfest gehabt, so dass ihm diese Cliquen nie wirklich fehlten.

Die Schwüle schien von Minute zu Minute anzuschwellen wie ein Luftballon, obwohl es bereits nach fünf Uhr abends war. Sein Hemd klebte am Rücken, als er die letzten Schritte die Straße entlangging.

Er fand das Haus sofort, nichts hatte sich verändert seit damals. Sinas Familie wohnte in demselben Haus, in dem ihre Tochter groß geworden war. Und wie damals zeichneten die Bäume noch immer zarte Schattenmuster auf den Rasen des großen Vorgartens. Nassgeschwitzt, mit pochendem Herzen, drückte er auf die Türklingel. Eine ganze Minute lang tat sich nichts, nur Amseln sangen in den Bäumen. Er wollte gerade noch einmal klingeln, da öffnete sich die schwere, grüne Holztüre.

Überrascht stand er Sinas Kusine gegenüber, deren Gesicht ebenfalls pure Überraschung spiegelte. Sie brauchten beide einige Sekunden und Viktoria reagierte schließlich als erste: »Oliver, ich glaub es nicht! Hei, bist du das wirklich? Komm rein!« Sie war auf das Gartentor zugelaufen und öffnete es jetzt weit. Ihre Umarmung war herzlich und rührte ihn zutiefst.

Sie brachte zwei große Gläser echte Limonade, die köstlich erfrischend war, und dann saßen sie sich in dem großen Wohnzimmer gegenüber. Es hatte sich seit damals nichts verändert, stellte er fast erschrocken fest. Noch dieselben Möbel, dieselben Tapeten, der Blick auf die kleine Galerie, die zu Sinas Zimmer führte … Er hielt fast den Atem an und konzentrierte sich auf sein Gegenüber.

Dr. Viktoria Nothelfer war Sinas Kusine, und seit er die beiden kannte, war er jedes Mal sprachlos über ihre Ähnlichkeit gewesen. *Fast wie Schwestern* … wieder, nach Jahrzehnten, schoss ihm dieser Gedanke durch den Kopf. Sie war jetzt über vierzig, und auch bei ihr hatten Trauer, Hass, Enttäuschung, Bitterkeit ihre Spuren hinterlassen. Feine Linien um ihren Mund und ihre Augen hatten dem schönen Gesicht unauslöschliche Stempel aufgedrückt. Die dunklen Ringe unter ihren Augen verstärkten irritierenderweise die hell- und dunkelblaue Marmorierung der Iris. Auch Sina hatte diese Augenfarbe gehabt, selten war er so fasziniert gewesen. Er zwang sich, den Blick abzuwenden. Ob Sina heute auch so aussehen würde … Er verscheuchte die Gedanken und kehrte wieder ins Hier und Jetzt zurück.

Ihre ernsten Augen musterten ihn genauso prüfend, dann lächelte sie plötzlich und schließlich lachte sie laut auf. »Mein Lieber.« Sie goss Limonade nach. »Wie geht es dir denn?

Stimmt es, dass du in München arbeitest, in einer Tierklinik? Erzähl doch mal …« Sie strich sich die schwarzen Haare aus dem Gesicht, silberne Fäden zogen sich wie verirrtes Lametta hindurch.

Fast mechanisch begann er zu erzählen: Von seinem plötzlichen, wortlosen Weggang damals, dem Studium der Veterinärmedizin, das er nach dem Theologiestudium begonnen hatte, weil er diesem Gott nicht mehr gegenübertreten konnte und wollte. Schließlich war er vor zehn Jahren in München gelandet und hatte mit einem Studienfreund eine jetzt gutgehende, kleine Tierklinik eröffnet, in einem beschaulichen Vorort.

»Na ja, so weit geht es mir gut.« Nervös knetete er seine Hände, sah sie an. »Max hat mich bekniet, dass ich herkomme. Wir haben doch 25-jähriges Abijubiläum mit großer Feier, und er sollte das Ganze mit organisieren. Na ja, dann hat er mich zwangsverpflichtet und deshalb bin ich jetzt hier … um diese Zeit in dieser Stadt!« Die Stille, die seinen Worten folgte, war schwer und dunkel wie die Samtvorhänge, die das Leben draußen ausschlossen.

Viktoria sah ihn einfach nur an, wie eine starke Lupe schien ihr Blick in sein Innerstes zu schauen. Dann legte sie ganz sanft ihre Hand auf seinen Arm, ohne ein Wort zu sagen.

Schließlich brach es aus ihm heraus: »Ich weiß, ich hätte schon viel früher kommen müssen … hätte mich melden sollen, zu euch kommen sollen, aber irgendwie … ich konnte nicht!« Er fühlte die Tränen in seinen Augen aufsteigen. »Ich konnte diese Stadt seit damals nicht mehr betreten, alles hier erinnert an sie – und es tut immer noch weh.«

Viktoria stand auf, trat ans Fenster und ließ ihn seine Tränen wegwischen. »Ist schon gut, ist doch schon gut. Quäl dich nicht noch mehr. Es hätte gar nichts geändert, wenn du früher gekommen wärst.« Sie zögerte erst, fuhr dann aber doch fort: »Meine Tante hat sich zu Tode getrunken. Ich weiß, das wusstest du nicht, aber Beschönigen hilft sowieso nichts mehr.

Und mein Onkel ist seit damals ein gebrochener Mensch, psychisch absolut kaputt. Schließt sich ein, verlässt das Haus nur noch, um zum Friedhof zu gehen, hat keine Kontakte mehr. Die Praxis hat er ziemlich schnell aufgegeben und an einen Kollegen verkauft. Und Roland, ja Roland hätte ihn gebraucht, er fühlt sich immer noch verantwortlich für den Tod seiner Schwester, genau wie du übrigens, weil er damals nicht mitgehen wollte ins Schwarzwäldle. Er ist nach ein paar Wochen völlig zusammengebrochen und seitdem immer wieder für ein paar Monate stationär in der Klinik in Lindau. Also in meiner Nähe, so kann ich ihn dann im Auge behalten, therapieren darf ich nicht, ist ja Familie, also zu nah.«

Er erinnerte sich plötzlich wieder an damals und wie er mit Sina über den abgehackten Erzählstil ihrer Kusine gelacht hatte. Sina meinte immer, bestimmt würde Viktoria mal Ärztin oder Anwältin werden, irgendwas, bei dem sie möglichst viel möglichst schnell berichten müsste. Sina liebte ihre Kusine, die beiden waren wie Schwestern und hatten nicht nur äußerlich viel gemeinsam. Eigentlich wollten sie nach Sinas Abitur gemeinsam nach München gehen, Viktoria, um Medizin zu studieren, Sina wollte sich für Kunstgeschichte einschreiben.

Aber die Realität hatte sie eingeholt und alle Pläne zerstört. Die Zeit wurde entzweigerissen und es gab keine Zukunft mehr.

Jetzt stand Oliver auf, sah durch die großen Wohnzimmerfenster hinab auf die Stadt zu seinen Füßen. Wie nah die Vergangenheit doch mit einem Mal wieder war, fast spürbar, lauernd, gefährlich.

»Roland macht bis jetzt eigentlich gute Fortschritte, hat sogar stundenweise als Krankenpfleger gearbeitet. Hat ein Ein-Zimmer-Apartment in Lindau, so ist er in fünf Minuten bei mir. Und das, also ein so genanntes geregeltes Alltagsleben, funktioniert eigentlich ganz gut.« Sie sahen sich an.

»Das klingt doch gut, dann schafft er ja vielleicht doch wieder den Sprung zurück ins normale Leben.«

Viktoria schüttelte zweifelnd den Kopf. »Vielleicht, wenn da nicht diese akuten Schübe wären – meist genügt ein kleiner Auslöser, ein Lied, ein Foto irgendwo, ihr Name … und er wird geradezu katatonisch. Verliert die Kontrolle über sich und sein Verhalten komplett.« Sie seufzte leicht. »Immer um diese Zeit wird es akut, deshalb haben wir vereinbart, dass er sich im Juli und August in die Klinik einweisen lässt. Damit ist er unter Kontrolle und kann medikamentös eingestellt werden. Das ist zwar nicht das Optimum, aber die Zusammenbrüche sind so gravierend, dass er sich nur schwer davon erholt. Deshalb ist es besser, wenn er eben jetzt in Lindau ist.«

Oliver hatte plötzlich das Gefühl zu ersticken, er wollte nur noch hier raus, aus diesem Mausoleum. »Bitte grüß ihn von mir, wenn ihn das nicht zu sehr … durcheinanderbringt. Ich würde ihn gerne mal wieder sehen. Und bitte, richte auch deinem Onkel meine Grüße aus oder vielleicht …«

Er sah ihr in die Augen, sie lächelte ihn an: »Ist schon in Ordnung, er hat es nie als deine Schuld gesehen, im Gegenteil, die sucht er bei sich selbst. Bis zum bitteren Ende … Aber glaub mir, es wird alles ein gutes Ende finden, dann werden wir alle Frieden haben.«

15

Als Oliver das Haus in der Banneggstraße verlassen hatte, verharrte er einen Moment – und entschloss sich dann, den Versuch zu wagen. Vielleicht war er der Begegnung mit dieser Stadt ja jetzt gewachsen.

Er nahm den Philosophenweg, ging durch den kühlen Torkel mit der uralten Weinpresse, rannte fast die Stufen hinunter zum Mehlsack, und erst als er die Marktstraße und den Marienplatz hinter sich gelassen hatte, wurde er langsamer, ruhiger.

Auch heute drehte er sich zum Seelhaus um und vermisste das große Christophorus-Bild, das jahrzehntelang dort über die Bachstraße gewacht hatte. Vorbei an den unzähligen kleinen Boutiquen und den immer größer werdenden Modehäusern, die sich wie überquellender Grießbrei ausbreiteten. Er war überrascht, wie viele neue Geschäfte sich hier immer wieder ansiedelten, und beinahe gerührt, dass auch manch alte überlebt hatten: die Drogerie, die Metzgerei Schöllhorn – er konnte der Versuchung nicht widerstehen, den besten Leberkäse der Stadt zu probieren. Obwohl er eigentlich keinen Hunger hatte – aber mit dem Biss in den heißen, saftigen Leberkäse kamen Erinnerungen zurück: kurz zu Schöllhorns und dann in die Stadt am Mittag, mit Freunden oder Sina; Bummeln durch die Gässchen und die Untere Breite Straße, über den Marienplatz, durch die Römerstraße raus zum Hallenbad. Unzählige Male war er hier gewesen …

Schließlich landete er ziemlich k.o. auf einer der Bänke im Hirschgraben. Als er klein war, hatte es hier tatsächlich noch Hirsche gegeben. Und in diesem Moment kroch das Heimweh in seinen Körper, Heimweh nach damals. Er hatte diese Stadt geliebt, er kannte so viele Winkel und Ecken, die in keinem Führer erwähnt wurden. Und diese Woche vorm Rutenfest, wenn die blau-weißen Fahnen auf den jahrhundertealten Türmen gehisst wurden, diese eine Woche im Jahr war immer etwas Besonderes gewesen. Das Schuljahr war gelaufen, Notenkämpfe vorbei, leichtfüßig ging man zur Schule und nahm eventuell noch an der einen oder anderen Kostümprobe für Festumzug oder Rutentheater teil. Aber die Stadt, sie erwachte, die Ravensburger fieberten dem Freitag entgegen: Böllerschüsse, Insignienübergabe, Auftakt des Rutenfestes – gleichsam ein Synonym für Sommerferien, Erholung, Loslassen. Das Rutenfest war das Tor zum Glück für die Kinder und auch für die Erwachsenen; danach leerte sich die Stadt, die Leute fuhren in Urlaub.

Und schwach, ganz tief in seinem Innern, fühlte er einen Funken dieser Stimmung aufkeimen. Sein Verstand setzte sich abrupt zur Wehr, erstickte die Erinnerung und ließ ihn aufstehen. Mit schnellen Schritten machte er sich Richtung Innenstadt davon. Da kamen sie ihm entgegen, Landsknechte – er kannte die grünen und kupferfarbenen Kappen – auf dem Weg zum nächsten Probentermin, leise miteinander redend. Er blieb stehen, lehnte sich an die uralten Steine der Stadtmauer, sah ihnen nach ... und war mit einem Mal ganz ruhig. Er freute sich über diese Jungs, die während der Rutenfesttage Hitze oder Regen trotzten und rauf und runter durch die ganze Stadt zogen, die ihre Kostüme mit Stolz trugen und die alle mit ihrer Freude und Begeisterung ansteckten. Jetzt konnte er sich ganz deutlich an diese Freude und Begeisterung erinnern; es war zwar lange her, aber damals hatte er dasselbe empfunden. Und zwar genau hier, in dieser seiner Stadt. Und obwohl er diese Erinnerungen tief vergraben hatte, waren sie in diesem Moment wieder zu lebendigen Bildern geworden, die er nicht so einfach vergessen konnte.

16

Der Nachmittag bestand aus dem Sichten der Akten und Papiere, die sie von Tanja Sailer mitgebracht hatten. Ulla und Simone teilten sich mit Krautter die Papiere, während Tenhagen Rechner und Laptop durchforstete.

Krautter verließ das Revier mit dem Kopf voller Informationen und Gedanken, die er erst mal sortieren musste. Schlag 18 Uhr stand er vor der Humpisstube in der oberen Marktstraße, einem der ältesten und originellsten Lokale der Stadt.

Er konnte nicht mal grob überschlagen, wie oft er schon hier gewesen war – zu fast jeder Tages- und Nachtzeit. Oliver wartete bereits auf ihn und die beiden Freunde suchten sich drinnen einen Tisch; draußen war es zu ungemütlich, ein Gewitter kündete sich mit staubgeladenen Windböen an.

Sie bestellten schwäbische Maultaschen in Brühe mit grünem Salat und kühles kristallklares Weizenbier. Diese erste Stunde verbrachten sie angeregt mit Essen, Trinken und dem Erzählen der Dinge, die sich seit Max' Besuch im letzten Jahr ereignet hatten. Die kleine Tierklinik, die Oliver mit einem Freund in Daglfing aufgebaut hatte, lief gut. Durch einen neuen Anbau konnten sie jetzt sogar Pferde behandeln; das öffnete den Zugang zur so genannten besseren Münchner Gesellschaft.

Max hatte einen als Selbstmord getarnten Mord aufgedeckt und mit Tenhagen in Rekordzeit gelöst. Die Lokalpresse hatte sich mit Lob überschlagen und Oliver meinte lächelnd, dass sich das bestimmt positiv beim Klettern auf der Karriereleiter auswirken würde.

Max sah seinen Freund nachdenklich an: Oliver war zwar über vierzig, hatte aber nach wie vor dunkle Haare, die nur leicht silbrig schimmerten, natürlich an den Schläfen. Er erinnerte ihn immer noch und mehr denn je an den Schauspieler Gregory Peck. Seine dunklen, mahagonifarbenen Augen spiegelten seit damals die innere Traurigkeit wider – und wo er hinkam, drehten sich die Frauen nach ihm um.

»Mann, bin ich froh, dass ich keine Frau bin.« Max leerte sein Glas.

Oliver kannte ihn und wusste, woran er gedacht hatte. Ein leises Grinsen, das schmerzlich an damals erinnerte, stahl sich auf sein Gesicht, um allerdings so schnell zu verschwinden, wie es gekommen war.

»Nein, ich hab keine Freundin, mein Lieber, keine Sorge, du bist der Einzige in meinem Herzen. Was ist mit dir?«

»Ach du weißt doch, ich sonne mich in deinem Glanz ... und vielleicht fällt ja für mich auch eine ab.«

»Ja – aber nur, wenn du endlich Jane und ihre Bücher im Keller verschwinden lässt.« Oliver tippte sein Glas gegen das des Freundes. Dieses Geheimnis teilten nur sie beide und er wusste, dass das für Max eine Art Flucht aus der Realität war.

»Wieso sollte ich das tun? Ich bin zufrieden mit ihr, sie stellt keine Ansprüche an mich, ist zufrieden, wenn ich da bin und sie in die Hand nehme und braucht vor allem keine Extra-Betreuung oder Extra-Geld.«

»Aber so ein Buch, Max, kann dir eben nicht das geben, was du wirklich brauchst.«

»Genauso wenig wie Hunde, Katzen oder Pferde.«

»Touché.« Die Freunde sahen sich an – jeder wusste um die Verletzbarkeit des anderen.

»Sag mal, ehrlich, wie ist es für dich, nach den vielen Jahren wieder hier zu sein, jetzt direkt vorm Rutenfest?« Max hielt den Atem an und konnte kaum glauben, dass er die Frage wirklich laut ausgesprochen hatte.

Die Sekunden tropften vorbei. Schließlich holte Oliver tief Luft: »Schwerer, als ich dachte ... die Trommeln, weißt du, die schließen den Kreis, jagen mich regelrecht ... Es grenzt an Panik, was das in mir auslöst ... so schlimm hätte ich es nicht erwartet. Wenn ich mich dann wieder gefangen habe, kommt der Schmerz – es tut weh, Max, einfach nur weh!«

Im Licht der Kerze, die unbeteiligt zwischen ihnen vor sich hin brannte, konnte Krautter sehen, dass die Augen seines Freundes glänzten.

»Entschuldigung, die Herren.« Silvia, die Kellnerin, trat an den Tisch: »Das ist für dich von der Dame dort drüben.«

Ein Tequila Sunrise wurde vor Oliver platziert, sein Blick wanderte in die Richtung, die Silvia andeutete.

Max schnaufte vor Neid – brünett, lange Haare, kurzes goldfarbenes Minikleid und megalange Beine in Pumps mit goldenen Absätzen. »Na super«, entfuhr es ihm, bevor er sich bremsen konnte. »Hei, warum passiert mir nie so was?!«

Oliver dankte der Dame mit einem Lächeln, ließ das Glas aber unberührt. »Ich wecke das Mitleid in ihnen, ist nicht besser.«

Sie bestellten nochmal zwei Weizen. Und dann stellte Oliver die Frage, die Max fürchtete. Bisher hatten sie das Thema immer vermieden, aber jetzt und hier, zu dieser Zeit und in dieser Stadt, konnten sie ihr nicht entkommen.

»Was ist eigentlich aus den anderen geworden? Einer von ihnen hat sich erhängt, das hab ich mitbekommen, Uwe, der Kunststudent, nicht wahr?« Nach Max' Nicken fuhr er heiser fort: »Und die anderen … Hat einer von denen irgendwann gestanden oder wurde irgendwer zur Verantwortung gezogen?«

Max wusste, es war eigentlich nicht die *Frage*, die er fürchtete, sondern die Antwort, die er dem Freund geben musste. »Tja, es hat sich eigentlich nichts verändert – außer dass sie noch fester im Sattel sitzen als je zuvor. Und nein, keiner hat sich jemals wieder zu Sinas Tod geäußert oder irgendwas über diese Nacht ausgesagt – außer dem, was damals in der Anhörung gesagt worden ist, ansonsten … Das Schweigen der Jahrzehnte deckt seinen Mantel drüber.«

Er sah, wie Oliver hart schluckte, sein Glas hob und wieder abstellte. »Es gab also nichts, gar nichts? Kein Verfahren, keine Strafe?!«

Krautter schüttelte den Kopf – »Nicht mit den Anwälten und nicht bei der Indizienlage.«

»Verdammt, Max«, seine Handfläche krachte auf den Tisch, Silvia drehte sich verwundert zu ihm um, »Max«, er beugte sich über den kleinen Tisch, schob die Kerze zur Seite. »Max«, setzte er eindringlich nach, »sie haben Sina umgebracht, damals in dieser Nacht, diese vier haben sie vergewaltigt und dann in die Kiesgrube gestoßen!«

Die dunklen Augen seines Freundes bohrten sich tief in seine, bis in die innersten Winkel seines Gehirns. Instinktiv wusste Krautter, dass Oliver wahrscheinlich recht hatte, und war froh, dass sein Freund endlich diese Worte laut ausgesprochen hatte – nach so langen Jahren kam der Eiter dieser Wunde endlich an die Oberfläche, vielleicht konnte man jetzt endlich an Heilung denken. Diese Gedankenfetzen schossen ihm wie Wolken im Sturm durch den Kopf, während er fieberhaft nach einer Antwort suchte.

Seine Stimme klang kehlig, als gehörte sie nicht ihm: »Oliver, du hast den Bericht von damals gesehen, ich habe dich die Akte lesen lassen. Es gab und gibt keine Beweise, dass die Vier damals etwas anderes getan haben als das, was sie ausgesagt haben: nämlich zu versuchen, Sina vom Springen abzuhalten.«

»Es war ihr Geburtstag, verdammte Scheiße, ihr 18. Geburtstag, niemals hätte sie sich an diesem Tag umgebracht, das weißt du. Sie hat überhaupt nie an Selbstmord gedacht, sie war mit mir zusammen, wir wollten ...« Seine Hände krampften sich um das Glas. »Wir wollten zusammen nach München, studieren, zusammenziehen, heiraten ...« Seine Stimme zitterte, wurde leiser, verlor sich in längst vergangenen Tagen.

»Oliver, das ist vorbei und du musst damit abschließen, bitte, zieh endlich einen Strich unter die Vergangenheit. Du kannst es nicht ändern, und ich glaube zutiefst, dass sie sich irgendwann mal für das verantworten müssen, was sie wirklich getan haben. Und so, wie es aussieht, sind manche von ihnen schon dabei zu büßen ...« Krautter biss sich auf die Lippen.

»Was? Weißt du was Neues von denen?«

»Nein, nicht wirklich.« So ein Mist, schimpfte er innerlich. »Sie sind irgendwie verwickelt in den Fall, den Mordfall. Wir müssen sie als Zeugen befragen.«

Während Oliver neben ihm in dumpfes Grübeln versank, lief in Max' Erinnerung das tragische Geschehen nochmal im Zeitraffer ab: Sina, Olivers große Liebe, hatte ihren achtzehnten Geburtstag gefeiert, der in diesem Jahr zufällig auch noch genau auf den Beginn des Rutenfestes fiel. Sie war in der 13. Klasse des Spohn-Gymnasiums und mehr als bildhübsch. Eher wie ein Sonnenstrahl, der alles um sie herum zum Leuchten und Lächeln brachte. Sie war verliebt, glücklich und feierte – wie es einer Trommlerbraut gebührte – am Abend im Schwarzwäldle mit den Jungs aus ihrer Klasse, die aktive Trommler waren, und mit den ehemaligen Trommlern, die zu solchen Anlässen eingeladen waren. Die meisten von ihnen gehörten einflussreichen und alteingesessenen Ravensburger Familien an – Sina selbst war wohlbehütet und umsorgt als Tochter eines der bekanntesten Kieferorthopäden der Nachbarstadt Weingarten aufgewachsen. In die Rolle des adretten Mädchens aus gutem Hause war sie allerdings nie geschlüpft. Schon früh setzte sie ihren eigenen Kopf durch. Als ihre beste Freundin nach der Grundschule auf ein Ravensburger Gymnasium wechselte, beschloss auch sie, ihr Abitur nicht in Weingarten, sondern in Ravensburg abzulegen. Die Eltern gaben sich ihrer Argumentation geschlagen: Humanistische Bildung gibt's nur im Spohn.

Dieser Abend im Schwarzwäldle war nun der Höhepunkt von Sinas bisherigem Leben, und sie war der Mittelpunkt – der einzige Wermutstropfen war, dass Oliver nicht mitfeiern konnte. Oliver hatte Max versprochen, genau an diesem Abend mit dessen Eltern zu sprechen. Max hatte nämlich am Morgen die Zusage für den Platz an der Polizeischule bekommen und wusste nicht, wie er das seinem Vater beibringen sollte. Dieser war der festen Überzeugung, dass sein Sohn den Steinmetzbetrieb übernehmen würde, der seit drei Generationen in Familienbesitz war. An diesem verhängnisvollen Abend war Oliver also bei Max – dieser Umstand sollte beiden Männern jahrzehntelang zu schaffen machen. Wären sie bei Sina gewesen, wären sie dort gewesen, dann wäre das alles nie passiert …!

Man fand die Leiche des jungen Mädchens am nächsten Morgen auf dem Grund der Kiesgrube; sie war vom Rand der Grube, die an das Schwarzwäldle grenzte, dreißig Meter in die Tiefe gestürzt. Todesursache waren schwere Schädelverletzungen, die sie sich *vermutlich* an einem der großen Steine zugezogen hatte, und der Körper war so zerschmettert, dass nicht einwandfrei festgestellt werden konnte, ob sie vergewaltigt worden war oder nicht – *vermutlich* nicht. Sie hatte einen ziemlich hohen Blutalkoholwert, *vermutlich* hatte sie freiwillig getrunken und es war nicht mehr festzustellen, welche Verletzungen ante oder post mortem beziehungsweise durch den Sturz verursacht worden waren.

Es war die Hölle – vor allem für Sinas Familie, die daran zerbrach.

Der Schlüssel zu dieser Nacht lag aber bei den fünf jungen Männern, die damals mit Sina gesehen wurden, unmittelbar bevor der »Unfall« passierte – sie waren ehemalige Trommler vom Trommlerkorps, Studenten der Ravensburger Elite, hoffnungsvolle Söhne der Stadt – und nur sie wussten, was passiert war. Aber sie schwiegen. Die Väter verurteilten sie zum Schweigen. Die Väter nahmen die Sache in die Hand. Die Väter recherchierten, argumentierten, manipulierten. Und schließlich reichten die Indizien nicht aus, um Anklage zu erheben.

Einige Monate später ging alles wieder seinen gewohnten Gang für die fünf jungen Männer. Getreu dem Motto: Worüber nicht geredet wurde, das war nie passiert – allerdings funktionierte das nur bei vier von ihnen. Der fünfte, ein hochsensibler Kunststudent, Sohn des evangelischen Pastors, erhängte sich sechs Monate später im Hörsaal der Universität.

Die vier anderen hatte Krautter vor nicht mal 48 Stunden auf einem Foto gesehen – und heute war einer von ihnen tot.

»Weißt du, ich glaube, ich könnte diese Mistkerle echt umbringen.« Oliver hatte inzwischen das Tequila-Glas geleert. »Wenn mir jetzt einer von denen begegnen würde …«

»Komm, lass uns gehen.« Krautter bat Silvia, ein Taxi zu rufen.

Sie bahnten sich gerade einen Weg nach draußen, vorbei an der Brünetten, die auf mehr als ein Lächeln gehofft hatte, vorbei an lachenden und scherzenden Leuten, die sich aufs Rutenfest freuten – als Oliver plötzlich abrupt stehen blieb.

»Scheiße, Max«, flüsterte er.

Krautter blickte an ihm vorbei Richtung Tür und in diesem Moment sah Hertkorn in ihre Richtung, sah, erkannte sie und versuchte, ihnen aus dem Weg zu gehen.

»Komm her, du Mistkerl«, wie Donner grollte Olivers Stimme.

Krautter gelang es gerade noch, Oliver an seiner Jacke zu fassen. »Hör auf, komm mit raus – Oliver, das bringt nichts!« Er zwang seinen alten Schulfreund, ihn anzuschauen: »Wir gehen jetzt, okay?!«

17

Hertkorn brauchte fast fünf Minuten, um sich wieder zu fangen. Auch wenn er es sich ungern eingestand, seit damals hatte er Angst vor diesem Eishold. Immer wieder tauchten die Erinnerungen an die Tage damals auf, die Drohungen, die Eishold gegen sie alle ausgestoßen hatte. Nein, passiert war ihnen nie etwas, dafür hatten die Väter schon gesorgt, und dass Uwe sich kurz darauf umgebracht hatte, na ja, dafür konnte keiner was.

Normalerweise verscheuchte er diese Dämonen der Vergangenheit wie lästige Fliegen, aber jetzt saßen sie fest in seinem Gehirn und grinsten seinem Spiegelbild hämisch zu. Verdammt, er nahm sich selbst übel, dass er sich auf dieses Treffen heute Abend eingelassen hatte. Lieber wäre er jetzt bei seiner Pokerrunde gewesen …

Tanja Sailer wartete an der Bar; sie hatte die Szene nicht mitbekommen und war daher überrascht, als Hertkorn aus Richtung der Toiletten auf sie zukam. »Sie sollten mich nicht zu lange warten lassen«, ihre Stimme war zuckersüß, »wer weiß, was mir sonst einfällt?!«

»Ist ja gut, ich musste noch wohin … dahin wollte ich Sie nun wirklich nicht mitnehmen.« Sie bestellten Rotwein und Hertkorn trank einen großen Schluck, um die letzten Minuten runterzuspülen. »Also, Sie wollten sich mit mir treffen, ich bin da – Sie sagten, es wäre wichtig und ginge um Informationen. Schießen Sie los!«

Tanja fuhr sich – wie sie fand – aufreizend durch die Haare; ihr Gegenüber gefiel ihr in natura noch besser als auf den

Fotos von Nick. Vielleicht könnte man ja noch ein kleines Neben-Arrangement treffen? Als sie Hertkorns klirrend kalten Blick auffing, beeilte sie sich, zum Grund ihres Treffens zu kommen.

»Sie sind ja grade an ner großen Sache dran, nich wahr. Und da steht für Sie und Ihre Freunde recht viel auf dem Spiel. Nick haben Sie auf ziemlich üble Art und Weise aus dem Projekt rausgeschmissen, nich wahr!«

»Er hätte nur das Geld für die Beteiligung aufbringen müssen.« Hertkorn unterbrach sie und wurde langsam wütend. »Was wollen Sie?«

»Also, es ist so: Durch den plötzlichen, tragischen Tod meines lieben Mannes war ich gezwungen, seine Sachen durchzusehen, Sie wissen schon, wegen Versicherungen, Dokumenten für die Beerdigung und so weiter. Dummerweise – oder eigentlich glücklicherweise – ist mir dabei eines seiner Automodelle runtergefallen, und die Verpackung ist aufgebrochen. Und na ja, was soll ich Ihnen sagen, es war das Modell, das Nick damals, vor Jahrzehnten, von Uwe – Sie erinnern sich bestimmt an Uwe?« – Hertkorn nickte ungeduldig und irritiert, als er den Namen hörte – »… von Uwe geschenkt bekommen hat, als der wegging, um zu studieren. Und im Boden der Verpackung fand sich …« Sie machte eine Pause, die den Anwalt schier vom Stuhl springen ließ, mühsam beherrschte er sich. »… ein Brief!«

Triumphierend leerte Tanja Sailer ihr Glas und bat Hertkorn, ihr noch mal einzugießen.

Mechanisch folgte er der Aufforderung. »Ääh … ein Brief? Ja und? Was hat das mit mir zu tun?!«

»Mein lieber Anwalt, lassen Sie es mich so formulieren: Der Inhalt kommt einem Geständnis gleich und hat nichts von seiner Brisanz verloren. Gewisse Straftaten verjähren nicht, das wissen Sie doch. Uwe hat sich alles von der Seele geschrieben. Er dachte wahrscheinlich, Nick würde den Brief finden … und hat es ihm überlassen, ob er damit zur Polizei geht oder nicht!«

Tanja Sailer sah, wie Hertkorns Blick gefror, seine Finger sich um das Glas krampften, bis die Knöchel weiß wurden. Totenstille herrschte zwischen ihnen, Tanja triumphierte, diese Sache war viel größer und heißer als das Hotelprojekt. Sie wartete, sie hatte die Zeit.

Hertkorn nicht, seine Blicke flogen im Lokal umher wie aufgescheuchte Vögel im Käfig. Er leerte sein Glas in einem Zug, sah sie an, sah wieder weg, räusperte sich und versuchte, Worte zu finden.

Ha, dachte sie, *unser ach so beredter Anwalt, der nie um kluge Sprüche verlegen ist, jetzt hat es ihm die Sprache verschlagen.*

Endlich fand Hertkorn seine Sprache wieder. »Verdammt noch mal«, flüsterte er. »Woher soll ich wissen, dass Sie nicht lügen? Was genau steht in diesem angeblichen Brief?!«

»Ich lüge nicht, lieber Dr. Hertkorn.« Ihre zuckersüße Stimme täuschte nicht über den Inhalt der Worte. »Uwe Fischer schildert detailliert die Ereignisse in jener besagten Nacht, Rutenfest 1988! Der Brief war ungeöffnet, also gehe ich davon aus, dass Nick keine Ahnung von seiner Existenz hatte. Hätte er davon gewusst, wären ihm die Geldsorgen mit Sicherheit erspart geblieben. Denn diese Schilderung unterscheidet sich doch gravierend von den offiziellen Aussagen, die Sie und Ihre Freunde gemacht haben. Und Nick ist damals ja beim Feuer geblieben – ihm wäre also nichts passiert, wenn er zur Polizei gegangen wäre.«

In den Augen von Hertkorn stand blanke Fassungslosigkeit.

Tanja Sailer genoss das Gefühl, diesem Machtmenschen überlegen zu sein, und kostete es aus: »Nehmen wir mal an, dieser Brief käme jetzt, in den nächsten Tagen, anonym in die Hände der Polizei …«

»Halten Sie den Mund!« Die Wut half Hertkorn, seine Fassung wiederzufinden. »Das ist reine Erpressung und damit machen Sie sich strafbar. Das ist Ihnen hoffentlich klar.«

»Ja, ist es!« Dieses Mal klirrte ihre Stimme vor Kälte. »Aber ich habe nicht halb so viel zu verlieren wie Sie – und wer weiß, vielleicht stecken Sie oder einer Ihrer sauberen Freunde doch hinter dem Mord an meinem Mann?!«

»Was?! Sie glauben doch nicht im Ernst, dass einer von uns diesen Versager ...«

»Schsch, denken Sie doch mal kurz nach, was die Polizei für Schlüsse ziehen wird, wenn sie eins und eins zusammenzählt. Für die ist das dann ganz einfach, das wissen Sie doch, nich wahr?!«

Hertkorn fühlte sich plötzlich wie gefangen in diesem Lokal. Er musste hier so schnell wie möglich raus. »Okay, jetzt kommen Sie zum Punkt. Was wollen Sie für den Brief? Wie viel?«

»Oh, ich dachte, so mal fürs Erste genügen mir die Beteiligung am Hotelprojekt und 10000 Euro. Damit sichern Sie sich meine Loyalität, und ich kann ein paar Schulden bezahlen.«

»Völlig unmöglich, das krieg ich nie durch, dass Sie mit reinkommen. Wie um alles in der Welt sollte ich das denn begründen?« Er legte einen verschlossenen Umschlag auf den Tisch. »Hier drin sind 3000 Euro. Mehr hab ich im Moment nicht flüssig. Und das reicht auch fürs Erste!« Sein Blick ließ keinen Zweifel daran, dass er nicht mehr bereit war zu handeln. »Was das Hotelprojekt angeht: Ohne Finanzierungsvorschlag von Ihrer Seite aus wird das unmöglich gehen!«

»Aber mein lieber Dr. Hertkorn!« Ihre Finger wanderten über seinen Handrücken, rasch zog er seine Hand zurück. »Ich bin mir sicher, Sie finden einen Weg, Ihre Freunde zu überzeugen. Denken Sie daran, dieser kleine Brief könnte Ihnen alles vermasseln.«

Er stand auf. »Ich muss das besprechen, ich ruf Sie dann an.« Er drehte sich Richtung Ausgang.

»Doktor!« Ihre Stimme schnitt wie ein scharfes Messer durch den Raum und stoppte jede weitere Bewegung. »Ich warte bis Freitag, sonst lass ich die Bombe noch vorm Rutenfest platzen.«

3. Tag
– Dienstag –
Noch drei Tage bis zum Rutenfest

18

Obwohl dieser Dienstagmorgen sonnig war, traute Krautter dem Wetter nicht. »Die Sonne sticht jetzt schon, des wird nix Rechts«, brummte er vor sich hin, während er die Tageszeitung durchblätterte. Auch heute war wieder ein Bericht über den Mord am Mehlsack drin, wenn auch weniger reißerisch und immerhin bereits auf einer der hinteren Seiten. Er frühstückte und las gleichzeitig weiter, unter anderem auch eine kleine Notiz darüber, dass Ende der Woche Anmeldeschluss sei für die Teilnahme an der 25-Jahre-Abitur-Jubiläumsfeier des Albert-Einstein-Gymnasiums. Krautter stöhnte auf; er war durch Zufall Mitglied dieses Organisationskomitees geworden und verspürte keinerlei Lust dazu. Ein Glück, dass Oliver sich hatte überreden lassen – er sah auf die Uhr und war heilfroh, dass dieser nach dem aufreibenden Abend gestern offensichtlich noch schlief. Es war hart für ihn gewesen, nach der Reise in die Vergangenheit dann auch noch Hertkorn gegenüberzustehen – Auge in Auge. Das hatte ihn wirklich mitgenommen … Er seufzte, blätterte noch kurz zu den Todesanzeigen; Sailer war hier noch nicht vertreten, da die Leiche bisher nicht freigegeben war. Seiner Verwandtschaft würde es gar nicht gefallen, wenn die Beerdigung aufs Rutenfest fiel, er konnte sich das lebhaft vorstellen. »Da kann man halt nix machen – ’s Leben isch hart.«

Punkt 7.30 Uhr betrat er sein Büro – fünf Minuten später traf auch Tenhagen ein. »Jaja, Kollege, Pünktlichkeit ist eine

Zier …« Krautter konnte sich ein Grinsen nicht verkneifen; in der Regel war Tenhagen der Pünktlichere von beiden.

»Jaaa, aber wenn einem der Chef den Parkplatz klaut und man dann runter in die Tiefgarage muss … ist das höhere Gewalt. Und außerdem …«, gutgelaunt deutete der Jüngere auf die Kaffeemaschine: »Wer zuerst kommt, macht Kaffee! Und bitte nicht wieder so affenstark wie das letzte Mal!«

»Herrjeh, 's Leben isch manchmal wirklich hart«, heischte Krautter nach Mitleid, aber weder Tenhagen noch Ulla, die gerade routinemäßig ihren Schreibtisch für die tägliche Arbeit vorbereitete, bedauerten ihn.

Zehn Minuten später saßen Tenhagen, Krautter, Simone und Ulla im Büro am Konferenztisch, jeder mit einer Tasse Kaffee oder Tee vor sich, und Krautter eröffnete die kleine Besprechung. »Okay, habt ihr gestern noch das Material sichten können, das wir von der Sailer bekommen haben?«

Die beiden Frauen nickten und Simone zog einen Collegeblock aus dem Stapel, den sie vor sich liegen hatte. »Dann schieß mal los, bin sehr gespannt.«

»Also, Ulla und ich sind die Aufzeichnungen und Materialien durchgegangen, die Nick Sailer als Materialsammlung für sein Buch benutzt hat. Aber ehrlich gesagt, sehr viel hat das nicht hergegeben.«

Ulla schüttelte ebenfalls den Kopf.

»Es sieht so aus, als hätte er eine Reihe von Zeitungsartikeln, vorwiegend aus der Regionalpresse, kopiert; der Rest sind handschriftliche Notizen über Gespräche oder Treffen mit seinen Freunden und Bekannten. Oh, die drei Herren vom Foto«, sie deutete zur Pinnwand, »werden auch des Öfteren erwähnt.«

»Und das nicht gerade sehr positiv«, ergänzte Ulla, »dieses Beziehungsgeflecht hat in letzter Zeit nicht mehr so arg gut funktioniert.«

»Hmmm, gab es irgendwelche Hinweise auf ein mögliches Mordmotiv? Ich meine, waren da irgendwelche Briefe oder Drohungen oder so was?«

Tenhagen schaltete sich ein. »Da kann ich gleich was zu sagen – hab mich ja mit dem Rechner befasst. Aber mach du erst mal fertig, Simone.«

»Also nein, bei den schriftlichen Unterlagen war nichts dergleichen. Außerdem hat dieser gute Mensch noch nie was von Ablagesystemen gehört. Es lag alles querbeet in den Ordnern drin. Unter anderem haben wir noch zwei Schreiben vom Verlag gefunden. Das eine vom Januar, in dem heißt es, man freue sich über die Auflagensteigerung durch den – wörtliches Zitat – Sturm, den das Buch in der Presse verursacht habe. Das zweite Schreiben ist allerdings weniger erfreulich. Die Verlagsleitung macht Sailer deutlich, dass er auch von ihrer Seite aus haftbar gemacht werden könne, für den Fall, dass es zu einem Gerichtsverfahren käme. ›Um Schaden von unserem Hause fernzuhalten, bitten wir Sie dringend um Klärung. Nehmen Sie baldmöglichst Kontakt zu uns auf.‹«

»Wow, raue Töne.« Krautter schob die Brille hoch. »Von wann ist dieser Brief?«

»Vom 16. Juni, von vor vier Wochen ungefähr.« Simone schob ihm die in Klarsichthüllen eingetüteten Briefe rüber.

»Na schön, ist ja gar nicht so schlecht, danke erst mal, ihr zwei.« Krautter holte sich eine weitere Tasse Kaffee. »Okay, Alex, Sie sind dran.«

»Danke, Chef. Oh, wenn Sie grade stehen …«, er hielt ihm bittend seine leere Tasse hin.

Krautter brummelte: »Ich bin viel zu gutmütig«, und schenkte zwei Tassen nach.

»Ja, der Rechner war eigentlich ein Flop; da waren vor allem Spiele drauf, Autorennen in erster Linie und ein fettes Graphikbearbeitungsprogramm. Ein paar seiner Fotos waren auch dabei, aber nichts Relevantes. Jedenfalls nicht für uns. Offenbar hat er sich als freiberuflicher Privatdetektiv verdingt und dabei ein Pärchen geknipst, das wahrscheinlich mehr als dankbar wäre, wenn wir diese Fotos vernichten würden.« Tenhagen widmete sich seinem Kaffee, krümelte Zucker und vier Tröpfchen Kaffeesahne hinein.

»Hoppla, das waren jetzt aber vier Tropfen, ist das nicht zu viel?!«, witzelte Krautter mit gespieltem Ernst. »Jetzt müssen Sie ja einen Milchkaffee trinken, der ist doch völlig ungenießbar!«

Tenhagen kannte die Sprüche zur Genüge und grinste nur noch drüber; auch wenn es keiner glaubte, er konnte den geschmacklichen Unterschied zwischen drei und vier Tropfen Kaffeesahne erkennen. »Bin grad auf Café au lait eingestellt«, konterte er.

»Also schnüffelte Sailer auch noch im Privatleben anderer herum.« Krautter kratzte sich am Kopf. »Hatte er einen Auftrag dafür?«

»Bei den Mails aufm Laptop hab ich jedenfalls nichts gefunden. Auch bei den Dokumenten, die er digital abgelegt hatte, war kein Hinweis. Vielleicht hat er das Pärchen ja auch nur zufällig entdeckt und eventuell als weitere Einkommensquelle angesehen.«

»Also behalten wir das mal im Hinterkopf; Simone, kannst du bei Gelegenheit mal einen Blick auf dieses Bild werfen?!«

»Klar«, sie nickte, »mach ich auf jeden Fall.«

»So, was jetzt aber wirklich interessant war – bei den Mails gab es einen Ordner mit dem Titel ›Müll‹. Hab reingeschaut und da fand ich fünf massive Drohbriefe. Er wird als Verräter, als Nestbeschmutzer beschimpft, als Blutsauger und Schmarotzer. Und im letzten steht dann ...« – Krautter blickte auf das Papier in seiner Hand – »... ›Aber die gerechte Strafe wird dich ereilen, auch wenn ich eigenhändig dafür sorgen muss! Angst und Trauer werden auf deiner Seite sein, auf unserer aber wird sein Lachen und Freude. Tanzen werden wir auf deinem Grab und unsere Stadt wird leuchten, wenn dein Name längst in den Fluten der Vergangenheit versunken ist!‹«

»Uuh«, Simone schüttelte sich. »Da war aber jemand richtig sauer!«

»Kriegen wir raus, von wem diese E-Mails kommen?« Krautter schaute fragend zu Tenhagen.

»Hab ich gestern noch versucht, aber das Einzige, was wir rausfinden konnten, war, dass sie von einem Internet-Café abgeschickt worden sind. Hier in der Gartenstraße. Ich erkundige mich mal noch bei denen, ob die 'ne Video-Überwachung oder so was haben.«

Krautter war aufgestanden und fasste zusammen: »Sailer hatte also Probleme mit dem Buch beziehungsweise mit dem Verlag; vielleicht läuft da schon eine Anzeige ...«

Ulla nickte und notierte sich Stichworte. »Klär ich ab.«

»Außerdem wurde er anscheinend bedroht, mal sehen, ob wir da weiterkommen. Dann müssen wir unbedingt das Alibi von Frau Sailer überprüfen – Simone, übernimmst du das? Gut – dann werde ich mich mal auf Herrn Dr. Hertkorn einstimmen.« Er warf einen Blick auf die Wanduhr. Sie zeigte 8.55 Uhr. »Mal sehen, ob er pünktlich ist.«

Die kleine Runde löste sich rasch auf und tatsächlich klopfte Ulla fünf Minuten später an seine Tür, um Dr. Hertkorns Erscheinen zu melden.

19

»Dr. Hertkorn.« Krautter erhob sich und trat auf den Anwalt zu. »Danke für Ihr Kommen. Bitte nehmen Sie doch Platz.«

Hertkorn nahm auf einem der Besucherstühle Platz, der genauso ungemütlich war, wie er aussah. Den Kaffee lehnte er ab.

»Wenn Sie mir vielleicht freundlicherweise sagen könnten, weswegen ich hierherkommen musste ...« – abschätzig musterte er das zweckmäßig eingerichtete Büro – »ich habe nicht viel Zeit. Also ... bitte?«

»Also dann, steigen wir gleich ein. Welche Beziehung hatten Sie zu Nick Sailer?«

Für eine Sekunde war Hertkorns Blick argwöhnisch, aber rasch hatte er sich unter Kontrolle: »Was meinen Sie denn damit? Wie kommen Sie denn darauf, dass ich und Sailer …?«

»Wir könnten uns jetzt mit Ihrer zur Schau getragenen Ahnungslosigkeit aufhalten, aber genau wie Sie, Herr Doktor, haben auch wir nicht allzu viel Zeit. Wir müssen einen Mordfall aufklären! Also bitte – in welcher Beziehung standen Sie zu Nick Sailer?!« Krautters Stimme war wieder dunkel und rollte im Büro an die Wände wie Brandungswellen.

Hertkorn bemühte sich um Fassung: »Ich hab ihn eigentlich nur so gekannt, wie man halt einen alten Schulfreund kennt. Wir hatten ein paar Mal geschäftlich miteinander zu tun, als er noch in der Autobranche tätig war. Aber näher … nein, näher gekannt habe ich ihn nicht. Aber wie kommen Sie denn auf mich? Warum fragen Sie ausgerechnet mich?«

In dieser Sekunde fiel sein Blick auf das Foto an der Wand, seine Augen wurden groß – mit fahrigen Bewegungen fischte er den Blackberry aus einer Tasche, um ihn dann sofort wieder in eine andere zu stecken.

Krautter und Tenhagen hatten die Richtung seines Blickes und die Reaktion auf das Bild sehr wohl bemerkt; sie wechselten rasche Blicke.

Tenhagens Stimme war kühl: »Ja, schauen Sie nur genau hin, Herr Dr. Hertkorn, wir haben uns gefragt, was Sie vier miteinander verbindet … So lange ist das ja noch nicht her und offensichtlich, na ja, verstehen Sie sich doch ziemlich gut. Und wie wir wissen, haben Sie an dem Abend auch gemeinsam gefeiert – das war übrigens im Januar letzten Jahres. Sie erinnern sich?!« Der Kommissar suchte Blickkontakt, aber Hertkorn zuckte scheinbar gleichgültig die Schultern.

»Na ja, ist doch nicht verboten, dass man sich mit alten Schulfreunden mal wieder trifft und feiert, oder? Und wir wollten ihn ein bisschen aufmuntern, deshalb haben wir ihn in den Club eingeladen. Das ist ja nun wirklich kein Verbrechen.«

Den beiden Kommissaren war nicht entgangen, dass sich ein leichter Schweißfilm auf Hertkorns Stirn gebildet hatte. Krautter und Tenhagen stellten jetzt in rascher Folge Fragen zu seinem Alibi am Sonntagmorgen, zum Hotelprojekt Veitsburg und zu dessen Finanzierung. Der Anwalt gab an, zu Hause gewesen zu sein und beantwortete die weiteren Fragen sehr ausweichend.

»Sie verstehen, meine Herren, es hat schon genug Staub aufgewirbelt, und solange das Projekt noch nicht endgültig in trockenen Tüchern ist ... Sie verstehen doch bestimmt, dass ich deshalb nicht viel sagen kann.«

In diesem Augenblick ertönte quäkend der Radetzky-Marsch, das Klingelzeichen des Blackberrys.

Das Gespräch war kurz, Hertkorn stand auf: »Wenn das dann alles wäre, das war der Ingenieur unseres Projektes, er braucht dringend einige Unterlagen – ich muss ins Büro.« Hertkorn rückte seine Krawatte, die er vorhin gelockert hatte, zurecht. »Wenn Sie sonst keine Fragen mehr haben ...«

Krautter machte eine vage Handbewegung: »Im Moment nicht mehr. Aber halten Sie sich bitte zur Verfügung, oh, und bitte – keine Auslandsreisen.«

»Dann darf ich mich jetzt ja wohl verabschieden – guten Tag, die Herren!«

Trotz seiner Bemühungen, souverän und kühl zu wirken, konnte man seine Nervosität an jeder Faser der nicht mehr ganz so akkuraten Erscheinung ablesen. Hertkorn verließ das Büro und eilte so schnell den Flur hinunter, dass er beinahe einen Verkehrspolizisten in Uniform umgerannt hätte.

»Mannomann, der hat's nicht nur eilig, dem geht auch echt die Muffe.« Tenhagen war mehr als überrascht gewesen über die heftige Reaktion Hertkorns. »Das war ja wie im Lehrbuch, Kapitel »Physische Phänomene bei Lügen und Angst.«

»Ja, wirklich sehr interessant – irgendwas treibt unseren Anwalt ziemlich um. Bleiben wir doch mal auf dieser Fährte, Alex, und unterhalten uns mit den anderen beiden Herren. Da ist irgendwas im Busch und des ärgert mich, wenn ich des it rauskrieg!«

Ulla trat zu ihnen ins Büro: »Max, die Pforte meldet Besuch für dich. Ob du mal runterkommen könntest?«

20

»Sag mal, kann es sein, dass dein Handy-Akku leer ist? Oder nimmst du es schon gar nicht mehr mit?« Oliver stand neben dem Pförtnerhäuschen und grinste ihn an.

Krautter fischte sein Handy aus der Hosentasche. »Klar, Akku leer, tot.«

»Nachdem du heute Morgen schon weg warst und mich alleine gelassen hast … bin ich in die Stadt runter. Und da ich grad in der Nähe war … wollte ich mal kurz fragen, wie wir das heute Abend planen.«

»Du bist ja schon wach – ich wollte dich nicht um deinen Schönheitsschlaf bringen. Und weißt du, diesen Drang, ständig erreichbar sein zu müssen, also den hab ich so gar nicht. Und auf die Art und Weise komm ich wenigstens in den Genuss deines Besuches nach einer trockenen Befragung.«

Krautter lotste Oliver im ersten Stock in Richtung Kaffeeautomat; zusammen mit einem riesigen Gummibaum und zwei leicht gepolsterten Holzstühlen bildete dieser auf dem Flur die Besucherecke. Gerade, als sie die schwierige Entscheidung für oder gegen Mocca-Choc getroffen hatten – »Des isch doch koin Kaffee!«, zeterte Krautter – und die Knöpfe entsprechend gedrückt waren, kam Simone die Treppe hoch. Genau in dem Moment, als Oliver von dem Automaten hochschaute, trafen sich ihre Blicke.

Er vergaß völlig den heißen Becher in seiner Hand und ließ ihn dann fast fallen, als die brandeilige Meldung seiner Finger endlich im Kopf eine spontane Reaktion auslöste. Es schien fast, als hätten sich ihre Blicke ineinander verheddert, denn Simone rannte einen Prospektständer um.

Das Krachen ließ jetzt auch Krautter aufschauen, er erfasste die Szenerie mit einem Blick und äußerte sich lautstark: »Simone, äh, Frau Wenzel« – sie rettete den Prospektständer und Oliver seine fast verbrannten Finger – »darf ich kurz vorstellen, Dr. Eishold, ein alter Freund von mir. Simone

Wenzel, unsere Assistentin, na ja, eigentlich schon fast unsere rechte und linke Hand – und obwohl sie Badenserin ist, ganz nett.«

Innerlich seufzte er, seinetwegen hatte Simone noch nie etwas umgerannt! Nachdem sie dann endlich im Büro verschwunden war, setzten sich die beiden Männer in die kleine Ecke, die den Charme einer Bushaltestelle versprühte.

»Wegen heute Abend – geplant ist ein Treffen mit Bettina und Thomas, um das Organisatorische mal durchzusprechen.« Oliver nippte an dem Kaffee und war höchst überrascht, wie lecker dieser schmeckte. »Hei, echt gut.«

»Des isch koin Kaffee«, grantelte Krautter erneut. »Also, wir treffen uns um 19.30 Uhr im Mövenpick, in *Weingarten.*« Die Art, wie Krautter das Wort Weingarten aussprach, ließ erraten, wie er darüber dachte. »Aber wehe, wenn die dieses Jubiläumstreffen dort stattfinden lassen wollen. In Weingarten ein Ravensburger Ehemaligen-Treffen, das geht gar nicht!«

Oliver, der die Hassliebe zwischen Ravensburg und Weingarten noch aus seiner Zeit kannte, lächelte in seinen Becher hinein. »Okay, pass auf, wir fahren um sieben los, ich sortier mal inzwischen alles, was ich an Infos und Adressen hab, dann probieren wir einfach, das Beste draus zu machen.« Er knuffte Krautter freundschaftlich in die Seite.«Schließlich bin ich extra hierhergefahren, deswegen und wegen dir, damit du das nicht alleine durchstehen musst.«

»Ja, klar, und des erzählst du mir noch die nächsten zwanzig Jahre, damit ich des bloß nicht vergesse! Also, ich guck, dass ich um sieben dann daheim bin; aber ›schön machen‹ werd ich mich ganz bestimmt nicht, nicht für Weingarten … So, und jetzt raus mit dir, ich muss schließlich arbeiten und kann nicht so urlauben wie du!«

21

»Doktor Hertkorn? Ihr Schwager ist am Telefon, er sagt, es sei dringend.«

Maja Steiger wusste genau, wie heikel es war, ihren Chef um diese Zeit am Vormittag zu stören. Gegen elf Uhr hatte er in der Regel sein »Unterzucker-Loch«, wie sie es flapsig nannte. In dieser körperlichen Verfassung war er ungenießbar, bis er was Süßes zu essen bekam. Normalerweise sorgte die große üppige rothaarige Sekretärin auch dafür, doch heute hatte er rundweg abgelehnt. Offensichtlich hatte der Termin bei der Polizei ihn mitgenommen, was sein Whiskykonsum deutlich anzeigte.

»Was will der denn schon ... okay, stellen Sie ihn durch.«

Sie legte auf und widerstand der Versuchung mitzuhören – diese Verwandtengespräche waren nicht halb so interessant wie die mit einer bestimmten Mandantin.

»Wolfgang?«, sein Schwager leierte ins Telefon, »Wolfgang, kannst du heute Abend nicht doch mitkommen? Bitte! Ich mag da nicht allein hingehen.«

»Mann, Rainer, du bist so eine Heulsuse! Jetzt reiß dich doch mal zusammen und benimm dich endlich wie ein Mann. Ich bin doch nicht dein Babysitter. Wenn du nicht willst, dann geh halt nicht hin.« In diesem Moment zuckte ein Gedanke durch seinen Kopf: Was, wenn sie es nun mit ein und derselben Frau zu tun hatten? »Sag mal«, unterbrach er das Jammern am anderen Ende. »Hast du einen Namen oder was? Kennst du die Frau? Kommt sie dir irgendwie bekannt vor?«

Raichle stockte, überlegte. »Nein, eigentlich nicht. Sie hat keinen Namen genannt oder so.«

»Hmmm ... okay«, überlegte Hertkorn. Tanja Sailer hatte sich ganz offen zu erkennen gegeben.

»Wieso? Wieso fragst du?«

»Nur so, ich hatte gestern ein unangenehmes Treffen mit einer Frau und dachte für einen Moment, dass es vielleicht …«

Raichle fiel fast der Hörer aus der Hand. »… die gleiche sein könnte!«, brüllte er in den Hörer.

Hertkorn hatte auf Lautsprecher geschaltet und goss sich gerade einen weiteren doppelten Whisky Single Malt ein. Jetzt reichte es ihm aber: »Dieselbe, Herrschaftzeitennochmal, *dieselbe*, nicht *die gleiche!* Kannst du dir das endlich mal merken?! Und nein, ich denke das nicht, denn meine hat sich offen zu erkennen gegeben.« Er bemerkte seinen Fehler sofort, fluchte innerlich.

»Wer? Wolfgang, sag mir sofort, wer!«

Er seufzte, Raichle würde nicht locker lassen und wenn er erst seine Schwester auf ihn ansetzen würde, wär es zu Hause nicht mehr auszuhalten … Er schloss die Augen, kippte die goldbraune Flüssigkeit hinunter, holte tief Atem und antwortete rau: »Tanja Sailer.«

22

Krautter und Tenhagen entschlossen sich, in der kleinen Polizeikantine zu Mittag zu essen. Heute stand als Tagesgericht Saure Kutteln – Kaldaunen in dunkler Essigsoße, eine schwäbische Spezialität – auf dem Menüplan. Tenhagen verdrehte angewidert die Augen und selbst Krautter, der gerne schwäbisch aß, weigerte sich. Er war der Überzeugung, dass niemand so gut Saure Kutteln kochen konnte wie seine Mutter – und da sie tot war, gab es für ihn keine Alternative. Zumindest nicht in der Polizeikantine. Sie entschieden sich dann auch schnell für die zweite Möglichkeit – Hirschgulasch mit Blaukraut und Knödeln – und suchten sich einen ruhigen Tisch. Sie saßen direkt neben einem offenen Fenster, das leider nur für noch mehr schwüle Luft im Raum sorgte.

»Mann, so ein blödes Wetter«, Tenhagen zog sein Jackett aus, »da schwitzt man, auch wenn man gar nichts tut.«

»Da stöhnt unser Nordlicht, gell«, erwiderte ein grinsender Krautter, »auch wenn Beamte wie wir den Zustand des Nichtstuns ja gar nicht kennen! Jetzt bräucht es mal ein richtiges heftiges Gewitter, damit die Luft wieder klar wird.«

Tenhagen säbelte mit seinem Messer an den zähen Gulaschstückchen herum. »Was halten Sie von dieser ›Viererbande‹?«

Krautter wendete vorsichtig eine Knödelscheibe in seinem Soßensee; er hatte die doppelte Portion Soße verlangt und musste jetzt Acht geben, dass diese nicht über den Tellerrand schwappte. Genussvoll zerdrückte er ein Stückchen auf der Zunge. »Hmmm … Sie wissen ja, alte Seilschaften halten lang und dauerhaft. Gesetzt den Fall, Sailer hätte tatsächlich eine Möglichkeit gefunden, an Geld zu kommen, dann hätten die ihn wahrscheinlich wieder an dem Projekt beteiligt. Immerhin – er hat hier schon noch einen Namen.«

Tenhagen verschluckte sich fast an einem der zähen Fleischbrocken. »Mann, wie alt war dieser Hirsch bloß?« Er schnitt alles auf seinem Teller, Kraut, Knödel und Fleisch, so klein, dass es fast nach Püree aussah.

Krautter deutete hinter sich, in Richtung Hirschgraben. »Vielleicht kannte des Viech auf Ihrem Teller ja noch das alte Gehege aus eigener Anschauung. Aber so … können Sie es jetzt ja fast trinken.«

Als sie endlich beim Nachtisch – Vanillepudding mit roter Grütze – angekommen waren, fummelte Krautter die weichen Früchte aus seinem Teller. »Ich mag des schlonzige Zeug nicht«, antwortete er auf Tenhagens unausgesprochene Frage. »Entweder roh oder als Gselz, aber so, nix Halbes und nix Ganzes.«

»Oh ihr Schwaben, möge einer euch doch verstehen.« In gespielter Verzweiflung drehte Tenhagen seine Augen gen Himmel.

»Haben Sie damit etwa Probleme?«, hakte Krautter nach.

»Na, ist es nicht interessant: Obwohl ich jetzt seit drei Jahren in meiner Wohnung bin, führe ich mit meinen Nachbarn nur dann eine längere Unterhaltung, wenn ich während der Kehrwoche die Treppe nicht sauber geputzt oder den dafür vorgeschriebenen Zeitplan nicht eingehalten habe! Spannend ist auch, wenn ich zwei der Nachbarinnen in der Waschküche über andere Hausbewohner reden höre, ohne dass sie mich bemerken. Nicht dass ich lauschen würde, mein Kellerabteil liegt eben nur drei Meter entfernt ..., aber im direkten Gespräch wird dann entweder das Gegenteil vom ›Kellergespräch‹ oder gar nichts gesagt! Doch am schlimmsten ist die Maulfaulheit mancher Mitbürger – ›nicht gemeckert ist Lob genug!‹« Tenhagen schob den leeren Nachtischbecher von sich, grinste aber wieder. »Sind schon 'ne spezielle Rasse, die Schwaben. Aber was ich eigentlich noch sagen wollte ... ich hab mir gestern noch mal Sailers Buch vorgenommen und ein bisschen quergelesen. Obwohl er das Ganze ja in eine fiktive Familiengeschichte à la Buddenbrooks verpackt hat, weiß man doch genau, wer damit gemeint ist. Schon ganz schön gewagt, wenn man weiter hier in der Nähe wohnen und arbeiten will.«

»Na, der Vergleich mit Thomas Mann hinkt aber arg – große Literatur ist das ja wirklich nicht!«

Krautter hätte das Buch nie im Leben gekauft, jeder Pfennig hätte ihn gereut; sein Exemplar war ein Geschenk von seiner Nachbarin, Frau Schmied, die meinte, er müsste mal was anderes lesen, wo er doch den ganzen Tag mit so schrecklichen Sachen zu tun hätte.

»Aber was er gut beschrieben hat, sind die sozialen – nennen wir es mal – ›Strukturen‹, die in einer Stadt wie dieser greifen und jahrzehntelang halten.«

Tenhagen wählte die nächsten Worte mit Bedacht. Er wusste, dass es dünnes Eis war, auf das er sich jetzt vorwagte. Und Krautters Jähzorn-Attacken konnten aus scheinbar heiterem Himmel kommen, vor allem, wenn es um seine Herkunft und seine Stadt ging. »Was ich so mitkriege, seit ich hier wohne und mit den Leuten zu tun habe …, es ist schon so, wenn man in einer Stadt wie dieser die richtigen Leute kennt und in den richtigen Kreisen verkehrt, werden viel mehr Dinge möglich als für die ›normalen‹ Bürger. Da gelten wohl anscheinend andere Regeln …«

»Was meinen Sie?« Krautter runzelte die Stirn.

»Na ja, wenn ich denke, wie einfach manche Söhne und Töchter an gefragte Jobs kommen – Sie erinnern sich an die Machenschaften in der Bank damals? – oder wie manche Herren an gefragte Grundstücke beziehungsweise Baugenehmigungen kommen …, da stellt sich mir schon die Frage, ob nicht gemauschelt wird?! Und inzwischen gibt es ja hier schon ganze Straßenzüge, die fast komplett in einer Hand sind. Da ist dann klar, wer in welchem Ausmaß Einfluss nehmen könnte – oder sehen Sie das anders?«

»Jetzt machen Sie aber halblang!« Geräuschvoll räumte Krautter sein Geschirr aufs Tablett. »Das ist doch Quatsch! Klar gibt es alteingesessene Familien und klar haben die gute Beziehungen, aber trotzdem und grade deswegen denken die ans Wohl der Stadt und entscheiden auch so. Sailer fantasiert doch, wenn er von einer Art ›Paralleluniversum‹ schreibt. Das würde ja heißen, ein paar Familien ziehen die Strippen, keiner merkt's und alle Verantwortlichen tanzen nach ihrer Pfeife!« Krautter hatte sich in Wut geredet, war aufgestanden und funkelte seinen Kollegen aus blitzenden Augen an.

Tenhagen wusste mit dieser Reaktion umzugehen, stand ebenfalls auf und hob beschwichtigend die Hände: »Chef, ich hab nur meine Meinung gesagt – und Sie haben danach gefragt! Außerdem wohne ich ja immer noch in Ravensburg und werde Ihnen auch erhalten bleiben. Es gibt hier nämlich durchaus ein paar ganz entzückende Ecken und Mitbürger, gell, Chef! Und einer ganz besonders bezaubernden Mitbürgerin muss ich jetzt ganz schnell noch meine Aufwartung machen, bevor meine Pause um ist!« Mit strahlenden Augen und einem unglaublichen Lächeln verabschiedete er sich von Krautter, balancierte sein Tablett zum Abräumband und steuerte dann direkt auf Claudia Rist zu, die ebenfalls in der Kantine zu Mittag aß.

Krautter war im Grunde sehr froh, dass sein jüngerer Kollege seine cholerischen Anfälle so gut konterte; er war überhaupt nicht sauer, dass Tenhagen der kleinen Auseinandersetzung einfach die Luft abgedreht hatte. Nach zwei, drei kräftigen Atemzügen hatte er sich wieder unter Kontrolle, der Puls kam auf die normale Frequenz runter und er entschloss sich zu einem spontanen Mittagsspaziergang. Schließlich sollte er sich ja mehr bewegen ... Er zwinkerte Tenhagen zu und verabschiedete sich mit einem Nicken von den beiden.

Er war schon fast an der Tür, da fiel ihm ein: »Alex, wir statten nachher unserem Lieblingsarchitekten mal einen ganz unverbindlichen Besuch ab. In ’ner halben Stunde, ich warte dann im Büro auf Sie.«

Krautter musste nachdenken und das konnte er am besten, wenn er in Bewegung war. Mit zügigen Schritten steuerte er auf das »Klösterle« zu, ehemals eine reine Mädchenschule, die bis 1987 vom Orden der Armen Schulschwestern geführt wurde. Daher der Name. Inzwischen hatten sich auch hier viele Änderungen ergeben, aber das große Mauerviereck, das die Schulgebäude, die Kirche und die Gärten umschloss, stand noch immer. Er begann, das Viereck abzulaufen und ließ seine Gedanken ihren eigenen Weg gehen.

Ja, das Hotelprojekt ... Ursprünglich sollte nur die Jugendherberge saniert werden, die seit Jahrzehnten in den schmucklosen Anbauten oben bei der Veitsburg logierte. Dann kamen die Kostenvoranschläge, die höher und höher wurden und irgendwann der Vorschlag, die teure Juhe-Sanierung zugunsten eines repräsentativen Hotelneubaus fallen zu lassen. Die Idee stammte von einem der renommiertesten Architekten der Stadt – nämlich Raichle. Es gab Proteste, sehr viele sogar, aber letztendlich stellten er und seine Finanziers, alles honorige Bürger der Stadt, ein absolut überzeugendes Konzept mit allem Drum und Dran vor. Sie hatten sogar schon die zu erwartenden Zimmerbuchungen eingeplant; finanzielle Risiken gäbe es nicht, die Höchstgrenze der Kalkulation würde nicht überschritten werden, dafür bürgten sie alle und sie wollten zum Wohle der Stadt an dieser historischen Stelle wieder Leben in die Geschichte bringen. Erinnert werden sollte vom ganzen Konzept – Ausstattung, Ausrichtung, Gestaltung und so weiter – an die Vergangenheit und Verbundenheit mit den Welfen und Staufern.

Krautter seufzte, natürlich hatte Tenhagen Recht. Jeder »normale« Antragsteller hätte Jahre auf die Ankaufsmöglichkeit eines Grundstücks da oben warten müssen, wenn er überhaupt die Gelegenheit zum Kauf bekommen hätte. Aber diese Männer hatten die öffentliche Meinung oder diejenigen, die sie machten, so positiv beeinflusst, dass die Verkäufe schnell abgewickelt werden konnten. Krautter hatte das ganze Areal umrundet und als er schließlich seine Dienststelle wieder betrat, kam ihm eine Idee. Außer ihm war unter seinen Mitarbeitern nur Ulla eine echte Ravensburgerin; er würde sie nach ihrer Meinung zum Hotelprojekt fragen.

Ulla Braigs Büro grenzte direkt an das Büro, das er mit Tenhagen teilte, und meistens war ihre Tür offen. Jetzt allerdings war sie geschlossen, er klopfte und öffnete im selben Moment schon die Tür.

»Ulla!« Er betrat den kleinen Raum und sah, wie sie zusammenfuhr und den Ausschaltknopf des Bildschirms betätigte.

»Jesses, Max, was soll das denn?!« Sie war wirklich total erschrocken.

»Entschuldige bitte, ich wollte dich nicht stören, sondern bloß was fragen.«

»Nein, schon gut, du störst mich ja nicht. Ich … ich hab nur grad ein paar Probleme mit der Kiste und muss sie dauernd neu starten. Was gibt's denn?«

Krautter schilderte ihr kurz das Gespräch aus der Kantine. »Was hältst du davon, Ulla? Denkst du, dass es wirklich solche Seilschaften und so einen Filz bei uns gibt?«

Ulla stand auf, wischte nachdenklich Staub von den Blättern ihres Ficus und sah ihn dann direkt an: »Max, wach endlich auf. Für die meisten hier ist es am wichtigsten, dazuzugehören, zu den Kreisen, die sagen, wo's lang geht. Wenn man das geschafft hat, dann hat man eigentlich alles geschafft und dann ist man wer in dieser Stadt. Wenn du dich mit den falschen Leuten anlegst, kannst du nur noch wegziehen. Ich weiß, wovon ich rede, glaub mir. Und wenn ich nicht so verdammt an dieser Stadt hängen würde, wäre ich längst nicht mehr hier!«

Krautter war verblüfft über ihre heftige Reaktion, ihre lebhaften Augen schimmerten feucht. »Was ist los, Ulla? Was stimmt nicht?«

Sie schüttelte den Kopf: »Alles okay, alles okay. Jetzt lass mich am besten in Ruhe, sonst krieg ich deinen Bericht nie fertig!«

23

Völlig aufgelöst kam Raichle gegen 13 Uhr nach Hause – er würdigte weder seine Frau noch die Haushälterin eines Blickes und schloss sich in seinem Büro ein. Lange saß er an seinem Schreibtisch, starrte über seine preisgekrönten Modelle des neuen Hallenbades und des Marktplatz-Cafés hinweg in den großen Garten. Aber er nahm weder das kunstvoll angelegte Rosenlabyrinth wahr noch die alten Birken, die das Grundstück an der Nordseite säumten. Der leere Blick in die graublauen Wolken zeigte ihm mit mikroskopischer Klarheit, dass jetzt, genau jetzt, der Anfang von seinem Ende begann. Nein, korrigierte er sich bitter auflachend, nein, ehrlicherweise musste er sich eingestehen, dass dieser Anfang bereits vor über zwanzig Jahren stattgefunden hatte, aber bis heute hatte er alles unter den Teppich kehren können. Wer auch immer ihn heute treffen wollte, dieser Jemand hatte seine mühsam aufrechterhaltene Schutzmauer zum Einsturz gebracht.

Sein Blick fiel auf seine Hände, sie zitterten vor Angst und Nervosität. »Du bist wirklich ein Feigling«, die Worte hallten in seinen Ohren. »Aber ich kann denen auch eins auswischen …« Diese Idee ließ ihn tief durchatmen. Er angelte nach seinem silbernen Füllfederhalter; aber als er ihn öffnete, kleckste ein großer blauer Tintentropfen über die Finger seiner rechten Hand auf das weiße Briefpapier. Fluchend versuchte er, die nächsten Tropfen zu stoppen, griff schließlich in letzter Sekunde nach der Füllfederkappe – Deckel drauf, Schluss damit. Er beschloss, mit dem Computer zu schreiben. Bei genauer Überlegung war ihm das auch lieber. So schnell sollte niemand herausfinden, dass er der Verfasser war. Er beglückwünschte sich zu dieser Eingebung und begann zu tippen. Er schrieb mehrere Minuten ohne Unterbrechung, überflog das Geschriebene und drückte auf »Print«.

Als der Drucker den Bogen Papier ausspuckte, grinste er zufrieden und goss sich einen doppelten Wodka ein. Je mehr er trank, desto souveräner fühlte er sich, die Nervosität verflog, und wie ein Eisbrecher bahnte sich der Alkohol den Weg durch seine quälenden Gedanken, zerstörte sie und versenkte sie in den tiefsten Tiefen seines Gehirnes. Lächelnd ließ er sich mit der Flasche auf die Chaiselongue fallen, trank weiter und fiel schließlich in einen traumlosen Schlaf.

24

Annemarie Raichle strahlte den Charme eines abgewetzten Wollpullovers aus: Obwohl sie noch keine vierzig Jahre alt war, wirkte sie alt. Glatte, kinnlange hellbraune Haare umrahmten stumpf ihr kantiges, blasses Gesicht. Nichtssagende hellblaue Augen standen weit auseinander, zwischen ihnen eine so spitze Nase, dass man fast Angst bekam. Ein schmallippiger verkniffener Mund zeugte davon, dass ihr das Leben nicht allzu viel Spaß machte. Sicher, sie war nie eine Schönheit gewesen, das wusste sie selbst, aber als sie jetzt vor dem Spiegel stand und sich teilnahmslos anstarrte, wiederholte sie zum x-ten Mal ganz leise: »Das verdanke ich diesem Mistkerl, der hat mich zu dem hier gemacht.«

»Frau Raichle!« Roswitha Thann, ihre Haushälterin, klopfte an die Tür ihres kleinen Arbeitszimmers. »Da sind zwei Herren von der Polizei, die würden gerne mit Ihrem Mann sprechen.«

Annemarie Raichle fuhr herum und stand Krautter und Tenhagen gegenüber. Welchen Eindruck sie auf die beiden machte, konnte sie am raschen Senken von Krautters Blick und Tenhagens Starren erkennen.

Krautter räusperte sich: »Guten Tag, Frau Raichle, mein Name ist Kommissar Krautter, das ist mein Kollege Kommissar Tenhagen. Wir stören Sie nur ungern um diese Zeit, aber im Büro Ihres Mannes hat man uns gesagt, dass er schon nach Hause gegangen ist. Ist das richtig?«

Sie nickte unmerklich, ihre Stimme war fast genauso blass und dünn wie sie selbst. »Ja, das stimmt. Er ist vor einiger Zeit nach Hause gekommen.«

»Wir müssten ihm dringend ein paar Fragen stellen; es wäre sehr wichtig, wenn er ein paar Minuten für uns hätte.«

»Ich glaube, das ist ein schlechter Zeitpunkt. Ich glaube, er hat … er ist« – sie rang förmlich nach Worten »… in seinem Büro.« Hilflos deutete sie auf einen Flur, der im rechten Winkel abbog und dessen Ende sie daher nicht sehen konnten. »Ich glaube nicht, dass Sie ihn sprechen können – jetzt.«

»Wieso? Ist er krank?« Krautter wurde langsam ungeduldig.

Tenhagen, der zufällig einen Blick auf die Glasabfälle in einer Kiste vor der Haustür geworfen hatte, feuerte einen Schuss ins Blaue ab: »Kann es vielleicht sein, dass Ihr Mann ein bisschen zu viel getrunken hat, Frau Raichle?«

Sie erstarrte bis in die blassen Augen, nickte dann unmerklich.

»Na, dann lassen Sie uns mal unser Glück versuchen.« Krautter wusste, das war *die* Chance, von Raichle eventuell wichtige Informationen zu bekommen – er polterte an die Tür des Arbeitszimmers: »Machen Sie auf, Herr Raichle!«

Keine Reaktion, nichts rührte sich hinter der Tür.

»Herr Raichle, Polizei hier, wir haben ein paar Fragen an Sie, machen Sie bitte sofort auf!«

»Verschwinden Sie, ich will Sie nicht sehen«, Raichles Stimme waberte dumpf und hohl durchs Schlüsselloch.

»Sofort aufmachen, Herr Raichle, oder ich lass 'ne Streife kommen, mit Blaulicht und Sirene, damit es auch ja die ganze Nachbarschaft mitkriegt. Dann brechen wir die Tür auf und ich lass Sie in Handschellen aufs Revier schaffen!«

Das wirkte – wie immer, dachte er grimmig. Da waren die Herren alle empfindlich, wenn es um die Nachbarschaft ging.

Tenhagen verkniff sich das Grinsen, wusste aber genau, was sein Chef dachte.

Raichle öffnete widerwillig, er sah furchtbar aus. Sein Gesicht war hochrot, total verquollen, seine Augen fast nicht zu sehen, die roten Äderchen rund um seine Nase leuchteten fast violett. Er schlurfte zum Sofa und ließ sich wie ein Sack Kartoffeln darauf fallen.

»Frau Raichle, Kaffee«, polterte Krautter den Flur hinunter. »Wenig muss es nicht sein, aber stark!«

Raichle war in desolater Verfassung, aber nach der ersten Tasse Kaffee immerhin in der Lage, mit ihnen zu reden. Er versuchte, sich halb sitzend, halb liegend auf der Chaiselongue aufrecht zu halten und schlürfte Schluck um Schluck das heiße Getränk. Die beiden Polizisten hatten sich rasch und routiniert im Büro umgesehen.

Jetzt saß Krautter direkt vor dem Architekten und blickte ihn mitleidsvoll an: »Herr Raichle, geht es Ihnen nicht gut?« Krautter verfolgte eine ganz bestimmte Taktik und hatte offenbar Erfolg.

»Doch, doch, mir geht's gut, wirklich, es war nur ... ein anstrengender Tag und 's kommt halt a bissle viel zamm so vorm Rutenfest ... Hon a weng gschloafe.« Beiden war aufgefallen, dass er Dialekt sprach. »Bin noch müde, da rutscht die Zunge manchmal aus«, versuchte er zu erklären.

»Herr Raichle, wir sind bei den Ermittlungen im Mordfall Sailer unter anderem auch auf die Beziehung gestoßen, die er zu Ihnen hatte ...«

Panik huschte über das Gesicht des Architekten.

»Können Sie uns dazu vielleicht Näheres sagen? Wann haben Sie ihn zuletzt gesehen? Worüber haben Sie mit ihm gesprochen?«

Die Worte drangen wie durch Watte in Raichles wodkageschwängertes Gehirn. Er wedelte mit den Armen, als wollte er sie verscheuchen.

»Herr Raichle, wir wollen Sie jetzt nicht verwirren oder unter Druck setzen ...« Krautter wurde fast selbst übel bei der Vorstellung, die er gerade gab. »Also, Ihr Schwager hat heute schon mit uns gesprochen und war sehr, sagen wir mal, kooperativ.«

»Mein Schwager, Hertkorn?«

Krautter nickte aufmunternd: »Ja, er hat uns seinen Teil schon erzählt ... na kommen Sie, geben Sie sich einen Ruck!«

Raichle trank den letzten Schluck, starrte kurz ins Leere und meinte dann: »Ah wa, was soll's, ich hab keinen Grund, Ihnen was zu verheimlichen. Hab ja nix getan ...«

Er erzählte in kurzen, knappen Worten von dem letzten Treffen mit Sailer, am Dreikönigstag des letzten Jahres, danach hätte er nur noch mit ihm telefoniert. Aber dabei wäre es um Alltägliches gegangen, um Freundschaft und die Schulzeit damals ... Die beiden Polizisten merkten sehr wohl, dass Raichle ins Reden kam; ein Damm war gebrochen und jetzt konnte er nicht mehr aufhören. Er jammerte, dass sein Schwager ihn im Stich lasse, und schließlich rückte er auch mit dem Anruf und dem geplanten Treffen raus. Bei Tenhagen und Krautter schrillten gleich mehrere Alarmglocken.

Krautter blieb bei der netten, fürsorglichen Tour: »Wir könnten Ihnen ja Polizeischutz anbieten, Herr Raichle, allerdings … bräuchten wir dann ein paar ausführlichere Hintergrundinformationen, damit ich das durchkrieg.«

Das hoffnungsvolle Flackern in den Augen erlosch, als Raichle klar wurde, was das heißen würde – sich und seine Freunde der öffentlichen Schlammschlacht preiszugeben, das ganze Projekt zu gefährden, nein, so tief unten war er noch nicht. Das ernüchterte ihn zunehmend. Er riss sich zusammen, stand auf und erklärte leicht schwankend und mit zittriger Stimme: »Vielen Dank, Herr Kommissar, für Ihren Besuch und Ihre Hilfe, das ist sehr nett. Aber wirklich, mir geht es gut und ich brauche keine Unterstützung seitens der Polizei. Sie haben Wichtigeres zu tun, wo doch ein Mörder frei rumläuft, so kurz vorm Rutenfest! Wenn Sie mich jetzt bitte entschuldigen würden …«

Die beiden Beamten verabschiedeten sich, im Moment hatte es keinen Sinn mehr, Raichle weiter auf den Zahn zu fühlen. Beim Hinausgehen reichte Krautter Frau Thann seine Visitenkarte mit der Bitte, auf jeden Fall anzurufen, falls ihr etwas auffallen würde.

Nachdem die beiden Polizeibeamten gegangen waren, saß Raichle da und starrte wieder in den trüben Himmel über seinem Garten; schließlich stand er mit einem Ruck auf, holte das Dokument, faltete es, packte es in das Kuvert, adressierte und frankierte es und steckte es in seine Jackett-Tasche.

25

»Er wird immer nervöser …«

Hertkorn hatte sich mit dem Bankier in dessen Penthouse-Wohnung in der Federburgstraße getroffen. Über dem Gewimmel der Stadt thronend konnte er die Fahnen auf den Türmen sehen …. Rutenfest, der Höhepunkt, der

OB wollte die Entscheidung über das Hotelprojekt bekanntgeben.

»Und?« Kalt schnitt die Stimme durch den Raum.

»Ich weiß nicht, er trinkt … zu viel … das könnte ein Problem werden. Dann redet er zu viel … wenn das bei den falschen Leuten passiert … dann sind wir alle dran.«

»Dann sorg dafür, dass er die Klappe hält!«

Hertkorn fuhr herum: »Spinnst du? Ich mach mir doch nicht … die Finger dreckig!«

»Nicht noch einmal – wolltest du das gerade sagen?« Der Bankier stand ihm jetzt gegenüber, fast drohend, seine kalten Augen fixierten ihn. »Wir haben alle dreckige Finger, da kommt es nicht mehr drauf an … und du weißt, wer dich finanziert!«

»Du drohst mir, du wagst es …«

Stöhr-Rehling klappte eine Akte auf, hob verschiedene Blätter in die Höhe: »Kredit für Grundstückskauf, Kredit für Zweitwohnung, privat, in Weingarten. Oh, natürlich, hier noch zwei kleine Kredite für diverse Spielschulden, ein Kredit für ….«

»Herrje, hör schon auf damit … Trägst du das Zeug immer mit dir rum?«

»Nun – bei mir ist es sicher, aber es gibt noch Kopien, keine Sorge. Du brauchst dich also nicht zu bemühen, mich auszuschalten!«

Hertkorn stöhnte leise, diese Woche wurde zur schlimmsten seines Lebens. Abgesehen von vielleicht … damals … Er wischte das Ganze weg.

»Ich bin heute Nachmittag in der Wohnung in Weingarten – brauch 'ne Auszeit, heute Abend treff ich mich mit dem OB zum Essen. Und falls, ich sag nur, falls ich was unternehmen werde, wirst du dich dran beteiligen.« Krachend flog die schwere Tür hinter ihm ins Schloss, als er die Wohnung verließ.

26

Nach einem Bummel durch die Stadt, der vor allem aus einem zweistündigen Aufenthalt in der größten Buchhandlung der Stadt und dem Erwerb von fünf neuen Büchern bestand, beschloss Oliver, in der »Nordsee« zu Mittag zu essen. Er bekam sogar einen Sitzplatz und genoss den köstlichen Fisch samt Kartoffeln in vollen Zügen. Seufzend machte er sich kurz nach 14 Uhr auf den Weg in die Friedhofstraße; bis zum Termin heute Abend hatte er noch ein Stück Arbeit vor sich.

Die Schwüle wurde zunehmend drückender und sammelte sich wie in einem Kessel über dem Schussental. Er flüchtete in die schattige Ecke der Dachterrasse, hatte eine kühle Cola neben sich und fing endlich an, die über 90 Adressen, die Rückmeldungen und Infos zu sichten und in eine irgendwie überschaubare Form zu bringen. Es war eine mühsame Arbeit, der Schweiß lief ihm die Stirn und den Rücken hinunter und zum wiederholten Mal fragte er sich, wieso er Bettina und Max nichts abschlagen konnte. Bettina hatte gefragt, gebeten, gebettelt und Max hatte dann kräftig dabei mitgeholfen, ihn rumzukriegen. Es war alles andere als einfach, die Organisation für »25 Jahre Abitur« zu managen – vor allem die Auswahl der verschiedenen Programmpunkte verlangte nach viel Fingerspitzengefühl.

»Siehst du, Oliver, das genau ist der Grund, warum du der einzig Richtige für diesen Job bist!« Er erinnerte sich an einen von Bettinas zahllosen Anrufen. »Weißt du noch, wie du zum Glück verhindern konntest, dass Micha und Ulf ihre Parodie der beiden Schülersprecher aufgeführt haben? Das hätte Mord und Totschlag gegeben! Und wie du abgebogen hast, dass Ferdinand sein Akkordeon-Solo ins Programm reingezwungen hat, und was für ein Glück, dass Florentine ihre Frau-Doktor-Wetzel-Parodie in abgeschwächter Form vorgetragen hat, nachdem sie mit dir die Originalversion nochmal unter die Lupe genommen hatte!! Und genau deshalb, lieber Oliver, brauchen wir dich für die Organisation. Sonst gibt das eine Katastrophe!!«

Bettina war ein Typ, dem man so leicht nichts abschlagen konnte. Sie war in der Oberstufe ein richtig guter Freund gewesen und wann immer er Bücher für die Schule brauchte, hatte sie sie aus dem Geschäft ihres Vaters besorgt. Sie wusste, dass er durch den Tod seiner Eltern nicht viel Geld zur Verfügung hatte, aber nicht ein einziges Mal hatte sie darüber auch nur ein Wort verloren. Sie hatte einfach geholfen. Er bedankte sich auf seine Weise und eröffnete den Abschlussballtanz mit ihr – dafür hatte er bis heute bei ihr einen Riesenstein im Brett, denn so phantastisch, wie er aussah, hätte er die schönsten Mädchen für diesen Tanz haben können.

Abiball ... Seufzend lehnte er sich im Stuhl zurück – die Erinnerung an damals nahm ihn gefangen. Es war ein schöner Abend gewesen, alles hatte geklappt und dank seiner Organisation wurden selbst kleine Katastrophen vermieden. Vom Einzug der Abiturienten bis hin zum Feuerwerk nach Mitternacht – alles war perfekt arrangiert. Nichts gab Anlass zur Peinlichkeit – vor allem die Lehrer waren darüber glücklich. Und die Eltern, deren Namen wie ein »Who is who in Ravensburg« klangen, platzten beinahe vor Stolz. Max war der Moderator des Abends, »Master of the Show« nannten sie ihn damals. Zusammen mit Roland – komisch, wie lange hatte er nicht mehr an ihn gedacht.

»Mach dir nichts vor«, hörte er sich sagen, »das war erst gestern, als du bei Sinas Eltern warst.«

Ja schon, aber nicht wirklich, nicht an ihn als Person, als seinen Freund!

Sie hatten zu dritt die letzten Jahre bis zum Abitur durchgestanden, gingen durch alle Höhen und Tiefen – Roland hatte massive Probleme mit seinem Vater. Für den gab es immer nur und an erster Stelle Sina. Sein Sohn reagierte auf diese Zurücksetzung mit kleinen Diebstählen und Alkoholkonsum. Bis er Max und Oliver Anfang der 12. Klasse kennenlernte und die drei jungen Männer sich fanden, als wären sie seit der Grundschule zusammen gewesen. Und auf diesem Abschlussball hatte er dann auch Sina kennen gelernt. Na ja, gekannt hatte er sie natürlich schon, als Rolands kleine Schwester, aber bewusst wahrgenommen hatte er sie bis zu diesem Abend nie.

An diesem Abend betrat sie den Saal in einem azurblauen Kleid, das ihre blonden Haare und ihre blauen Augen zum Strahlen brachte. Kleine Diamanten blitzten an ihren Ohren und alles um sie herum strahlte und lachte und leuchtete. Sie war damals erst vierzehn Jahre alt gewesen, aber er war von diesem Moment an gefesselt von ihr. Langsam, behutsam bemühte er sich um sie; es dauerte fast zwei Jahre, bis sie das erste Mal allein ins Kino gehen konnten, aber für sie beide war es eine einzigartige, wunderbare Beziehung.

Sina wusste glasklar, dass er die Liebe ihres Lebens war: »Es wird nie einen anderen Mann für mich geben, Oliver. Wenn ich dich nicht heiraten kann, will ich keinen anderen.«

Der Ernst, mit dem sie das sagte, strafte ihr Alter Lügen – sie konnte trotz ihrer Jugend mit einer so klaren Ernsthaftigkeit sprechen, dass ihm eine Gänsehaut den Rücken runterlief. Diese Liebe sollte anhalten, solange ihre Beziehung dauerte, solange ... solange ..., der Kloß in seinem Hals wurde größer und größer. Bis ihr Tod das Ganze beendete – seine Gedanken waren grausam zu ihm, wie immer in den letzten Jahren. Und seine Antwort war dieselbe: Er füllte das Glas Cola bis zum Rand mit Gin auf – und stürzte die Mischung in einem Zug hinunter.

27

Nach dem störenden Anruf seines Schwagers und dem unerfreulichen Kurzbesuch bei Stöhr-Rehling fiel es Hertkorn schwer, sich auf das Treffen mit dem Oberbürgermeister vorzubereiten. Es gab nur wenige Menschen, die um eines seiner größten Geheimnisse wussten: Er war ein Spieler. Der Bankier hatte ihn in der Hand und er konnte ihn, wann immer es ihm gefiel, auffliegen lassen. Das war Hertkorn durchaus bewusst – mit einem Schlag wäre dann sein ganzes wohlkonstruiertes Leben vorbei. Seine Frau würde keine Sekunde zu ihm halten, und seine beiden Töchter erst recht nicht. Darüber machte er sich keine Illusionen. Er war in den entscheidenden Jahren zu wenig als Vater präsent gewesen und wenn er ihren Unterhalt nicht mehr finanzieren könnte, dann würden sie ihn eher heute als morgen verlassen.

Er seufzte – eigentlich hatte er nie wirklich Kinder gewollt, fühlte sich nie als Vater …, aber er hatte der Pflicht und den Erwartungen seines Vaters entsprochen und so präsentierte er nach außen das Bild der heilen Familie. Das war das Wichtigste, die Fassade musste stimmen …, »doch wie's da drin aussieht, geht niemand was an …«, brummte er aus dem »Land des Lächelns«.

»Dr. Hertkorn«, Majas Stimme schnurrte durch die Sprechanlage, »die Sekretärin des OBs auf Leitung eins.«

»Danke.« – Er nahm den Anruf entgegen.

»Dr. Hertkorn, es tut mir leid, aber der Herr Oberbürgermeister muss den Termin heute Abend leider absagen. Ihm ist eine wichtige Sitzung dazwischengekommen, die er leider nicht verschieben kann. Wir melden uns dann bei Ihnen wegen einer neuerlichen Terminabsprache. Es klappt aber voraussichtlich nicht mehr vorm Rutenfest, nur dass Sie sich schon mal drauf einstellen können.«

Er starrte aus seinem Fenster – mit einem Mal fiel ihm hier die Decke auf den Kopf. »Ha, andere Sitzung, dir wird doch die Sache bloß zu heiß …« Hertkorn warf wütend seine Notizen in den Papierkorb. Na schön, dann hatte er jetzt einen freien Abend – den würde er jetzt »grad mit Fleiß« genießen. Leider gab es keine Pokerpartie heute, aber dafür hatte er ja noch eine Alternative, sein anderes großes Geheimnis. Er drückte die Kurzwahltaste seines Blackberrys und nach zwei Klingeltönen hörte er am anderen Ende die vertraute, kehlige Stimme. Claudio hatte zum Glück Zeit. »Wir treffen uns in Weingarten … in einer halben Stunde.« Und so genoss er die nächsten Stunden in den Armen des jungen Italieners außerordentlich. Hätte er zu diesem Zeitpunkt auch nur geahnt, dass er irgendwann angeben musste, was er in diesen Stunden gemacht hatte und mit wem – er wäre nach Hause gegangen.

28

Krautter war durchaus gut gelaunt, als sie von Raichles Villa wegfuhren. Sein Instinkt hatte sich wieder einmal bestätigt. Irgendetwas machte dem Architekten fürchterlich zu schaffen. Krautter kannte die Gesichter der Angst und bei Raichle sprang sie ihn aus jedem Knopfloch an.

»Wenn wir nur wüssten, was der weiß.« Tenhagen trommelte ärgerlich aufs Lenkrad und nahm rasant die Kurve Richtung Innenstadt.

»Glauben Sie mir, das werden wir in nächster Zeit erfahren, der ist total fertig. Fühlt sich von allen verraten und verkauft und die Einzigen, die nett zu ihm sind, sind wir. Oh, apropos ›nett‹, die stoppen heute in der 30-Zone, in die Sie grade mit 60 einbiegen.«

Tenhagen bremste sofort runter. »Danke«, grinste er zu ihm rüber, »vielleicht möchten Sie lieber fahren?«

Krautters Sammelleidenschaft für Strafzettel war revierbekannt; irgendwie schaffte er es trotz Informationen der Verkehrspolizei, immer wieder in Radarfallen zu fahren.

»Wieso sind Sie sich so sicher mit dem Raichle?«

»Einfach aus Erfahrung! Wenn ein Mann wie der Raichle sich im Stich gelassen fühlt, dann handelt der nicht mehr überlegt, sondern intuitiv und spontan, vor allem und grade, wenn er nicht mehr nüchtern ist.«

»Sollen wir ihn überwachen lassen?«

Krautter überlegte: »Nein, wir wissen ja nicht, wo und wann genau das Treffen stattfinden soll und auf bloßen Verdacht hin krieg ich schon gar keine Überwachung genehmigt.«

»Wir könnten ja vielleicht inoffiziell, also ich meine, einer von uns in seiner Freizeit – da können wir doch machen, was wir wollen …«

»Hmmm, aber wenn er einen von uns sieht – er kennt uns ja beide – und das entsprechend weitergibt, dann ist Feuer unterm Dach!«

Tenhagen bremste abrupt ab, da das Auto vor ihm plötzlich stehen geblieben war, und Krautter wurde unsanft nach vorne geschoben.

»Oh Mann, nicht schon wieder …, haben die denn gar nichts anderes mehr zu tun?« Tenhagen schlug gegen das Lenkrad. Ungefähr dreißig Jungs mit grünen und braunen Filzhüten, Mitglieder der Schützentrommler, kamen offensichtlich gerade vom Proben und wollten nun in die Stadt. Die Tatsache, dass sie mitten auf der Straße gingen, schien sie dabei keineswegs zu stören. Und interessanterweise wurden sie auch von keinem Autofahrer angehupt, sondern die Schwaben bewiesen hier eine Engelsgeduld, wie Tenhagen kopfschüttelnd feststellte. Er musste noch geschlagene fünf Minuten hinter den Trommlern herzuckeln, was seine gute Laune ausnahmsweise in den Keller sinken ließ.

»Warum denn so eilig, Herr Kollege? Haben wir etwa eine Verabredung?« Krautter waren Alex' Blicke auf die Uhr nicht entgangen.

»Nee, nicht wirklich, aber Claudia, Sie wissen schon, Frau Rist, die ist heute bis vier Uhr aufm Revier, und wir wollten uns noch kurz treffen. Aber jetzt mal ehrlich, warum marschieren diese Trommler, Landsknechte, Fanfarenzüge und wie sie sonst noch alle heißen nicht auf dem Bürgersteig, so wie jeder anständige Fußgänger? Die blockieren doch echt alles!«

Tenhagen konnte das Ganze nicht wirklich verstehen, aber es war jedes Jahr dasselbe: Am Rutenfest tickten die Ravensburger echt aus. Nichts lief mehr normal oder geregelt ab, und mit einem Mal wurden diese so erzkonventionellen Mitmenschen fast zu Draufgängern, schmissen Regeln wie lästigen Lebensballast über Bord – und machten plötzlich alles möglich, vor allem das Unkonventionelle.

»Das können Sie gar nicht verstehen, lieber Herr Tenhagen, weil Sie halt kein Ravensburger, also kein echter Ravensburger sind.« Krautter versuchte immer noch, das irgendwie zu erklären, als sie längst in der Rudolfstraße angekommen waren. »Das Antrommeln ist das, was die meisten männlichen Ravensburger miteinander verbindet; fast jeder hat mitgetrommelt und war mit unterwegs. Jeder musste Adressen liefern und dann wurde vor diesen Häusern ausgerufen, auf wessen Empfehlung hier angetrommelt wurde. Und wir waren stolz wie Apfelbutze, denn dieses zwanzigminütige »Trommelfeuer« vor jedem Haus gehörte uns ganz allein. Und alles andere – Autos, Passanten, das Leben, schlicht alles – hielt kurz an und ... musste warten! Und so ist es noch immer!«

Tenhagen stöhnte leise, innerlich noch lauter – gab es eigentlich irgendjemanden, der diese Schwaben verstand? Ja klar, die Schwaben – konterte er selbst.

Krautter gönnte Tenhagen und Claudia Rist eine halbe Stunde.

Als dieser ausnehmend gut gelaunt ins Büro kam, rief er kurz und polternd: »Können wir uns dann mal alle zusammensetzen?«

Ulla und Simone kamen rüber, Wasser und Kaffee wurden eingeschenkt. Krautter fasste den aktuellen Stand kurz zusammen und erwähnte vor allem den Besuch bei Raichle.

Simone gab ihm die Kopie des Zeitungsartikels zurück: »Nick Sailer arbeitete übrigens als freier Mitarbeiter bei diversen Zeitungen. Und das Alibi von Tanja Sailer stimmt; die waren tatsächlich in einer Disco in Friedrichshafen – ich weiß nicht, ob das wichtig ist, aber ich hab das Gefühl, dass sie mit einem der Männer ein bisschen mehr verbindet als nur Freundschaft.«

»Na ja.« Krautter klopfte mit einem Bleistift auf den Tisch. »Sie hat ja zugegeben, dass ihre Ehe nicht mehr funktionierte. Und so, wie sie drauf ist, kann ich mir das schon vorstellen. Behalt das mal im Hinterkopf, Simone, eventuell müssen wir da nachhaken.«

Simone nickte beflissen, sah dann erst Tenhagen, dann direkt ihren Chef an: »Chef, sagen Sie mal, könnten wir Raichle nicht irgendwie inoffiziell überwachen? Nur um sicherzugehen, dass ihm nichts passiert – natürlich.«

Ein Blick zu Tenhagen ... Krautter hielt in der Bleistiftbewegung inne. »Tja, im Prinzip 'ne gute Idee. Könntest du dir denn vorstellen, Raichle heute Abend – sagen wir mal – unentdeckt zu begleiten?«

Simone blickte die beiden erfreut an und nickte eifrig. Sie brannte darauf, endlich mal richtige Polizeiarbeit draußen machen zu dürfen. »Na klar, hab nix vor und endlich mal ein bisschen praktische Arbeit, das wär echt klasse.«

Krautter steckte den Artikel in seine Tasche, instruierte sie aufs Genaueste und ließ sie dann gehen, damit sie sich vorbereiten konnte.

»Ich hoffe, du weißt, was du tust.« Ulla funkelte ihn an. »Du legst dich mit starken Gegnern an und sie ist ein Küken.«

»Ich weiß, Ulla, ich weiß, aber jedes Huhn fängt mal klein an ... und sie hat die Nerven und die nötige Umsicht. Das wird gutgehen.« Krautter hoffte zutiefst, dass er damit Recht behalten würde.

29

Das Treffen im Hotel Mövenpick gestaltete sich anfangs erfreulich anders als befürchtet. Bettina Weber hatte sie beide herzlich begrüßt; sie wohnte inzwischen in Baienfurt, war Ehefrau eines Physikprofessors und zweifache Mutter. Sie freute sich ehrlich, die beiden nach so vielen Jahren wiederzusehen. Die Stimmung wurde allerdings durch Thomas Reinhardt ein bisschen getrübt; er nahm sich immer noch so wichtig wie damals, als er Schulsprecher war und alles unter Kontrolle halten wollte. Obwohl er ein angesehener Realschullehrer für Englisch und Geschichte geworden war, bedauerte sein Ego, dass er nicht an einem Gymnasium lehrte. Seinen Unmut darüber verbrämte er mit euphorischer Beweihräucherung des Realschulsystems. Außerdem prahlte er stolz und langatmig davon, dass er sein Bauland in Weingarten viel günstiger erworben habe als in Ravensburg; in dieser Stadt seien die Preise ja hoffnungslos überteuert. Als er sich anschließend dem Thema »Weingarten als Hochschulstadt« widmete und geschlagene 20 Minuten von der akademisch ungezwungenen Atmosphäre schwärmte, wodurch sich der studentische Geist viel freier entfalten könne, war Max Krautter kurz davor, ihn mit bloßen Händen zu erwürgen. Seine Gesichtsfarbe hatte sich in ein ungesundes Hellrot verwandelt und seine Augen schossen bedrohliche Blicke in Richtung des Lehrers.

Bettina rettete die Situation und holte Thomas ziemlich rüde auf den Boden zurück: »Thomas, halt endlich die Klappe, du wirst uns nie zu Fans von Weingarten machen!«

Thomas schmollte erst, doch schließlich ließ auch er sich von den Geschichten der anderen mitreißen. Fotos von Kindern und Häusern und der Tierklinik wurden ausgetauscht, Anekdoten aus ihren Oberstufenjahren erzählt – sie lachten und das Stimmungsbarometer kletterte steil nach oben. Die Tischordnung konnte schnell abgehakt werden, denn sie einigten sich darauf, überhaupt keine feste Sitzordnung vorzuschreiben.

»Schließlich sind wir ja alle erwachsen, da dürfte das kein Problem sein, oder was meint ihr?« Oliver blickte in die Runde und erntete dankbare Blicke. Das ersparte ihnen mindestens vier weitere Stunden Arbeit!

Als Nächstes ging es um die entscheidende Frage, an welchem Ort das Treffen stattfinden sollte – und ab diesem Moment schaltete Max Krautter auf stur.

»Auf keinen Fall hier, des sag ich euch.« Er deutete in die Runde. »Das ist *Weingarten*!« Er spuckte den Namen der Nachbarstadt förmlich aus. »Wir suchen was in Ravensburg, macht ja auch sonst keinen Sinn. Schließlich haben wir dort Abitur gemacht und nicht hier.«

Die Diskussion wurde daraufhin immer hitziger geführt, vor allem weil Thomas es jetzt als persönliches Ziel betrachtete, Weingarten als Veranstaltungsort zu etablieren.

Oliver griff schließlich ein und versuchte, einen Kompromiss zu finden. »Wie wäre es, wenn wir weder nach ›Rav‹ noch nach Weingarten gehen, sondern zum Beispiel ins ›Eagle‹ nach Liebenhofen? Der Wirt zaubert sicher wie in alten Zeiten ein paar Beatles-Songs aus seinem Klavier.«

Krautter hätte diesen Alternativvorschlag aus einem anderen Grund akzeptieren können: In seiner persönlichen Rangliste für die beste Zubereitung von Sauren Kutteln rangierte der kleine Landgasthof auf Platz zwei – gleich hinter seiner Mutter. Doch die Weingarten-Befürworter lehnten den Vorschlag sofort und entschieden ab.

Oliver hob resigniert die Hände, verdrehte die Augen. »Entschuldigt mich kurz, ich brauch grad mal ein bisschen frische Luft.«

30

Mittlerweile war es kurz vor acht Uhr abends; Rainer Raichle war nassgeschwitzt, ging nach oben, duschte und spülte zwei Aspirin mit Kirschschnaps hinunter.

»Würdest du mir bitte sagen, was das soll?« Er hatte nicht bemerkt, dass seine Frau sein Schlafzimmer betreten hatte.

»Was willst du hier? Scher dich raus!«, herrschte er sie an.

Sie zuckte zusammen; wenn er getrunken hatte, war er unberechenbar, das wusste sie. »Rainer, sag mir doch, was los ist! Bitte.«

»Nichts, nichts ist los – ich hab … noch einen Termin. Und außerdem, frag doch deinen sauberen Herrn Bruder, wenn du es so genau wissen willst!«

»Rainer!« Sie versuchte ihn am Gehen zu hindern. »Bitte, wir müssen reden, ich kann so nicht …«

In diesem Moment wurde Raichle klar, wie sehr er sie verabscheute und sich wünschte, sie nie wiederzusehen. Sie war sein Klotz am Bein, der ihn an einem freien Leben hinderte. Er stieß sie grob zurück – so heftig, dass sie mit der Augenbraue gegen den Türrahmen stieß. Während er schnellstmöglich das Haus verließ, ärgerte ihn die Vorstellung, dass diese Kuh jetzt auch noch ein blaues Auge haben würde, wenn sie mit ihm beim Umzug auf der Ehrentribüne saß.

Der Architekt parkte sein Auto hinterm Rathaus, was mit seinem Berechtigungsschein kein Problem war. Zielstrebig ging er Richtung Kirchstraße, wo sein großzügig eingerichtetes Büro lag. Dort legte er den Briefumschlag mitten auf den Schreibtisch seiner Sekretärin und notierte auf dem Notizblock, der immer griffbereit neben dem Telefon lag: »Patrizia, falls ich um acht Uhr nicht im Büro bin, bitte diesen Brief per Express zustellen. Eilt!« Als hätte ihn dieser Brief von einer Tonnenlast befreit, schlenderte er zurück und bog nach links die Marktstraße hoch.

Im Club Rösch bestellte er Kässpätzle und grünen Salat. Die Wartezeit überbrückte er mit einem Pils und zwei Korn. Raichle blickte unentschlossen auf sein Handy, das vor ihm auf dem Tisch lag. Er nahm es in die Hand, wog scheinbar das Gewicht. Noch bevor das Essen serviert wurde, tippte er die ihm wohlbekannte Nummer ein – nach dem fünften Klingeln wurde endlich abgenommen.

»Was? Du störst!«

»Hör zu, ich wollte dir nur eines sagen: Wenn mir was zustoßen sollte, erhält die Polizei auf jeden Fall eine Info. Wärste halt mitgegangen!« Ohne eine Antwort abzuwarten, beendete er das Telefongespräch.

31

Oliver ließ sich viel Zeit für den Rückweg, betrachtete eingehend den Teppichboden auf jeder einzelnen Stufe, zählte die goldfarbenen Sternchen auf dem roten Untergrund. Als er von der letzten Stufe aufsah, traf sein Blick auf zwei leuchtend grüne Augen, die ihn fasziniert beobachteten – Simone schaute schnell zur Seite und räusperte sich hastig: »Entschuldigen Sie bitte, Dr. Eishold, ich suche meinen Chef, Kommissar Krautter.«

»Ich hol ihn schnell für Sie raus, bitte nicht weglaufen.« Oliver ging rüber zu seinem Tisch und flüsterte Max ins Ohr.

Wieselflink, was man ihm angesichts seiner Fülle gar nicht zugetraut hätte, erhob sich der Kommissar. »Entschuldigt mich, Arbeit.«

Simones Gesichtsausdruck sprach Bände und Krautter ahnte sofort, was passiert war.

»Es tut mir so wahnsinnig leid, ehrlich, Chef.« Noch dreimal wiederholte Simone ihre Entschuldigung, bis sie endlich zum Wesentlichen kam: »Ich war echt an ihm dran, die ganze Zeit und dann, dann ging er in den Club Rösch und kam nicht wieder raus, stundenlang nicht. Irgendwann tauchte so ein Typ in Uniform auf und gab mir einen Zettel. ›Von Herrn Raichle‹, sagte er und verschwand wieder in diesem Club.« Sie zögerte und schien ganz vom Anblick ihrer Autoschlüssel gefangen zu sein.

»Und?« Krautter wartete auf die Fortsetzung. »Was stand auf dem Zettel?«

Simone lehnte sich an eine der Säulen. »Dieser Club hat einen Hinterausgang. Gute Nacht.«

»So ein Mist!« Krautter spürte den Zorn in sich hochkochen.

»Es tut mir echt leid … ich weiß, das hätte ich vorher abklären müssen.«

»Sie können nix dafür, Sie … Sie Küken. Ist meine Schuld. Mann, wir hätten echt einen Schritt weiterkommen können, wenn ich nicht so blöd gewesen wäre …«

Oliver hatte aus der Entfernung den steigenden Zornpegel bei Krautter bemerkt, wusste, wohin sich das entwickeln würde und kam zu ihnen rüber.

»Probleme?« Beide nickten wortlos. »Max, was hältst du davon, wenn ich uns hier verabschiede – und du bringst Frau …«

»Wenzel«, ihre Stimme kratzte, sie räusperte sich, »Simone Wenzel, aber Simone reicht.«

»… Simone erst mal raus zum Auto und dann sehen wir in Ruhe weiter.«

Die kleine Unterbrechung hatte ausgereicht, um Krautters aufkeimenden Wutanfall ein bisschen zu bremsen.

»Von mir aus, wir können sowieso nix mehr machen, weder hier noch da!«

Als sie sich draußen auf dem Parkplatz wiedertrafen, sah Oliver, dass Simone immer noch mit den Tränen kämpfte. Krautter hatte sich dagegen wieder beruhigt, was aber nicht bedeutete, dass er tröstende Worte für seine sichtlich angeschlagene Assistentin fand.

Einer plötzlichen Eingebung folgend, die unmöglich von ihm kommen konnte und die ihn selbst am meisten überraschte, fragte er Simone ganz direkt: »Hätten Sie vielleicht Lust, mit mir noch etwas trinken zu gehen? Ihr Chef ist nach diesen Grabenkämpfen da drin ziemlich geschafft und will bestimmt nur noch nach Hause, gell?!«

Max hatte den Wink mit dem Zaunpfahl sehr wohl verstanden: »Ha no, dann wünsch ich euch noch viel Spaß – aber eines sag ich dir, nie im Leben hier in Weingarten!«

Oliver versuchte mühsam, in Simones kleinen Smart einzusteigen. Eine ähnlich große Herausforderung hatte er bereits gestern erlebt, als er in den Fiat 126 von Max kriechen musste. »Sagen Sie mal – ist dieses Auto tatsächlich pink oder habe ich mich gerade nur getäuscht?!«

Simone grinste – das erste Strahlen auf ihrem Gesicht, seit er sie heute Abend gesehen hatte: »Der Händler hat ihn wegen der Farbe nicht losgekriegt – und dann hat er ihn mir 500 Euro billiger verkauft. Von hier innen seh ich die Farbe ja nicht – und auf großen Parkplätzen ist das echt praktisch!«

Nach kurzem Austausch hatten sie sich darauf geeinigt, ins Ravensburger »Filmcafé« zu gehen. Diese durchgestylte, aber trotzdem gemütliche Bar direkt beim Kino hatte immer bis nach der letzten Spätvorstellung geöffnet.

»Manchmal sogar noch länger, grad während besonderer Tage wie am Rutenfest. Der Besitzer ist der Sohn des …«

»Ahh, ich will es gar nicht wissen!« Oliver hielt sich gespielt die Ohren zu. »Laut Max gibt es so was hier doch gar nicht!«

Simone lachte herzhaft – dabei kräuselte sie ihre Nase und ihre Augen wurden tatsächlich einen Tick dunkler.

Oliver war fasziniert: »Könnten Sie bitte heute Abend noch öfters lachen? Das sieht echt nett aus.«

Etwas verlegen versteckte sie sich hinter der Cocktailkarte – sie bestellten schließlich einen Cosmopolitan und eine Piñacolada.

»Jetzt bin ich ja nicht mehr im Dienst«, seufzte sie. »So ein Käse, das hab ich echt verbockt.«

»So, wie ich das sehe«, Oliver drehte die Serviette in seinen Händen, »hat eigentlich Ihr Chef das verbockt. Er hätte Sie genauer instruieren müssen oder zumindest daran denken sollen, dass Sie entdeckt werden; vor allem hätte er Sie nicht alleine schicken dürfen.«

»Das ist echt nett von Ihnen, dass Sie das sagen, aber ich … na ja, ich war dankbar, dass er mir das erste Mal so einen Einsatz zugetraut hat … Und es war ja nur halb offiziell, deshalb konnten wir keinen zusätzlichen Beamten anfordern.«

Die Getränke wurden serviert und sie sahen sich an.

»Ich …« Oliver bekam kaum Luft, sein Hals war wie zugeschnürt. »Ich würde gerne … also eigentlich würde ich gerne …« Er fühlte seine Wangen glühen.

»Dieses blöde Sie weglassen und du sagen – ich heiße Simone.«

»Oliver« – erleichtert und erfreut atmete er durch. »Freut mich übrigens sehr, dass Sie … du noch Zeit hast heute Abend.«

Die nächsten Stunden vergingen rasend schnell; sie kamen auf alles Mögliche, Dinge, die Oliver seit Jahren nicht mehr erzählt oder gedacht hatte. Er genoss ihre Gesellschaft – und das überraschte und erschreckte ihn. Aber es war auch ein unglaublich schönes, überwältigendes Gefühl! Als sie ihn schließlich kurz vor ein Uhr nachts vor Max' Haustür absetzte, bedankte er sich bei ihr.

Er hielt ihre Hand länger als nötig und sah sie an: »Danke für diesen Abend, danke … du hast mir heute ein Stück Leben zurückgegeben.«

Sie drückte seine Hand, legte ihre linke sanft auf seine – schob ihn dann energisch auf Armlänge von sich und meinte: »Jetzt aber schnell raus, sonst krieg ich morgen Ärger mit meinem Chef.«

32

Der Blaserturm, 51 Meter hoch und unmittelbar an das Waaghaus angebaut, war bis ins 14. Jahrhundert Teil der hier verlaufenden Stadtmauer. Nach dem Abbruch der alten Mauer rückte er in die Mitte der Stadt und war bis 1911 der zentrale städtische Wachturm. Dieser Stellung schien er sich auch jetzt um diese Zeit noch bewusst zu sein; majestätisch ragte er über die Altstadt. Die Rutenfestbeflaggung verstärkte diesen Eindruck zudem noch.

Um Mitternacht war neben dem Blaserturm auf dem alten Fischmarkt nichts mehr los; die Bürgersteige waren – wie man sagte – schon hochgeklappt. Raichle war höchst nervös, betrunken und außerdem stinksauer. Zuerst war er froh, dass er die Frau, die ihn verfolgte, abgeschüttelt hatte – es gab mehr als nur einen Ausgang aus dem Club Rösch, aber das wussten nur Mitglieder und ein paar wenige Außenstehende. Für ein paar Minuten hatte er die Hoffnung gehabt, dass er sie nun endlich los wäre, aber dann hatte sie ihn angerufen. Sie hatte ihn erst zu Fuß zum Hirschgraben bestellt, dann zum Frauentor und jetzt hierher, auf den alten Fischmarkt hinterm Blaserturm. Seine Füße taten weh, er war müde und kurz davor, einfach in sein Auto zu steigen und wegzufahren. Zumal er diesen Ort hier hasste, abgrundtief hasste. Er lief einmal quer über den kleinen Platz und ging dann von Schaufenster zu Schaufenster – ohne wirkliches Interesse für die Auslagen. Nur vor dem Pelzgeschäft blieb er stehen, erinnerte sich, wie er schon als kleiner Junge seine Nase an der Scheibe plattgedrückt hatte. Dann trat er unter die Eckarkade auf der Rückseite des Rathauses, die in tiefer Dunkelheit lag. Hier hatte seine Mutter ihn immer warten lassen, alleine, Ewigkeiten, wie es ihm vorkam, während sie mit Onkel Oskar »nur kurz was besprechen« musste. Egal, ob Sommer oder Winter, er musste im Schutz der Arkade warten, bis sie wiederkam, und nur ein einziges Mal wagte er zu fragen, warum er denn nicht mitkönnte. Wenn sie ihn nicht mitnähme, würde er Papa erzählen, dass sie ihn immer alleine ließ. Daraufhin hatte sie ihm zwei so kräftige Ohrfeigen verpasst, dass sein Trommelfell fast geplatzt wäre – seit diesem Tag stotterte er, wenn er aufgeregt war oder Angst in ihm hochkroch. Erst Jahre später dämmerte ihm, dass seine Mutter mit dem Bruder seines Vaters ein Verhältnis hatte. Der arbeitete im Rathaus und seine Mutter hatte keine andere Möglichkeit, Absprachen für intime Verabredungen zu treffen, als mit ihm direkt in seinem Büro. Sie konnten das Gerede so weit in Grenzen halten, dass es Jahre dauerte, bis dieses Verhältnis an die Öffentlichkeit kam – und zur Scheidung seiner Eltern führte. Die Jahre, die er dann allein mit seiner Schwester und dem despotischen Vater verbringen musste, waren die Hölle. Trotz allem, was seine Mutter an öffentlichen Schmähungen durchleiden musste – verziehen hatte er ihr diese Ohrfeigen bis heute nicht! Und dass sie ihn, einen kleinen verängstigten Achtjährigen, alleine warten ließ, erst recht nicht.

Seit diesem Tag mied er diese Arkade; er bekam immer noch eine Gänsehaut, wenn er auf dem Weg zu Sitzungen oder zum Markt dort vorbeigehen musste. Niemandem, niemandem gegenüber hatte er jemals diese Angst erwähnt. Außer einmal, aber da war er nicht nüchtern und außerdem in einer Therapiesitzung gewesen. Das zählte also nicht wirklich. Und seine Mutter machte er verantwortlich für alles, was aus diesen Wartestunden resultierte, für alles, wirklich alles, und er ließ sie seinen Hass jahrelang spüren ... Er verlor sich in diesen Gedanken, spürte, wie sich sein Puls beschleunigte, und dann setzte sein Herz einen Schlag lang aus – als sich eine Hand auf seine Schulter legte.

»Hei, was soll ...!«

»Guten Abend, Rainer.«

In dem Moment, als er Stimme und Gesicht unter der dunklen Kapuze des Sweatshirts erkannte, spürte er einen scharfen, kurzen Stich im rechten Oberschenkel. Schockiert durch diese plötzliche Begegnung und paralysiert durch den Schmerz war er unfähig zu reagieren, geschweige denn zu fliehen. Sein Blick klebte an diesem Gesicht, das fast milchig in der Dunkelheit zu schwimmen schien.

»Du? Aber was, wie ... DU!«

Er fühlte etwas Warmes an seinem Bein hinunterfließen und ahnte entsetzt, dass es sein Blut war.

Das zufriedene Lächeln in dem ihm bekannten Gesicht war das Letzte, was er bewusst sah. Seine letzte Wahrnehmung war jedoch die Tatsache, dass er hier, bei dieser Arkade, nach all den Jahren, wieder mit dieser unbändigen, monströsen Angst alleine war ... Die Dunkelheit, seine eigene ganz persönliche Dunkelheit umspülte ihn immer schneller wie ein Meer, in das er eintauchte und für immer verschwand.

4. Tag
– Mittwoch –
Noch zwei Tage bis zum Rutenfest

33

Krautter schlug im Traum wieder und wieder auf seinen Wecker ein, aber das Mistding hörte nicht auf zu klingeln – es dröhnte und bimmelte weiter und weiter und … er schreckte hoch und realisierte, dass irgendwer an seiner Haustür Sturm läutete. Sein Radiowecker zeigte 2.40 Uhr an – und ihm war augenblicklich klar, dass etwas passiert sein musste. Er eilte durch den dunklen Flur zur Tür und drückte den Türöffner, riss die Glastür auf und stand Alex Tenhagen gegenüber.

»Verdammt Chef, Ihr Handy … was ist denn mit Ihrem Telefon los! Wir haben einen zweiten Toten! Vor zehn Minuten gefunden am Blaserturm, direkt davor, es ist der Architekt.«

Krautter zog Pullover und Hose über seinen Schlafanzug, war aber schon hellwach: »Raichle?! So ein granatenmäßiger Mist! Wer hat ihn gefunden?«

»Einer der Streifenpolizisten hat ihn daliegen sehen und gedacht, er ist betrunken und eingeschlafen. Wollte ihn wecken, und dann haben sie das Blut gesehen. Verdammt, Chef, es sieht genauso aus wie beim Sailer-Mord!«

»Also … sagen Sie mir jetzt um alles in der Welt bloß nicht, dass wir zwei Tage vorm Beginn des Rutenfestes noch einen Toten haben oder dass es einen Zusammenhang gibt. Vor allen Dingen, Tenhagen, sorgen Sie dafür, dass die Presse noch keine Informationen kriegt und dass mir ja keiner das Wort ›Serienmörder‹ in den Mund nimmt! Solange wir nicht wissen, ob und wo bei uns eine undichte Stelle ist, geht noch gar nix an die Presse raus, klar?« Sie wussten beide, was das bedeuten könnte – alle würden Druck machen, und Unruhe in der Bevölkerung könnte vielleicht sogar das Rutenfest gefährden. Ravensburg ohne Rutenfest – das war einfach undenkbar.

Die kleine Gruppe aus Polizisten, Kriminaltechnikern und dem Pathologen stand am Fuß des historischen Turmes; die Szene war durch die Scheinwerfer gespenstisch erhellt.

Dr. Brielmaier kam mit ernster Miene auf Krautter zu: »Morgen, Max, gut ist was anderes ... Es ist Raichle.« Er deutete auf den Toten, der mit einer grünen Plane abgedeckt worden war. »Allem Anschein nach ähnliche, wenn nicht gar gleiche Todesursache wie bei Sailer. Ich werd sofort obduzieren, damit du schnellstmöglich Bescheid weißt. Alles Weitere dann n. d. O.«

»Kannst du was zum Todeszeitpunkt sagen? Ungefähr wenigstens?«

»Der Körper ist noch warm, der Lebertemperatur nach würde ich sagen, dass der Tod vor zirka drei oder vier Stunden eintrat.«

»Dank dir, auch fürs Beeilen ...«

»Kein Thema – wir hören oder sehen uns dann später.«

»Kommissar Krautter!« Toni Schmidt vom Team der Spurensicherung wedelte ihm mit seinem Klemmbrett zu. »Interessant ist, wo genau er getötet worden ist!«

Krautter stutzte: »Ich dachte, am Blaserturm?!«

»Ne, schauen Sie mal hier – die Schleifspur.«

Krautter hatte das tatsächlich bis jetzt übersehen. Die Spur führte die paar Meter rüber zum Rathaus. »Er ist unterm Gerichtserker getötet worden – da, sehen Sie, da oben, der Erker.«

Krautter sah nach oben und konnte im letzten Licht der Scheinwerfer tatsächlich einen kleinen Erker erkennen, den er bis heute nie bewusst wahrgenommen hatte.

Tenhagens Stimme klang merkwürdig hohl: »Das ist nicht dein Ernst, Toni?!«

Krautter blickte die beiden Männer verständnislos an.

»Chef, Sie wissen das nicht?« Tenhagen konnte es nicht fassen, dass der Ur-Ravensburger tatsächlich nicht wusste, was er meinte. »Von hier wurden früher die Todesurteile verlesen!«

»Warum schleppt man ihn dann zum Blaserturm?«, grummelte Krautter, der sich über diese Wissenslücke ärgerte. »Damit er einen besseren Blick auf den Erker hat, oder warum?!«

Die beiden Streifenpolizisten, beide erst Anfang zwanzig, wie Krautter schätzte, lieferten ziemlich angeschlagen ihren knappen Bericht ab: »Wir haben die Brieftasche mit über 200 Euro, eine teure Uhr und ein Apple iPhone bei ihm gefunden – also definitiv kein Raubmord. Der Körper war noch relativ warm, als wir ihn gefunden haben. Die Tat muss also kurze Zeit vorher passiert sein, aber wir haben hier in der Umgebung nichts Verdächtiges bemerkt. Sein Auto parkt hier um die Ecke.«

»Ihr habt also sein Handy? Stellt doch bitte fest, mit wem er zuletzt telefoniert hat, am besten eine komplette Liste der letzten Tage. Schickt mir die so schnell wie möglich ins Büro. Alex, wir fahren am besten gleich zu Frau Raichle.«

Tenhagen nickte – man sah ihm an, dass dieser zweite Tote sein Bild von dieser Stadt ins Wanken brachte. »Chef, das gibt's doch gar nicht, ich meine, dass jetzt noch einer …«

»Auf jeden Fall ist der Täter kein Ravensburger, dabei bleibe ich!« Trotzig stieg Krautter in den Audi von Alex Tenhagen und wartete darauf, dass dieser losfuhr.

34

Innerhalb weniger Minuten hatten sie die Raichle-Villa erreicht.

Die Haushälterin öffnete schlaftrunken, war aber sofort hellwach, als sie die beiden Polizisten sah. »Ich wecke Frau Raichle, bitte gehen Sie doch ins Wohnzimmer.«

Die beiden gingen die paar Schritte in das riesige Wohnzimmer. Abgestandener kalter Rauch schlug ihnen entgegen, so dass sie kaum zu atmen wagten.

Frau Raichle kam herunter, in einen fusseligen blassgrünen Morgenmantel gehüllt. »Herr Kommissar«, ihre Stimme war rau, die Zigaretten hatten ihre Spuren hinterlassen, »was ... ist denn los?«

»Bitte setzen Sie sich, Frau Raichle. Ich fürchte, es ist etwas ... Schlimmes passiert. Ihr Mann, er wurde vorhin tot aufgefunden.«

Die Frau saß in ihrem Wohnzimmer auf dem Sofa, sah sie an und durch sie hindurch. »Tot?« Das Wort blieb im kalten Rauch des Zimmers hängen. Sie stand auf, ging zur Bar in der Ecke, goss klare Flüssigkeit in ein schlankes hohes Glas ein und trank es in einem Zug leer. »So, also tot ... und nun?«

Krautter und Tenhagen waren beide gleichermaßen überrascht; diese gleichgültige Reaktion hatten sie beide nicht erwartet.

Sie schien ihre Gedanken erraten zu haben: »Es stimmt – ich bin nicht erschüttert oder traurig, bitte setzen Sie sich doch, Herr Krautter.« Sie deutete auf die beiden weichen Ledersessel, die der Couch gegenüberstanden. »Es tut mir leid, na ja, eigentlich eher nicht, ich meine ... ich möchte Ihnen nichts vormachen. Heuchelei ist etwas, was diese Familie zerstört hat ... und so möchte ich nicht mehr weitermachen!« Sie goss sich noch mal aus der Flasche ein, die sie mitgebracht hatte.

Während sie das Glas langsam Schluck für Schluck austrank, sah Krautter sich kurz im Wohnzimmer um. Es war mit schweren und teuer wirkenden Möbeln eingerichtet – aber es war alles andere als behaglich.

»Wir wissen zwar noch nicht sehr viel ...« Krautter half seine Routine in dieser Situation. »Er ist offenbar erstochen worden, gegen Mitternacht, beim Blaserturm. Können Sie uns vielleicht sagen, was er dort wollte – um diese Zeit?!«

Das Lachen von Frau Raichle war hart und kalt: »Glauben Sie mir, ich bin die Letzte, die wusste, wo er sich aufhält. Da müssen Sie schon eher seine Sekretärin, Patrizia, fragen. Die weiß sicher Näheres!« Der Alkohol zeigte Wirkung, ihre Stimme wurde bissig, keifend. »Dieser Mistkerl … hat mich nach Strich und Faden betrogen und dann auch noch gewagt, mich zu schlagen.«

Jetzt bemerkte Krautter die Verfärbung an ihrem Auge. »Was ist passiert?«

Sie winkte ab: »Dieses Mal war es nur der Türrahmen … doch, wirklich. Er hat mich dagegengestoßen, aber eher unabsichtlich, weil er betrunken war. Ja ... er war auch wütend, hatte sich wohl mit meinem Bruder gestritten.« Sie bemerkte Krautters fragenden Blick. »Dr. Hertkorn, Wolfgang Hertkorn, das ist mein Bruder.« Das Glas wurde erneut geleert. »Er wollte noch weg, aber wohin und mit wem, hat er mir nicht gesagt. Wissen Sie …« Langsam verlor sie die Kontrolle über ihre Stimme. »Wisset Sie … er hat getrunken, und dann ist er gemein geworden und brutal … Und es wurde immer schlimmer.« Bedenklich schwankend richtete sie sich auf und jetzt funkelten ihre blassen Augen: »Vielleicht verschtehe Sie jetzt, warum ich nicht tief erschüttert bin …«

Krautter sah ein, dass weitere Fragen im Moment keinen Sinn mehr hatten; er bat Tenhagen, nach der Haushälterin zu sehen, damit sie Frau Raichle nach oben helfen konnte.

»Frau Thann, wir kommen in ein paar Stunden noch mal wieder – könnten Sie vielleicht dafür sorgen, dass Frau Raichle dann … ansprechbar ist?«

»Selbstverständlich – gegen zehn Uhr?«

Die beiden Kommissare nickten und verabschiedeten sich dann fürs Erste.

»Was machen wir jetzt?« Tenhagen steuerte den Audi langsam durch die Stadt.

»Bring' mich nach Hause und versuch', noch ein paar Stunden zu schlafen. Wir treffen uns um neun Uhr im Büro.«

Für Krautter war allerdings an Schlaf nicht mehr zu denken; er hatte gar nicht erst versucht, ins Bett zu gehen. Aus Erfahrung wusste er, dass er nach diesem Adrenalinschub sowieso nicht mehr schlafen konnte. Also machte er sich einen Kaffee, dazu ein Leberwurstbrot – genau wie damals bei seiner Oma – und setzte sich aufs Sofa. In diesem Moment klopfte es an seine Glastür, die gleich darauf geöffnet wurde.

Oliver kam zu ihm, er trug einen Jogginganzug und sah ebenfalls hellwach aus: »Du kannst auch nicht schlafen? Gab's Arbeit?«

Krautter nickte und holte ihm eine Tasse.

»Ich hab deinen Kollegen mit dem Wagen ankommen und dich ausm Bett klingeln hören, macht aber nix …« Er wehrte Max' Entschuldigung ab. »Nee, schon gut, konnte eh nicht schlafen …«

Krautter schnitt sein Leberwurstbrot in der Mitte durch und reichte Oliver ungefragt eine Hälfte. Kauend saßen die beiden Freunde sich gegenüber. Dann wurde Oliver von Max kurzerhand zum Schweigen verpflichtet; der Polizist war froh, dass er jemanden, dem er vertraute, zum Reden hatte. Er berichtete in knapper Form von den Ereignissen der Nacht, der letzten Tage und den Informationen, die sie bis jetzt gesammelt hatten. Dann deutete er auf den Artikel, den er aus der Jackentasche gefischt und auf dem Couchtisch direkt neben Jane Austens »Stolz und Vorurteil« ausgebreitet hatte.

Oliver nippte langsam an seinem Kaffee, während er das Bild der Männer nachdenklich anschaute. »Hmmm … sag mal, du weißt aber schon, dass es außer dieser Hotelgeschichte noch eine andere Verbindung gibt?!«

Überrascht stellte Max die Tasse ab: »Noch eine Verbindung? Was meinst du damit?«

Oliver versuchte seine Stimme fest klingen zu lassen: »Na ja, das sind vier der fünf Männer von damals …« Er blickte auf und sah in Max' Augen. »Sina!«

Es war nach sechs Uhr morgens; Oliver war inzwischen ins Bett gegangen, aber Max Krautter saß kerzengerade auf seinem Sofa und dachte über diese ungeheuerliche Verbindung nach, die sein Freund da aufgezeigt hatte. Wie um alles in der Welt hatte er das übersehen können?! Es stimmte tatsächlich, alle seine »Protagonisten« waren damals in den Fall Sina Nothelfer verwickelt gewesen. Auch wenn Nick Sailer »nur am Rande« beteiligt gewesen war: Soweit Krautter sich erinnerte, hatte er zu Protokoll gegeben, dass er beim Feuer geblieben war und daher nicht bei den anderen war, als der Unfall geschah. Krautter brauchte unbedingt morgen – nachher, verbesserte er sich grimmig nach dem Blick auf seine Uhr – weitere Informationen. Wenn an dieser Vermutung was dran war … würde das Ganze so viel Staub aufwirbeln, dass seine Stadt samt Rutenfest in einem regelrechten Sandsturm verschwinden würde.

35

Das Erste, was ihn an diesem Morgen im Revier erwartete, war Simone, die völlig aufgelöst in Ullas Büro saß und sich immer wieder mit einem Taschentuch über die Augen wischte.

»Jetzt hör aber mal auf, Mädchen!« Ulla versuchte, sie zu beruhigen. Sie goss gerade an dem kleinen Waschbecken eine Tasse Tee auf, stellte die Eieruhr und kehrte wieder zu Simone zurück. Sie nahm sie fest in den Arm und wiederholte: »Es ist doch nicht deine Schuld, Simone … Du hättest doch nichts ändern können!«

»Doch«, schluchzte die, »wenn ich ihn nicht verloren hätte und an ihm drangeblieben wäre, dann wär' er noch am Leben. Also bin ich, nur ich ganz allein, dran schuld, dass er jetzt tot ist!«

Die Stille wurde plötzlich und durchdringend von der Eieruhr zerrissen.

Krautter nutzte den Moment, um sich bemerkbar zu machen, und räusperte sich: »Simone, komm doch bitte in mein Büro.«

Ulla drückte Simone die heiße Tasse Earl Grey in die Hand und schloss leise die Tür hinter ihr.

»Simone.« Er nahm seinen Schreibtischstuhl und setzte sich ihr direkt gegenüber. Ihre schönen, dunkelgrünen Augen schimmerten schon wieder feucht, das machte ihm das Reden nicht leichter. Er konnte einfach keine Frau weinen sehen.

Laut und geräuschvoll räusperte er sich und blickte aus dem Fenster: »Simone, dich trifft hier keine Schuld. Du hast dein Bestes getan und dass er dich bemerkt hatte und abhängen wollte, konntest du beim besten Willen nicht ahnen. Vielleicht reagierst du in zehn Jahren anders, vielleicht aber auch nicht. Ich kann dir nicht sagen, ob er mich nicht auch abgeschüttelt hätte. Jedenfalls wusste ich auch nicht, dass es im Club einen zweiten Ausgang gibt. Vor allem hätte ich dich nicht alleine gehen lassen dürfen.«

Simone wischte und schniefte und nippte an ihrem Tee. »Aber … aber er ist tot, meinetwegen.«

»Zum Donnerwetter noch mal, er ist tot, weil ihn irgendein Mistkerl ermordet hat, und das warst definitiv nicht du!« Krautter schlug gegen die Wand. »Und wenn du irgendjemandem die Schuld zuschieben willst, dann bitte mir, weil ich dich zu dem Einsatz eingeteilt habe!«

Seine Worte erzielten allerdings nicht die beabsichtigte Wirkung, im Gegenteil, eine Träne zog eine nasse Spur über ihre Backe. Er überlegte fieberhaft, wie er aus dieser Situation rauskommen könnte, als das Telefon auf seinem Schreibtisch summte. Ulla war dran.

»Ja, was denn?«

»Der OB – ich stell durch, ja?«

Innerlich seufzend meldete er sich – um dann den Schwall der Empörung über sich ergehen zu lassen wie die Steine im Flussbett der Schussen während eines Gewittergusses.

»Herr Oberbürgermeister, wir tun alles nur Mögliche, wir arbeiten rund um die Uhr – wir werden alles versuchen, den Mörder zu finden …«

Er winkte Simone hinaus, die froh war, das nicht mithören zu müssen.

»Das Rutenfest absagen? Das halte ich für keine gute Idee! Das führt nur zu Hysterie, und die Presse bauscht das Ganze dann noch mehr auf … Die Sicherheit … keine Frage, es handelt sich ja nicht um einen Terrorangriff!« Krautters Zorn kroch in sein Gehirn wie ein Raubtier, das Beute witterte. »Nein, nein, das ist nicht nötig« – am anderen Ende wurde widersprochen – »Herr Bürgermeister, hören Sie mir zu! Am Freitag, also übermorgen, vor der Insignienübergabe, werden wir den Fall gelöst haben oder Sie kriegen meine Kündigung!«

Das Raubtier setzte zum Sprung an: Er knallte den Hörer auf den Apparat, fegte zwei Aktenordner von seinem Schreibtisch und riss das Fenster auf – die Schwüle von draußen traf ihn wie eine Faust.

»So eine Scheiße!« Er brüllte so laut, dass die Passanten unten auf der Straße trotz des Verkehrslärms überrascht um sich schauten.

»Das meinen Sie doch nicht ernst mit der Kündigung, oder?« Alex Tenhagen war unbemerkt eingetreten und ließ ihn erst mal Dampf ablassen.

Krautter fuhr zu ihm herum: »Können Sie sich das vorstellen? Er überlegt ernsthaft, das Rutenfest abzusagen! Das Rutenfest! Absagen! Hier in Ravensburg! Das ist wie … Silvester ohne Feuerwerk, wie Romeo ohne Julia … wie Walzer ohne Strauss.« Er wurde wütender. »Bevor dieser Reingeschmeckte es wagt, das zu tun, krieg ich den Mörder – oder ich geh!«

Krautter winkte Ulla zu sich: »Ulla, ich brauch Infos, und zwar möglichst schnell. Geh doch mal ins Archiv und häng dich an den Rechner und in die Akten. Finde alles raus, was irgendwie damit zusammenhängt.« Er schrieb ein paar Namen und Daten auf ein abgerissenes Umschlagteil.

Die Sekretärin las laut vor, ihre Stimme wurde immer überraschter: »›Sina Nothelfer, Juli 1988, Unfall mit Todesfolge, Obduktionsbericht, Zeugenaussagen.‹ Ach du liebs Hergettle von Biberach«, entfuhr es ihr. »Das ist doch nicht dein Ernst. Du willst doch nicht diese alte Geschichte ausgraben und schlafende Hunde wecken! Max!«

»Doch, genau des – ich stech ins Wespennest und kuck, was rauskommt.«

»Stiche, Max, jede Menge Stiche und die treffen alle dich!«

»Kommen Sie, Tenhagen, wir fahren zu Frau Raichle. Ulla, wenn der Bericht vom Doktor kommt, schick mir bitte 'ne SMS.« Er korrigierte sich sofort. »Bitte schick Tenhagen eine, sein Handy ist garantiert an!«

Die beiden verließen Ulla, die das Ganze noch immer nicht fassen konnte und Tenhagen platzte fast vor Neugier.

»Lassen Sie uns erst Frau Raichle hinter uns bringen, dann holen wir Pizza und ich erzähl euch Jungen, was damals passiert ist.«

36

Der Filzstift zog einen schwarzen Rahmen rund um das nächste Gesicht auf dem Foto, dann folgte ein X durch den Kreis – fertig! Die Verschlusskappe des Filzstiftes rastete wieder ein – es war gut gelaufen. Nun waren noch zwei übrig; vor dem Rutenfest sollte alles erledigt sein. Der nächste Ort stand schon fest: die Liebfrauenkirche. Dort wurden fast alle getauft, dort feierten sie Erstkommunion, Firmung, sogar Hochzeit … und dort waren sie alle versammelt gewesen bei Sinas Beerdigung. Es war ein großer Gottesdienst gewesen, viele, die niemand kannte; die Presse hatte ausführlich über »Tod eines Engels am Rutenfest« berichtet und die Schmeißfliegen mit ihren Kameras und Fotoapparaten waren alle gekommen. Wut brandete auf bei der Erinnerung, wie die sich auf dem Friedhof benommen hatten. Es war, als wäre ein Teil der Touristen zu einem abartigen Schauspiel gekommen, als wäre ein makabres Rutentheater auf dem Friedhof inszeniert worden. Sinas Mutter war am Grab zusammengebrochen, alles wurde fotografiert und notiert. Die Meute hatte keinen Respekt, kein Mitleid. Keiner der Verantwortlichen hatte den Anstand besessen zu kommen, sie waren eben doch alle Feiglinge, damals wie heute. Aber dieses Jahr würde vor dem Rutenfest Frieden herrschen.

37

Hertkorn hatte darauf bestanden, den Bankier sofort zu sehen; er wischte die Einwände der Sekretärin beiseite und trat durch die doppelflügelige Eichentür in das Büro. Er brauchte einen Moment, um sich an das dunkle Innere zu gewöhnen – fast schwarze Mahagonitäfelung und wuchtige Möbel aus dem gleichen Holz schluckten das wenige Tageslicht, das sich an diesem schwülen Vormittag durch die Fenster kämpfte.

»Ich rufe gleich zurück. Tut mir leid.« Der Hörer krachte auf die Gabel, der Bankier fuhr hinter seinem Schreibtisch hoch. »Was fällt dir ein, hier einfach so hereinzuplatzen?!«

»Rainer ist tot!« Hertkorn fiel in den tabakfarbenen Sessel neben der Bar. »Gib mir was zu trinken.«

»Was?« Die Stimme war metallisch, kalt – gefrorener Stahl. Stöhr-Rehling goss bernsteinfarbenen Cognac in zwei Schwenker, reichte einen davon an seinen Besucher und missbilligte, dass dieser den zwanzig Jahre lang gereiften Cognac nicht zu würdigen wusste.

Hertkorn atmete tief durch und hielt ihm das Glas noch einmal hin.

»Warst du es?« Stöhr-Rehling stellte die Frage, ohne den Anwalt anzusehen.

»Bist du verrückt geworden? Wieso sollte ich Rainer umbringen?!«

»Was ist denn eigentlich passiert?!«

Hertkorn berichtete vom Anruf seiner Schwester, der ihn in der Nacht aus dem Schlaf gerissen hatte. Er war zu ihr gefahren, aber sie war so betrunken gewesen, dass sie kaum ein verständliches Wort rausgebracht hatte. Frau Thann hatte ihm dann das Wenige, das sie von der Tür aus hören konnte, erzählt.

Fast den ganzen Nachhauseweg über fluchte er vor sich hin, das war eine Katastrophe. Weniger die Tatsache, dass es sein Schwager war, der ermordet worden war – die familiäre Zuneigung hielt sich in Grenzen, auch die Freundschaft war nach so langen Jahren eingefahren. Er machte sich vielmehr Sorgen um das Hotelprojekt. Denn wer sollte jetzt für seinen Schwager einspringen? Seine Schwester garantiert nicht; er wusste nur zu gut, dass sie von Anfang dagegen gewesen war. In kurzen, abgehackten Sätzen fasste er die Situation zusammen.

Stöhr-Rehling schien seine Gedanken zu erraten: »Wir lassen das Ganze erst mal weiterlaufen.« Seine Stimme ließ keinen Widerspruch zu. »Warten die Entscheidungen ab und machen auf keinen Fall jetzt schon einen Rückzieher. Sei dir im Klaren darüber, dass du sehr viel verlierst, wenn dieses Projekt scheitert.«

Hertkorn drehte den Blick zur Decke – als ob ihm das nicht selbst klar wäre.

»Und jetzt muss ich dich bitten zu gehen; einer der Stadträte wartet dringend auf meinen Rückruf.«

38

Oliver hörte die Trommeln, während er mit Sina über die Wiesen beim Spohn-Gymnasium lief. Sina lachte, winkte ihm zu – er rief sie zu sich, aber die Trommeln wurden lauter und lauter und sie konnte ihn nicht hören. Sie lief hinter dem

Trommlerkorps her, verschwand zwischen den Jungs. Sie drehte sich um, er sah ihren Rücken, wollte, dass sie zu ihm sah, zu ihm zurückkam. Er wollte zu ihr laufen, aber die Trommeln waren so laut, dass er nicht mehr weiterkonnte und sich die Ohren zuhielt. Sina war weg. Er konnte sie nicht mehr sehen, nicht mehr erreichen, er wusste, sie war weg, für immer. »Sina!«

Mit diesem Schrei wachte er auf, nassgeschwitzt, in zerwühlten Kissen und Decken. Die Schwüle stand im Zimmer wie eine Wand, er bekam fast keine Luft und diese verdammten Trommeln!!! Erst jetzt wurde ihm bewusst, dass dieses Trommeln nicht nur in seinem Traum gewesen war, sondern dass es sich von außen, von der Realität, in seine Träume geschlichen hatte. Er hatte unruhig geschlafen, hatte wirres Zeug von pinkfarbenen Smarts geträumt. Und jetzt dieses Trommeln – die Proben im Schwarzwäldle wurden so kurz vorm Rutenfest intensiviert und je nach Windrichtung hörte man die Stücke der Trommlerkorps auch hier überdeutlich.

Er saß noch immer auf der Bettkante im Schlafzimmer, als zehn Minuten später sein Handy klingelte. Er raffte sich auf und schaffte es irgendwie, sich mit normaler Stimme zu melden.

»Oliver?«

Fast hätte er Simones Stimme nicht erkannt, klein und zittrig kletterte sie mühsam durchs Telefon.

»Können wir uns vielleicht sehen? Nach der Arbeit? Es ist was total Schlimmes passiert und das ist auch mit meine Schuld.«

Oliver hatte sich erstaunlich schnell von seiner Überraschung erholt, sie war jetzt echter Besorgnis gewichen. »Ja klar, heute Abend – was ist denn passiert?«

Sie zögerte, rang mit der Geheimhaltungspflicht. »Raichle, der Architekt, den ich bei der Beschattung gestern Abend verloren hatte, er ist heute Nacht ermordet worden.«

Er riss sich zusammen und ließ sich nicht anmerken, dass das keine Neuigkeit mehr für ihn war. »Heute Abend, Simone, möchtest du in ein Lokal gehen oder lieber hierherkommen?«

»Lieber zu dir, mir ist nicht nach Lärm und Leuten.«

»Also bis dann, ich freu mich, wirklich.«

Oliver klappte sein Handy zu – die Schatten der Vergangenheit kamen näher. Zwei der vier Männer von damals waren jetzt tot; es erfüllte ihn mit ungeahnter Befriedigung, dass Sinas Tod nun doch noch gesühnt wurde.

39

Kurz vor zehn Uhr betraten Krautter und Tenhagen das zweite Mal an diesem Morgen die Raichle-Villa. Sie hatten abgesprochen, dass Tenhagen die Haushälterin befragen sollte, während er mit Frau Raichle sprechen würde.

Bei ihrem Eintreffen saß sie in der Küche, hatte eine Tasse Kaffee vor sich und eine Zigarette in der Hand. Krautter sah sich rasch im Raum um: In frischem Limettengrün und Weiß gehalten, mit hübsch ordentlich angeordneten Küchenutensilien und farblich passenden Accessoires wirkte diese Küche eher wie ein Ausstellungraum in einem Möbelhaus; sogar der Geruch strahlte eine unpersönliche sterile Note aus. Er spürte, dass dieser Raum definitiv nicht das pochende Herz einer lebendigen Familie war. Blitzschnell schossen ihm die Bilder der Küche seines Elternhauses durch den Kopf – die war eigentlich nie dekorativ gewesen, dafür aber voller Leben.

»Hm.« Er räusperte sich, da sie auf sein Eintreten nicht reagiert hatte. »Frau Raichle, fühlen Sie sich in der Lage, mir ein paar Fragen zu beantworten? Zu Ihrem Mann und zu gestern Abend? Es wäre wichtig für unsere Ermittlungen, wenn wir möglichst zeitnah den Ablauf rekonstruieren könnten.«

Endlich sah sie durch den Rauch ihrer Zigarette zu ihm herüber. »Möchten Sie Kaffee?«

Krautter nickte in der Hoffnung, dass durch diese Bewegung auch in ihren Kopf Bewegung kommen würde. Sie stand auf und ging zur Kaffemaschine, goss eine große Tasse ein und stellte sie vor ihn hin. Dabei vermied sie seinen Blick und starrte stattdessen aus dem Fenster hinaus über das Schussental.

»Ehrlich gesagt, bin ich nicht zutiefst erschüttert oder traurig, also werde ich auch nicht so tun, als ob. Zumindest nicht vor Ihnen, vor den anderen … da hab ich keine andere Wahl.«

Sie zuckte fast unmerklich die Achseln und balancierte ihre Tasse, eine große grüne Tasse mit weißen Punkten – farblich passend zur Küche – von ihrer linken in ihre rechte Hand, trank langsam einen Schluck.

Krautter rührte bedächtig zwei Stückchen Zucker in den Kaffee, und es schien, als würde ihn nur dieses Auflösen der weißen Kristalle interessieren.

Annemarie Raichle drehte sich ihm zu, sah ihn düster und nachdenklich an, die Tasse wanderte wieder in die linke Hand und dann stellte sie sie geräuschvoll auf dem Tisch ab. Ihre Zigarette war inzwischen im Aschenbecher ausgebrannt, also zündete sie sich eine neue an. Der Rauch quoll aus ihrem Mund wie Dampf aus einer Lokomotive, als sie anfing zu reden.

»Sie wissen wahrscheinlich, dass er nicht unumstritten war als Architekt, aber doch ziemlich bekannt hier in der Stadt und im Kreis.«

Der Kommissar nickte und sie sprach weiter – zunächst leise wie ein lauer Sommerwind.

Aber ihre Stimme gewann zusehends an Kraft und Lautstärke und erinnerte schließlich an Sturm: »Tja, er war bekannt, mehr oder weniger beliebt, mehr oder weniger angesehen, hatte eine Frau und ein hübsches Zuhause, war Mitglied im Club Rösch, hatte viele so genannte Freunde, Geld, ein geregeltes Leben – zumindest ist es das, was er bemüht war zu vermitteln! Hauptsache, niemand kommt auf die

Idee, dahinterzuschauen, hinter die Fassade!« Sie hatte sich hingesetzt, jetzt stand sie abrupt auf, schob den Stuhl geräuschvoll über die weißen Fliesen, schaute über die Stadt, die zu Füßen der Villa im Tal lag. »Er hatte glaub ich Probleme, vielleicht mit dem Hotelprojekt. Jedenfalls trank er viel, in letzter Zeit immer mehr, wurde aggressiv. Er hat mich auch geschlagen. Mein Bruder war darüber stocksauer und hat ihm gedroht, er würde ihm den Hals brechen, wenn das noch mal passieren sollte.«

Sie stockte plötzlich und Krautter sah, wie ihre Finger sich um die schmale Reling der Küchenschränke krallten. Wie er sie so halb zusammengesunken stehen sah, fiel ihm das passende Wort ein, das er seit zehn Minuten suchte – verhuscht, sie war eine total verhuschte Frau.

»Frau Raichle, das tut mir … leid zu hören.«

»Bitte gehen Sie, sofort, bitte, ich möchte, ich muss …« Ein verlorener, gedemütigter Ausdruck glitt über ihr blasses Gesicht.

Kommissar Krautter trat zu ihr, führte sie zum Stuhl: »Ich kann Ihnen leider ein paar Fragen nicht ersparen, und leider kann ich die auch nicht auf später verschieben, da die Zeit in diesem Fall eine wichtige Rolle spielt. Versuchen wir es doch so, Frau Raichle: Ich stelle meine Fragen, ganz einfache Routinefragen, machen Sie sich also keine Sorgen. Und wenn es nicht mehr geht, dann sagen Sie es mir, ja?«

Annemarie Raichle setzte sich, drückte die Zigarette aus und nickte. »Also gut, fangen Sie an.«

Krautter setzte sich ihr gegenüber, suchte Blickkontakt: »Könnten Sie mir bitte sagen, was Sie gestern Abend beziehungsweise heute Nacht gemacht haben?«

»Wurde er da … ermordet?« Ausdruckslos sahen ihre blassen Augen ihn an.

»Ja, vermutlich, Genaueres kann der Rechtsmediziner erst in ein paar Stunden sagen … also?«

»Gestern Abend … Dienstag … ich hab … hab erst eine Weile ferngesehen, warten Sie, irgendwann kam ›Dr. House‹, aber ich hatte so wahnsinnige Kopfschmerzen, dass ich ins Bett gegangen bin. Ich nahm noch eine starke Schmerztablette und bin so gegen halb elf eingeschlafen. Und habe geschlafen wie ein Stein, bis Frau Thann mich geweckt hat, weil Sie geklingelt hatten. Mein Mann und ich, wir haben, hatten getrennte Schlafzimmer, daher weiß ich nicht, wann oder wie lange er weg war. Sein Bett ist jedenfalls unberührt.«

»War Ihr Mann gestern irgendwie anders als sonst? Oder war etwas anders als sonst?«

»Na ja, er kam viel früher nach Hause, hat sich in sein Büro eingeschlossen – ja, Sie haben ihn doch gesprochen. Danach hat er sich wieder eingeschlossen, stundenlang. Irgendwann vor acht ist er dann hoch und hat geduscht; er wollte noch weg, hat mir aber nicht gesagt, wohin er wollte. Ja, und eine halbe Stunde später hat er dann das Haus verlassen. Danach hab ich ihn nicht mehr gesehen oder gehört.« Gedankenverloren fasste sie sich an das verletzte Auge, zuckte zusammen.

»Was ist passiert?«, fragte Krautter vorsichtig. »Hat er Sie geschlagen?«

»Nein, das habe ich Ihnen doch schon erzählt. Er hat mich gestoßen und ich bin gegen den Türrahmen gefallen – mehr war nicht. Außer dass er mal wieder betrunken war ... und nervös und schlecht gelaunt. Halt, warten Sie, er hat noch gemeint, ich sollte meinen Bruder fragen.«

»Ihren Bruder?« Krautter sah sie überrascht an. »Wollte er zu ihm?«

»Nein, ich glaub nicht, hatte nicht den Eindruck.«

Krautter fragte noch zu Raichles Tagesablauf und seinen aktuellen Aufträgen, dann beendete er die Befragung und verabschiedete sich. Tenhagen war bereits zum Auto gegangen.

»Noch was, Herr Kommissar.« Frau Raichle rief ihn zurück. »Wenn Sie weitere Einzelheiten brauchen, fragen Sie doch mal seine *Sekretärin*.«

»Pfhhh ...« Seufzend ließ sich Krautter in die schwarzen Lederpolster des Audis sinken. »Also bevor ich so eine Ehe führe, bleib ich lieber Single!«

Tenhagen nickte zustimmend. »Eitel Sonnenschein war dieses Eheleben wohl wirklich nicht, Frau Thann hat einiges mitgekriegt und ihre Sympathie gilt eindeutig nicht dem Hausherrn.« In wenigen Sätzen fasste er die Aussage zusammen. »Raichle hat nach ihrer Aussage das Haus gegen 20.30 Uhr verlassen. Sie ist dann runter in ihre Wohnung gegangen. Hat ferngesehen, Inga Lindström, und sonst nichts mehr gesehen oder gehört. Sie meint aber, wenn Frau Raichle mit dem Wagen weggefahren wäre, hätte sie das von ihrem Wohnzimmer aus gesehen. Sie glaubt, dass Frau Raichle tatsächlich ins Bett gegangen ist, kann es aber nicht beschwören. Wie gesagt, sie konnte Raichle nicht leiden, weil er sich ziemlich ungehobelt benommen hat.«

40

Ulla wedelte ungeduldig mit einem Briefumschlag, als sie ins Büro zurückkamen. »Max! Endlich – hier, ich glaub, das ist wichtig.«

Krautter nahm den Brief mit in sein Büro, die anderen folgten ihm. Er drehte ihn hin und her – ein gewöhnliches Kuvert, längs, ohne Fenster, adressiert an ihn. PERSÖNLICH, prangte in Blockschrift vorne drauf. Auf der Rückseite konnte er einen kleinen blauen Fleck erkennen. Mit dem Zeigefinger ratschte er den Umschlag auf und fischte vorsichtig ein einzelnes weißes Blatt heraus. Tenhagen reichte ihm eine Klarsichthülle, damit eventuelle Spuren nicht verwischt würden. Krautter überflog den Text und stillte dann die Neugier seiner Mitarbeiter:

»Kommissar, jeder von uns macht Fehler, manche wiegen schwer und holen uns auch in der Gegenwart immer wieder ein. Ich muss versuchen, einen meiner Fehler wenigstens zum Teil wieder gutzumachen, deshalb dieser Hinweis. Der Schlüssel zu Nick Sailers Tod liegt bei Wolfgang Hertkorn

und Frau Sailer – den Rest des Puzzles müssen Sie selbst lösen.«

Sie schauten sich an – verwirrt, überrascht, ratlos. Niemand von ihnen hatte einen Zweifel an der Echtheit des anonymen Briefes; Krautter hatte genug Erfahrung, um zu wissen, dass der ernst zu nehmen war.

»Was soll das denn bedeuten?« Tenhagen fuhr sich durch die Haare, Simone hatte die Ellbogen auf den Tisch gestützt.

Ulla, die Pragmatische, meinte: »Ich mach mal eine Kopie davon.«

Krautter selbst saß da und stippte seine Brille nach oben. Dann stand er auf, öffnete das Fenster: »Diese verdammte Schwüle, da kommt bloß noch mehr Wärme von draußen rein!«

Volle zwei Minuten starrte er in den bleiernen Himmel, dann drehte er sich um: »Alex, Sie fahren zu Dr. Hertkorn und klären sein Alibi ab. Selbes Programm wie bei Frau Raichle. Simone, du kommst mit mir zu Frau Sailer, da machen wir jetzt Nägel mit Köpfen. Und Ulla, du bringst den hier« – er deutete auf den Umschlag und den Brief – »zur Spurensicherung. Vielleicht finden die ja was raus. Vor allem den Fleck auf der Rückseite sollen die sich mal anschauen, ich hab da so 'ne Idee …« Er nahm die Autoschlüssel: »Und noch eins: KEINER von euch erwähnt irgendjemandem gegenüber diesen Brief, ist das klar?!« Sein Blick war gefrorenes Eis und alle drei nickten gleichzeitig.

41

Hertkorn war unübersehbar wütend, als Tenhagen so unangemeldet zu ihm ins Büro schneite. Der Kommissar blieb in der Tür stehen, während Dr. Hertkorn sich von einem bekannten Restaurantbesitzer verabschiedete, der zur Zeit wegen diverser dubioser Geschäfte Schlagzeilen machte.

»Ich muss doch sehr bitten, Herr Kommissar. Sie können nicht einfach so in mein Büro platzen! Das wird ein Nachspiel für Sie haben!« Mühsam beherrscht stand er Tenhagen fast auf gleicher Höhe gegenüber.

»Herr Dr. Hertkorn.« Tenhagen dachte an die Warnungen seines Chefs und bemühte sich um Höflichkeit: »Ich gehe davon aus, dass Ihre Schwester Sie bereits über den Tod Ihres Schwagers informiert hat. Gut, dann können wir gleich zum nächsten Thema kommen. Könnten Sie mir erklären, was genau Sie mit dem Tod von Nick Sailer zu tun haben?«

Hertkorn lehnte an seinem Schreibtisch, seinen Blick bis zu diesem Moment fest auf Tenhagen gerichtet. Jetzt flackerte dieser kurz, er sah rasch zu Boden.

Alex hatte diese kleine Unsicherheit sehr wohl registriert.

»Was meinen Sie denn jetzt damit, um alles in der Welt? Was sollte ich denn damit zu tun haben? Sie … Ich hab gar nichts damit zu tun, ich hab ein Alibi – Sie haben meine Frau doch befragt.« Hertkorn fühlte nun wieder festen Boden unter den Füßen und fügte selbstsicher hinzu: »Ich bin Anwalt und weiß genau, was Sie hier versuchen, Herr Kommissar. Also kommen Sie entweder zum Grund Ihres ungebührlichen Eindringens in mein Büro – oder gehen Sie und laden mich vor.«

Wortlos reichte Tenhagen Hertkorn die Kopie des anonymen Briefes.

Der las ihn, las ihn ein zweites Mal und lachte dann kurz und bellend auf: »Ein anonymer Brief, ganz was Neues. Mit haarsträubenden Beschuldigungen – auch ganz was Neues. Ehrlich, da müssen Sie schon mehr bieten.« Er gab den Brief zurück und sie beide bemerkten das leise Zittern seiner Hand.

»Dr. Hertkorn, wir wissen nicht, wer der Absender ist, aber ich könnte fast wetten, dass es einer Ihrer Bekannten ist. Könnten Sie mir inzwischen sagen, wo Sie gestern Abend bis ungefähr Mitternacht waren?«

»Ich sehe dafür keinerlei Grund«, brauste Hertkorn auf.

»Sehen Sie, wir haben Zeugen für das Gespräch mit Ihrem Schwager. Er hat Sie gestern Abend ein paar Stunden vor seinem Tod noch einmal angerufen, das Gespräch war lange genug, um, sagen wir mal, einen Treffpunkt auszumachen. Als wir gestern mit ihm sprachen, war er ziemlich nervös. Es könnte doch sein, dass er sich noch mit Ihnen getroffen hat.«

»Das hat er definitiv nicht!« Hertkorn schlug mit der Hand auf den Schreibtisch. »Das hat er nicht. Ja, er hat mich kurz angerufen und nein, wir haben uns nicht verabredet. Er … er hatte ein Treffen, aber nicht mit mir. Mehr weiß ich dazu auch nicht und nein, ich werde Ihnen nicht sagen, wo ich gestern Abend war.«

»Simone, warten Sie – ich muss nachdenken. Wir fahren in einer halben Stunde.«

Simone nickte, sie alle wussten, dass Krautter am besten nachdenken konnte, wenn er in Bewegung war.

Und so lief er eine halbe Stunde ums Karree: Seestraße, Schillerstraße, Römerstraße, vorbei an der ehemaligen Pinselfabrik, die nun zu einem Seniorenwohnheim umgebaut worden war. Es spukte da etwas in seinem Hinterkopf, das sich immer lauter in sein Bewusstsein drängte; jetzt musste er probieren, welche Puzzleteilchen zusammenpassten. Allerdings schreckte ihn das Bild, das sich abzuzeichnen begann. *Du weißt, dass es außer den Geschäftsbeziehungen und dem Hotelprojekt noch eine weitere Verbindung gibt?* Olivers Worte nagten in seinem Kopf wie der Holzwurm an einem alten Schrank. Er hatte eine Verbindung geschaffen, und die Verknüpfung dieser Puzzleteile – das Foto, die Verbindungen, die Morde und der Name des toten Mädchens – verursachten ein regelrechtes Gewitter an schlaglichtartigen Erinnerungen. Diese Männer waren die Männer, die damals unter Verdacht standen, Sina ermordet zu haben. Sie waren es, die durch Protektion und Stillhalten schließlich ungeschoren davongekommen waren und ihre Leben weiterleben durften, als wäre nichts gewesen. In dubio pro reo … und Sina war tot.

42

»Frau Sailer, wir müssen Ihnen dringend ein paar Fragen stellen.« Krautter schob die Tür mitsamt der Frau beiseite. »Meine Kollegin, Frau Wenzel.«

Tanja Sailer sah zu ihr und machte schließlich Platz. »Bitte, Sie kennen sich ja aus.«

Das ursprüngliche Chaos im Wohnzimmer war mittlerweile einem anderen Chaos gewichen. Überall auf und an den Möbeln lagen oder hingen jetzt schwarze Kleidungsstücke, die meisten neu gekauft, wie die Etiketten zeigten. Auf dem Fußboden lagen vier Paar schwarze Schuhe – Pumps, Riemchen-Sandalen, Sabots – wie Simone schnell feststellte, traumhaft schöne Schuhe und irre teuer. Auf dem Tisch sah es aus, als wäre eine Kosmetikartikel-Vertreterin zu Besuch gewesen: Fläschchen mit Nagellack in Rot- und Pinktönen, mindestens zehn verschiedene Lippenstifte in Schattierungen von Dunkelrot bis Rosa, Rouge- und Puderdöschen, Lidschattenduos und einzelne Farbtöpfchen in fast allen Schattierungen.

»Die Beerdigung ... ich musste ein paar Vorbereitungen treffen.« Bemüht gleichgültig schob Tanja Sailer die kleine Drogerie auf dem Tisch zusammen, als könnte sie sie damit verbergen. »Setzen Sie sich doch.« Immerhin, das Sofa war frei. »Wissen Sie schon, wann die Leiche freigegeben wird? Ich kann sonst gar nicht planen, und eigentlich wollte ich nächste Woche in Urlaub fahren. Macht es Ihnen was aus, wenn ich meine Farbe weiter anrühre? Ich muss wohl oder übel dieses Rot loswerden, sonst bringen seine Verwandten mich um.« Sie rührte weiter in dem kleinen Töpfchen eine Masse mit beißendem Geruch an.

»Frau Sailer, wir haben Grund zu der Annahme, dass Sie uns etwas Wichtiges verschwiegen oder vorenthalten haben.« Krautter fiel mit der Tür ins Haus, jetzt war keine Zeit mehr für Spielchen.

Tanja Sailer war völlig perplex: »Was … Was meinen Sie damit? Was denn vorenthalten?« Unsicher wich sie einen Schritt zurück. »Ich … muss ins Bad …«

Simone und Krautter folgten ihr.

»Wir haben einen Hinweis darauf bekommen, dass Sie uns Informationen zum Tod Ihres Mannes geben können. Kann es vielleicht sein, dass Sie in den Unterlagen Ihres Mannes oder sonst irgendwo etwas gefunden haben, das für unsere Ermittlungen wichtig wäre?!«

Tanja Sailer hielt mitten in der Bewegung inne, ihre Hand mit dem Pinsel verharrte in der Luft. Sie starrte sie aus dem Spiegel an. »Bitte …was?! Ich habe keine Ahnung, wirklich nicht, ich weiß nicht, wovon Sie reden.« Hastig trug sie mit dem Pinsel die Masse weiter auf ihre Haare auf.

»Na schön, Frau Sailer, wenn Sie es so wollen … Sie werden Ihren Urlaub verschieben müssen. Denn ich lasse Sie erst vom Haken, wenn ich weiß, was Sie uns verschweigen. Und im Übrigen, wir werden auch feststellen, woher das Geld für all das« – er deutete auf das Wohnzimmer – »kommt, denn aus Ihrem Erbe stammt es definitiv nicht. Sie kommen bitte morgen Vormittag nochmal zu uns aufs Revier, dann können wir verschiedene Fragen klären und das Ganze protokollieren, das ist nämlich noch nicht passiert. Guten Tag!«

Tanja Sailer brauchte zehn Minuten, in denen ihre Gedanken rasten, dann glaubte sie die Lösung gefunden zu haben. Sie griff zum Hörer, wählte die gespeicherte Nummer – der Anruf wurde fast sofort angenommen.

»Wir müssen uns treffen«, zischte sie, »heute Abend, 22 Uhr, in den Anlagen am Untertor. Wenn Sie Idiot glauben, dass Sie mich verpfeifen können – dann kostet Sie das noch mehr!« Sie legte auf, bevor ihr Gesprächspartner auch nur ein Wort erwidern konnte.

Krautter war wütend und wurde wie ein hungriger Löwe im Käfig mit jeder Minute noch wütender. Was glaubte diese

Sailer eigentlich? Er war sich sicher, dass sie Informationen zurückhielt und jemanden erpresste. So schnell würde jemand wie sie sonst nicht zu so viel Geld kommen. Simone hatte kurz überschlagen, was da im Wohnzimmer auslag und schätzte den Wert auf über 2000 Euro. Die Bankauskunft, die sie eingeholt hatte, besagte aber, dass beide Konten der Sailers bis an die Grenzen der Dispokredite ausgereizt waren. Daher lag Erpressung nahe – und Krautter war, wie man auf Schwäbisch sagte, kreuznarred.

Er funkte die Zentrale an und gab die Anweisung, dass eine Streife ab sofort bis auf Widerruf vor ihrem Haus Posten beziehen sollte. Vielleicht würden sie ja auf diesem Weg mehr erfahren – nicht nur über die Geschäfte, in denen sie einkaufen ging, sondern vielleicht auch über die geheimnisvolle Geldquelle.

Eigentlich wollte Krautter sich um die Mittagszeit mit seinen Mitarbeitern im Büro treffen, um über die bisherigen Ergebnisse und seine Vermutungen zu sprechen. Seine Tagesplanung wurde allerdings gestört, denn Ulla winkte ihn gleich wieder weg. »Besprechung im Rathaus, du sollst sofort dazukommen, wenn du hier bist.«

Verärgerte und besorgte Blicke empfingen ihn im Büro des OBs. Sein Chef und der Oberbürgermeister wollten von ihm wissen, wie weit sie inzwischen mit ihren Ermittlungen vorangekommen waren, ob und wie Raichles Tod mit dem ersten Mord zusammenhing. Krautter stöhnte innerlich: Er hatte keinen Nerv dafür, jetzt hier Rede und Antwort zu stehen. Seine Versuche, das Ganze abzukürzen und wieder an seine Arbeit zu gehen, endeten jedes Mal mit einem neuen Anlauf des OBs.

Die Kernfrage, um die sich alles drehte, war, ob man das Rutenfest absagen müsste oder nicht. Krautter fiel fast vom Stuhl – das war eine Frage, die für ihn gar nicht existierte. Ravensburg ohne Rutenfest, das war wie … »Bregenz ohne Festspiele!«, argumentierte er händeringend. Aber der OB äußerte die Befürchtung, dass sie die Sicherheit nicht garantieren könnten, wenn so viele Touristen in der Stadt wären »... und stellen Sie sich vor, Herr Kommissar, das ist ein Serienmörder und der wütet währenddessen weiter. Was wird dann aus dem fröhlichen Kinder- und Heimatfest? Wir können nie wieder damit werben!!! Damit verliert die Stadt ein Stück ihrer Identität! Lieber lasse ich es aus Sicherheitsgründen einmal ausfallen ...«

Das war endgültig zu viel für Krautter: »Also ganz ehrlich, Herr Bürgermeister! Wir sind dran und arbeiten mit Hochdruck, die ganze Abteilung, nur an dieser Geschichte. Wir wissen nicht, reden wir von einem oder zwei Fällen, aber wir werden bis Freitag Ergebnisse haben! Wenn nicht, dann ... dann liegt meine Kündigung auf Ihrem Tisch!«

43

Oliver war die letzten zwei Stunden in den verschiedenen Lokalen der Stadt unterwegs gewesen – überall nur Absagen. Selbst der Versuch, im »Eagle« in Liebenhofen unterzukommen, war gescheitert. Berthold Igel, Wirt und Inhaber des Gasthofes Adler und Abi-Jahrgang 1974 des Albert-Einstein-Gymnasiums, bedauerte sehr, aber Ruhetag blieb Ruhetag. Oliver ahnte, dass tatsächlich kein anderer Veranstaltungsort als das »Mövenpick« in Weingarten übrig blieb. Max würde angesichts dieser Neuigkeiten zwar die Krise kriegen, aber da musste er durch.

Es war unerträglich schwül, deshalb hielt Oliver, vom »Storchen« kommend, vor der Seitentür der Liebfrauenkirche an. Die Schwüle trieb ihn dann doch ins dämmrige, kühle Innere. Sofort umfing ihn der altbekannte Geruch – Weihrauch, Kerzen, die Gerüche der Menschen, die hier waren – und er fühlte sich ... Oliver suchte nach einer anderen Bezeichnung, fand aber keine ... »zu Hause«. Er wusste sich hier geborgen, auch wenn er kein religiöser Mensch war, nicht mehr jedenfalls, nach damals. Er weigerte sich in die Kirche zu gehen, egal in welche, und eigentlich wollte er nichts mehr mit »dem da oben« zu tun haben. Aber hierher zog es ihn ... und es war so, als hätte diese Kirche ihre Arme ausgebreitet und ihn willkommen geheißen. Er sah sich hinten scheinbar gelangweilt die Anzeigen und Aushänge an, bekreuzigte sich dann gewohnheitsmäßig mit Weihwasser, weigerte sich aber, in die Knie zu gehen, und schlenderte an der Seite entlang nach vorne. Hier war die Zeit scheinbar stehen geblieben, jedenfalls entdeckte er keine gravierenden Veränderungen. So viele Stunden und Ereignisse hatte er hier erlebt, er war Ministrant gewesen, hatte Erstkommunion gefeiert, Firmung, unendlich viele Gottesdienste. Und Sinas Beerdigung fand hier statt. Er setzte sich in die zweite Reihe im Seitenschiff und sah dem gekreuzigten Christus in die Augen ... Er nahm eine Bewegung neben sich wahr und sah überrascht Gretel an, die sich neben ihn gesetzt hatte.

»Willkommen zu Hause ...« Ihre Stimme war ein leises Flüstern. »Er freut sich sehr, dass du wieder da bist.«

44

Roland Nothelfer wurde genau um 13.30 Uhr in der Seestraße geblitzt; er war mit über 70 km/h unterwegs, denn er hatte das Gefühl, dass die Zeit drängte. War nur ein Gefühl, er konnte es selbst nicht näher erklären.

Er sah die Fahnen auf dem Mehlsack. Zur Rutenfest-Zeit nach Ravensburg zurückzukehren, war gefährlich für ihn, das wusste er. Gefährlich, weil die Vergangenheit ihn dann schneller einholte als sonst. Aber er musste jetzt mit Max reden ... so schnell wie möglich. Bevor alles noch schlimmer würde ... Roland parkte den Volvo in der Marienplatztiefgarage und wollte von dort zu Fuß zum Polizeirevier in der Rudolfstraße gehen. Aber gerade, als er den Aufzug verließ, sah er seinen alten Freund Oliver direkt auf sich zu kommen.

»Oliver!«

Beide Männer standen sekundenlang fassungslos da und starrten einander nur an. Dann – endlich – umarmten sie sich.

»Roland, ich denke, du bist gar nicht in der Stadt, sondern in ...« Oliver brach ab und sah seinen alten Schulfreund prüfend an. »Wie geht es dir?«

»Gut, passt schon.« Das war reflexartig die Standardantwort, wenn Roland nichts weiter dazu sagen wollte. »Um ehrlich zu sein«, er räusperte sich, seine Stimme kratzte wie Sandpapier, »nein, es geht mir nicht so gut. Ich wollte eigentlich zu Max, aufs Revier. Aber ... hast du vielleicht grade Zeit?«

»Na klar, ich bin eh k.o., musste für unser Abitreffen zig Lokale abklappern. Trinken wir hier einen Kaffee?«

Roland suchte alle vier Straßencafés mit den Augen ab. »Zuzu viviele Leute hier draußen ... Können wir reingehen?«

Sie traten in die schattige Kühle des nächstgelegenen Lokals, bestellten Cola und ein Kännchen Kaffee. Oliver ließ Roland genügend Zeit, um zur Ruhe zu kommen. Sonst würde die Unterhaltung sehr mühsam werden, denn je aufgeregter er war, desto schlimmer sein Stottern. Fast zehn Minuten dauerte es, bis er sich einigermaßen beruhigt hatte.

Oliver begann schließlich: »Ich weiß nicht, ob du das schon weißt, aber ... ich war bei deinem Vater. Na ja, er war nicht da, aber deine Kusine, Viktoria. Sie hat sich kaum verändert seit damals. Sie hat mir auch gesagt, dass du ... während der Sommermonate in Lindau wohnst.«

Roland nickte. »Ja, es ist für alle besser so, wenn ich während dieser Zeit sozusagen Urlaub in der Klinik mache. Vor zwei Jahren hätte ich meinen Vater fast umgebracht, weil er mich hindern wollte, auf den Friedhof zu gehen. Er meinte es wahrscheinlich nur gut, sagen sie jedenfalls, aber trotzdem ... es funktioniert nicht. Hat es ja noch nie.«

Beide erinnerten sich an unerfreuliche Szenen – hervorragende Noten des Sohnes, die nur abgenickt wurden, während die Aufmerksamkeit des Vaters einzig und allein Sina galt. Sie war sein Lebensinhalt, ihr galt sein ganzes Interesse. Trotz all dem liebte Roland seine kleine Schwester heiß und innig. Er hätte alles für sie getan, wäre sogar für sie gestorben – und doch hatte er sie an ihrem Todestag allein gelassen. Diese Tatsache hatte er sich selbst nie verziehen; er war davon überzeugt: Wenn er da gewesen wäre, würde Sina noch leben. Über die Jahre hinweg war diese fixe Idee nicht schwächer geworden, sondern bestimmte in Wellen und immer stärker seinen Verstand und sein Handeln. Seine Mutter hatte ein einziges Mal versucht, für ihn Partei zu ergreifen, damals nach Sinas Tod. Aber der Vater war überhaupt nicht mehr ansprechbar gewesen, und so flüchtete sie mehr und mehr in den Alkohol, der sie letztlich tötete. Jeder der beiden Freunde hatte seine Verletzungen mitgenommen und nichts war wirklich verheilt.

»Hei«, Oliver holte tief Luft und schüttelte die Vergangenheit ab, »du wolltest doch zu Max. Er hat grad ziemlich Stress bei der Arbeit … Aber komm doch mit und wir warten zu Hause auf ihn. Ich wohne bei ihm in der Gästewohnung, also können wir noch 'ne Weile reden und was anderes trinken als Cola. Wie lange hast du denn … na ja, wie lange darfst du wegbleiben?«

Rolands Blick veränderte sich, wurde argwöhnisch und lauernd. Aber nur für einen Sekundenbruchteil, dann besann er sich auf den Freund. »Ich darf bleiben, so lange ich will … Bin ja schließlich schon erwachsen!«

45

Der Bericht des Rechtsmediziners lag auf seinem Schreibtisch, als Max Krautter endlich in durchgeschwitztem Hemd und mit hochrotem Kopf wieder im Büro saß. Simone besorgte eine große Flasche Apfelsaftschorle und goss ihm fürsorglich ein. Er trank das Glas in einem Zug leer, sie lächelte und goss nach.

»Könnt ihr euch vorstellen, dass die drüben im Rathaus drauf und dran sind, das Rutenfest abzusagen?!«

Schockiert sahen sich Ulla und Simone an. Sogar Alex, der immer noch keine emotionale Verbindung zum traditionsreichsten Fest in Oberschwaben geknüpft hatte, erkannte die Tragweite einer solchen Entscheidung.

»Ha noi, des goht doch it!«, entfuhr es Ulla. »Des könnet die doch it mache.«

»Hab ich auch gesagt, aber sie haben Angst um die Sicherheit – und befürchten, dass dann im nächsten Jahr die Rutenfest-Einnahmen nicht mehr so üppig sprudeln könnten.« Er fasste das Gespräch kurz zusammen und blickte in drei besorgte Gesichter. »So ein Mist, des gibt's gar it, aber i sag euch eines, das war kein Ravensburger, davon bin ich überzeugt. Und jetzt bestellen wir Pizza, ich hab Hunger, und dann reden wir über 1988.«

Es gab zweimal Pizza Quattro stagioni, einmal Thunfisch und einmal Spinat. Die italienische Fastfood-Spezialität kam noch warm und kross aus dem Karton – so genossen sie alle kommentarlos und schweigend die kurze Essenspause. Krautter schluckte als Erster den letzten Bissen runter, wusch sich die Hände an dem kleinen Waschbecken und fischte dann nach der Hülle, in der Ulla alles zusammengetragen hatte, was sie im Archiv gefunden hatte. Er überflog den Inhalt kurz, nickte und legte sie dann beiseite.

Er trank das zweite Glas leer, denn er wusste, es würde ein längerer Vortrag werden. »Es war einer der dramatischsten und erschütterndsten Fälle, die diese Stadt je erlebt hatte. Juli 1988, Rutenfest, Sina Nothelfer, Tochter eines bekannten Weingärtner Kieferorthopäden, feierte ihren 18. Geburtstag genau an dem Tag, an dem das Rutenfest begonnen hatte. Die Trommler der Ravensburger Gymnasien waren am Abend nach der Insignienübergabe, also der offiziellen Eröffnung, im Schwarzwäldle zum Feiern zusammengekommen. Sie war Trommlerbraut – die weibliche Begleitung des Rutenhauptmanns, des obersten Trommlers, also sozusagen First Lady«, fügte er hinzu, als er Tenhagens fragenden Blick sah. »Außer den Oberstufen-Gymnasiasten waren auch die so genannten ›Ehemaligen‹ dabei, die traditionsgemäß mit den aktiven Trommlern dort feiern. Na ja, vor allem ehemalige Spohn-Gymnasiasten, das bedeutet angesehene, alteingesessene Ravensburger Familien, jedenfalls die meisten davon. Es wurde gegrillt und getrunken wie jedes Jahr.

Am nächsten Morgen fand man das Mädchen tot am Grund der Kiesgrube, die sich direkt ans Schwarzwäldle anschließt und von dort rund 30 Meter steil abbricht. Heute ist in dem Gebiet alles dicht bewachsen und man kann sich nicht vorstellen, dass jemand dort hinunterstürzen kann. Aber damals war die Grube noch in Betrieb, die Wände steil und unbewachsen. Der Arzt konnte nur noch ihren Tod feststellen und die Obduktion ergab, dass sie an ihren schweren Kopfverletzungen gestorben war. Die Verletzungen waren so schwer, dass nicht mehr nachgewiesen werden konnte, ob sie sich bestimmte Kopfverletzungen eventuell schon vor dem Sturz zugezogen haben könnte.«

»Was?« Tenhagen hatte den Unterton bemerkt.

»Genau. Nach den Befragungen hatte sich ergeben, dass Sina Nothelfer in der Nacht noch mit ein paar der Ehemaligen dort oben unterwegs war … freiwillig, wie diese sagten, und heftig mit ihnen geflirtet hätte. Dann wäre sie plötzlich losgerannt, hätte gelacht und gerufen, sie sollten doch versuchen, sie zu fangen. Daraufhin seien sie schnell hinterher, weil sie befürchteten, dass Sina in die nahegelegene Kiesgrube stürzen könnte. Aber sie hätten sie nicht mehr rechtzeitig erreicht und dann nur noch ihren Schrei im Dunkeln gehört. Sie wären in Panik geraten, hätten sich ins Auto gesetzt und seien nach Hause gefahren. Dann haben sie einem der Väter das Ganze erzählt … und damit nahm die eigentliche Katastrophe ihren Lauf. Der Ablauf konnte ja nicht eindeutig rekonstruiert werden, es gab nichts, was für eine andere Version sprach, und die Herren Väter waren hochangesehene Bürger dieser Stadt, Anwalt, Hotelier, Arzt, Autohändler, Pfarrer. Es kam erst gar nicht zu einem Prozess, so sehr die Familie Nothelfer auch darauf drängte, aber schließlich sah die Staatsanwaltschaft keinen hinreichenden Verdacht. Das Ergebnis hieß dann Tod durch Unfall – tragisch, aber nicht zu ändern. Und alle fünf jungen Männer gingen straffrei aus. Sinas Familie zerbrach daran, die Mutter starb an einer Alkoholvergiftung, der Vater gab die Praxis auf, zog sich völlig zurück und ist seit damals ein gebrochener Mann, der das Haus nur noch verlässt, um auf den Friedhof zu gehen. Sinas Bruder wurde schwerst drogenabhängig und psychisch krank, lebte zeitweise in einer Klinik am Bodensee. Musste sein BWL-Studium abbrechen und wird wahrscheinlich nie mehr ein geregeltes Leben führen können. Diese Familie ist zerstört worden, und niemand wurde zur Rechenschaft gezogen. Bis jetzt …« Krautter verstummte, trank und sah seine Kollegen an.

»Wieso bis jetzt?«

»War es denn kein Unfall?«

Simone und Alex stellten gleichzeitig ihre Fragen.

»Ich persönlich glaube nicht an einen Unfall.« Krautter nahm seine Brille ab und fuhr sich über die Augen. »Sinas Freund damals war mein bester Freund, und durch ihn kannte ich sie ein bisschen. Sie war nicht der Typ Mädchen, der sich auf so was mit diesen Männern eingelassen hätte. Wahrscheinlich hat Sina sie gebeten, sie nach Hause zu fahren, weil Oliver nicht bei ihr sein konnte. Er war an dem Abend bei mir …«

Simone zuckte kurz zusammen.

»Ich glaub, die Jungs hatten mehr damit zu tun … und vor allem mehr Dreck am Stecken.«

Krautter sah Tenhagen fest an. »*Bis jetzt* hab ich gesagt, weil Sailer indirekt darin verwickelt und Raichle einer der Männer von damals war. Sailer war mit Uwe Fischer eng befreundet. Und dieser Fischer, der übrigens auch zu dem Männer-Quintett in jener Nacht gehörte, gab an, dass Sailer am Lagerfeuer zurückgeblieben und dort eingeschlafen sei. Uwe Fischer hat sich einige Zeit später erhängt, sein Abschiedsbrief lautete: *Ich halte es nicht länger aus. Nicht noch länger.* Die anderen Beteiligten« – er machte eine Pause – »waren unser verehrter Dr. Hertkorn, Raichle und Herr Stöhr-Rehling, der allseits geschätzte Bankier.«

Fassungslose Stille herrschte im Raum.

»Ne, nicht wirklich, oder?!« Simone fand als Erste ihre Sprache wieder. »Soll das heißen, die zwei Morde haben mit einem zwanzig Jahre alten Unfall zu tun und gar nix mit dem Hotelprojekt?!«

»Ich weiß es nicht«, gab Krautter offen zu. »Aber wenn es ein Puzzlespiel wäre, dann würden bei der Unfallgeschichte jetzt einige Teile exakt zusammenpassen.«

Während die drei Krautters Schilderung der damaligen Ereignisse aus verschiedenen Blickwinkeln diskutierten, überflog der Kommissar den Bericht des Rechtsmediziners: Die Todesursache lautete Durchtrennung der Oberschenkelarterie, Arteria femoralis, mit einem sehr scharfen Gegenstand, eher Skalpell als Messer. Die Folge: hoher Blutverlust, Schock, Herz-Kreislaufversagen, schneller Tod. Keine weiteren Verletzungen, keine Ligaturen oder sonstige Anzeichen für Gewalt. Beinahe identisch mit dem Fall vom Sonntag. Keine Gifte oder Drogen, Blutalkoholgehalt 1,3 Promille. Todeszeit: zwischen 23 Uhr und ein Uhr morgens. Dr. Brielmaier hatte einen grünen Haftzettel für ihn drangeklebt: »Meine persönliche Meinung: derselbe Täter.«

Ulla bekam die Anweisung, Dr. Hertkorn und Tanja Sailer für den nächsten Morgen noch mal aufs Revier zu bestellen. Vielleicht würde die Überwachung von Frau Sailer neue Erkenntnisse liefern, mit denen man die beiden konfrontieren könnte. Auf jeden Fall wollte Krautter jetzt mehr Informationen, denn nun ließ sich bei Hertkorn durchaus ein Motiv für den

Mord an seinem Schwager erkennen. Hätte Raichle ihn erpresst, mit der Wahrheit an die Öffentlichkeit zu gehen, wäre sowohl das Hotelprojekt gestorben als auch sein Leben in dieser Stadt nicht mehr möglich gewesen. Ein zweites Mal würde die Macht der Väter nicht ausreichen, um die Söhne zu retten.

Schließlich gingen Tenhagen und Krautter daran, den Bericht und die Stellungnahme für die Pressekonferenz vorzubereiten; diese war auf 17 Uhr angesetzt. Ihnen war beiden klar, dass hier eine heikle Angelegenheit auf sie wartete. Sie mussten die Macher der öffentlichen Meinung davon überzeugen, dass die Bürger und Besucher der Stadt sicher waren, dass keine Gefahr durch einen Wahnsinnigen drohte – und das alles ohne handfeste Ermittlungsergebnisse. Beiden war überdeutlich bewusst, dass es von ihrer Wortwahl abhängen würde, was die Presse für ein Urteil über die Polizeiarbeit an die Öffentlichkeit weitergeben würde.

»So ein Käse … Tenhagen, können Sie mir nicht ’ne Entschuldigung schreiben, so in etwa: ›fühlte sich nicht wohl und musste dringend nach Hause‹!«

Sein Kollege heftete gerade die ausgedruckten Blätter zusammen und grinste: »Aber, aber, Chef … Sie wissen doch, was uns nicht umbringt, macht uns härter!«

Krautter war schon auf dem Weg in den großen Konferenzraum, als Ulla ihn noch mal ans Telefon rief. »Die KTU hat was gefunden – am Brief.«

Er war eigentlich nicht überrascht, als er das Ergebnis hörte. Auf der Rückseite des anonymen Briefes war tatsächlich der kleine Teil eines Fingerabdrucks gefunden worden, in blauer Tinte.

Er hatte den Tintenfleck am Finger des Toten bemerkt und darum nickte er nur, bedankte sich und sah Ulla an: »Der Brief kam von Raichle, wie ich schon dachte. Sie haben den Fingerabdruck seiner Leiche mit dem Tintenfleck auf dem Kuvert verglichen und konnten die Übereinstimmung feststellen. Jetzt können wir Hertkorn wirklich in die Zange nehmen.«

»Der Raichle war das? Darauf wär ich jetzt nicht gekommen.«

»Machst du noch nicht Schluss?« Krautter deutete auf die Ordner und Blätter auf ihrem Tisch.

»Doch, doch! Ich lese nur noch mal deinen Bericht durch. Du weißt ja, bis ich deine Zettel zusammengestrickt hab, das dauert 'ne Zeitlang und da schau ich zum Schluss gern noch mal drüber.«

46

Die Pressekonferenz war anstrengend gewesen und zerrte an den Nerven der beiden Polizisten. Um ein Haar hätte Krautter einen bühnenreifen Wutausbruch hingelegt. Insgeheim war er Tenhagen für den äußerst schmerzhaften Tritt gegen sein Schienbein ja dankbar, auch wenn er ihm das so nie sagen würde. Aber durch dessen tatkräftiges Eingreifen war es ihm gelungen, Ruhe zu bewahren. Dieser eine dämliche Pressemensch lockte ihn regelmäßig aus der Reserve, stellte ihm provozierende Fragen – nicht zur Sache, sondern ganz persönlicher Natur: »Fühlen Sie sich dieser Herausforderung überhaupt gewachsen?« Oder: »Sollten Sie den Fall nicht in kompetentere Hände legen?«

Dank Tenhagen hatte er trocken und scheinbar gelassen reagiert: »Sie können mich beim Wort nehmen, wir schnappen diesen Kerl. Und wenn uns das nicht bis zum Rutenfest gelingt, werde ich meinen Hut nehmen und kündigen!«

Damit hatte er die gesamte Pressemeute sprachlos zurückgelassen.

Ja, das war sein bisher bestes Schlusswort auf einer Pressekonferenz, das hatte ihm gutgetan … Er wollte gerade den Schlüssel ins Schloss stecken, als die Haustür schon von innen geöffnet wurde; Oliver begrüßte ihn ausgesprochen herzhaft. Er war beschwipst, wie Krautter überrascht feststellte, dabei war es doch erst halb sieben.

»Max, da ist jemand, der dich sprechen möchte, dringend. Du wirst es nicht glauben – aber er ist es wirklich.«

Krautter traute seinen Augen kaum, als Roland ihm gegenüberstand. Er sah älter aus, als er war, tiefe Furchen hatten sich in sein Gesicht gegraben, die blonden Haare bleichten langsam aus, wurden weiß, und seine braunen Augen, die früher vor Lebensfreude und Neugier geblitzt hatten, lagen tief in den Höhlen und waren stumpf und glasig. Letzteres lag wohl mit am Bier, wie er schnell feststellte.

»Roland!« Er umarmte den alten Freund herzlich. »Ich fass es nicht, was ... wie lange bist du denn schon hier?«

»Seit heute.« Trotz des Alkohols war die Stimme noch fest. »Ich wollte eigentlich dich besuchen und hab zufällig Oliver getroffen, in der Stadt, und dann hat er mich hierher abgeschleppt. Wir hatten uns viel zu erzählen ...«

»Na, jetzt kommt aber alle erstmal rein, hier im Treppenhaus, das ist doch nix.«

Oliver wollte gerade etwas sagen, da schnarrte die obere Türklingel.

»Ich glaub, das ist für mich.« In dem verlegenen Grinsen und dem treuherzigen Blick kam der große Junge durch. Oliver sprang zur Tür, öffnete und begrüßte Simone, die etwas verwirrt und reichlich verlegen plötzlich drei Männern – unter anderem ihrem Chef – gegenüberstand.

Max war erst überrascht, freute sich dann aber innerlich. »Na dann, Roland, komm, machen wir zwei es uns halt allein gemütlich. Simone«, er nickte in ihre Richtung, »viel Spaß!«

»Meinst du, er ist sauer, weil ich hierherkomme?« Simone war sich unsicher, weil ihr Chef extrem kurz angebunden gewesen war.

»Wer? Max? Ach Quatsch, ich glaub, der wollte jetzt nur nix Falsches sagen – und bevor der Schwabe etwas Falsches sagt, sagt er bekanntlich lieber gar nix.«

Er lachte, sie lachte – und Oliver freute sich sehr, sie zu sehen. Es tat einfach gut, in ihrer Nähe zu sein, mit ihr zu reden und vor allem zu lachen. Simones Eltern kamen aus Freiburg; sie lebte zwar schon seit Jahren in Ravensburg, konnte sich aber nur langsam an die Mentalität der Oberschwaben gewöhnen.

Roland rettete sich gerade noch auf Max' Sofa, dann legte er sich der Länge nach hin. »Ich glaub, ich bin betrunken, eines von den sechs Bieren war wohl schlecht«, kicherte er vor sich hin.

Max verdrehte die Augen, das konnte ja lustig werden.

»Weißt du was, mach erst mal ein Nickerchen, ich schau so lange, was ich für uns im Kühlschrank zum Essen finde. Wären Spiegeleier okay?«

Ein zustimmendes Grunzen kam vom Sofa, Max ging in die Küche und fing an, Spiegeleier zu braten. Während die Eier in der Pfanne brutzelten, schnitt er vier Scheiben Brot ab, stellte Butterdose, Essiggurken-Glas, den Brotkorb und das Geschirr auf ein Tablett und versuchte, alles ordentlich auf dem Couchtisch zu arrangieren. Dann holte er Gläser, Apfelsaft und Mineralwasser und verteilte die Eier auf den Tellern. Roland taute wieder ein bisschen auf, setzte sich aufrecht hin und dann aßen sie in aller Ruhe die Spiegeleier mit Butterbrot und Gurken.

»Puh, jetzt geht es mir bedeutend besser, tut mir echt leid, Max, dass ich so abgestürzt bin.« Roland fuhr mit den letzten Brotstückchen in seinem Teller herum, um den Rest des Eigelbs aufzusaugen.

»Ist schon okay, freut mich doch, dass du da bist. Wie lange kannst du denn bleiben?«

»Nicht lange, glaub ich wenigstens. Oh, und wenn jemand nach mir fragen sollte, vor allem meine Kusine, könntest du bitte nicht sagen, dass ich hier war?« Er sah ihn an wie ein kleiner Junge seinen Vater. »Weißt du, ich bin – sozusagen – ein bisschen inoffiziell hier …«

»Ohne dass sie es weiß?«

Roland nickte schuldbewusst. »Ich hatte keine Ahnung, wie ich ihr das erklären sollte, aber ich musste doch unbedingt mit dir reden.«

»Mit mir reden?« Max war neugierig, was Roland nach so vielen Jahren zu ihm brachte. »Worüber denn?«

Roland stand auf und ging exakt fünf Schritte nach vorne, nach links, wieder nach links und wieder nach links. Dieses Quadrat schritt er pausenlos immer wieder ab, während er anfing zu reden. »Es war vor zwei Tagen … in der Zeitung! Normalerweise bekomme ich dort ja keine, um mich nicht noch mehr aufzuregen, aber vor zwei Tagen, da hab ich gelesen, dass dieser Fotograf, dieser Sailer, umgebracht worden ist. Ich weiß, dass er damals auch irgendwie mit dabei war. Aber davon stand nichts drin. Na ja, wahrscheinlich hat es auch nichts damit zu tun, dachte ich, aber trotzdem … Es hat mich so beschäftigt und verwirrt und …«

»Roland, bitte, entschuldige, aber wenn du nicht sofort mit dieser Lauferei aufhörst, wird mir schlecht. Setz dich hin oder bleib stehen.« Krautter musste tief Luft holen, denn bei all der Quadratlauferei war ihm tatsächlich übel geworden.

»Ja, tut mir leid, ich merke das gar nicht mehr … So, gut? Also, ich wollte dann gestern zu Viktoria, mit ihr sprechen, so gegen acht am Abend. Sie therapiert mich ja nicht, aber ich darf sie immer in ihrer kleinen Wohnung auf dem Klinikgelände besuchen, egal, wie spät es ist. Sie war nicht da, obwohl sie keinen Dienst hatte. Erst wollte ich wieder gehen, ich dachte, sie ist vielleicht ins Kino oder so. Wobei sie das eigentlich nie macht …« Roland nahm seinen Quadratlauf wieder auf, Max stöhnte leise und versuchte, woandershin zu schauen. »Jedenfalls, also, drehte ich am Türgriff und ging rein, rief nach ihr und ging weiter ins Wohnzimmer. Aber alles war leer, und dann … dann …« Er stoppte seinen Lauf, sah Max direkt an. »Dann hab ich was gesehen, was ich überhaupt nicht verstehe. Ich weiß nicht, was das bedeutet, aber irgendwas in meinem Kopf flüsterte die ganze Zeit: *Max kann dir helfen, geh, such Max.*«

Krautter horchte auf. Viktoria – auch sie war ein Puzzleteil, das zu dem Fall aus der Vergangenheit passen könnte. »Was meinst du denn? Was hast du gesehen?«

»Ein Album, so für Fotos, voll mit Bildern von Sina und Ausschnitten aus Zeitungen. Von damals und von der Beerdigung. Und verschiedene Notizen, zu den Befragungen …« Roland verlor die Fassung. »Sie hat alles gesammelt, alles dokumentiert. Ich weiß nicht warum, sie hat doch immer gesagt, es ist vorbei und ich muss die Vergangenheit ruhen lassen. Und dass bald alles gut sein wird.« Roland fing wieder an, im Zimmer auf und ab zu gehen, dieses Mal allerdings eher wie ein Tiger im Käfig. Er wurde von Sekunde zu Sekunde unruhiger – Krautter versuchte, ihn anzusprechen, drang aber nicht mehr zu ihm durch.

Plötzlich blieb er mit einem Ruck stehen. »Ich muss jetzt meine Pillen nehmen. Kann ich mich hier hinlegen?«

Zehn Minuten später wälzte sich Roland unruhig schlafend von einer Seite auf die andere. Krautter schlich sich leise aus dem Zimmer. Morgen würde er bestimmt besser und vor allem in nüchternem Zustand mit ihm reden können.

47

Dr. Hertkorn wählte mit verbissenem Gesicht die Nummer von Tanja Sailer; es war ihm zutiefst zuwider, vor ihr zu kriechen, aber im Moment ging es nicht anders.

»Wir müssen das Treffen von heute auf morgen Abend verschieben«, sagte er knapp. »Ich muss zu einer Krisensitzung mit dem OB und der Rutenfestkommission.«

»Kommt überhaupt nicht in Frage«, schnappte Tanja Sailer. »Dann treffen wir uns eben um 23 Uhr in den Anlagen beim Untertor; bis dahin ist Ihre Besprechung ja wohl beendet.«

»Na schön.« Hertkorn legte auf und zog die Schreibtischschublade auf, in der eine kleine handliche Pistole lag. Die Walther PP, Kaliber 7,65, war ein heimliches Erbstück von seinem Großvater, einem ehemaligen Wehrmachtsoffizier, und ließ sich sehr unauffällig unter dem Jackett tragen. Er hatte nicht die leiseste Absicht, diese Natter an seiner Brust zu nähren. Wenn sie den Brief dabeihatte, würde er dafür sorgen, dass er beides bekam, Geld und Brief. Mit einem zufriedenen Grinsen ließ er sich mit dem OB verbinden, um den Termin zu bestätigen. Dann holte er aus seinem Tresor 5000 Euro, die seine angebliche Bereitschaft zu zahlen bekräftigen sollten.

48

»Weißt du, es ist schon etwas Eigenartiges an dieser Stadt. Sie prägt ihre Kinder und sie lässt sie nie wirklich los. Entweder nabelt man sich komplett ab und zieht weit weg, zum Beispiel ins Ausland, nach Baden.« Er grinste sie an. »Oder man bleibt, in einem Umkreis von 40 Kilometern, Biberach geht grad noch. Im Ernst, bis auf drei aus unserer alten Klasse wohnen alle in der nächsten Umgebung. Na ja, und dann gibt es eben dieses eine Ereignis, das wie ein Magnet alle echten Ravensburger einmal im Jahr zurück in die Stadt zieht. Dann öffnet diese Stadt ihre Arme und drückt alle ihre Kinder an sich, die Vergangenheit ist vergessen, sie sind daheim und willkommen. Während dieser Zeit übers Rutenfest triffst du Leute, die du seit Jahren nicht mehr gesehen hast, sogar aus Amerika kommen einige rüber. Und wenn du dann am Abend im Bärengarten bist, brauchst du kein Klassentreffen mehr zu organisieren, denn da triffst du wirklich alle, zumindest alle echten Ravensburger.«

Oliver hatte sich in Fahrt geredet, ihm war heiß und Simone lächelte ihn an.

»Das hab ich schon mitgekriegt, dass sich die Ravensburger am Rutenfest anders verhalten – irgendwie viel ... umgänglicher, offener. Ja, offener, das ist es, glaub ich. Nett sind sie ja sonst auch, die meisten jedenfalls. Und man kommt wirklich eher mit ihnen ins Gespräch, sogar mit Leuten, die sonst sehr einsilbig sind. Und du meinst, das liegt an diesem Fest?!«

Oliver dachte kurz nach. »Ich glaub, es ist wie bei einer Fußballmeisterschaft während eines großen Turniers. Auch für Ravensburg gibt es etwas, das über sieben, acht Tage das Leben der Stadt bestimmt – die Vorbereitungszeit mal gar nicht mitgerechnet. Und das betrifft in vielen verschiedenen Dingen ganz viele Leute. Plötzlich haben diese unterschiedlichen Menschen etwas Gemeinsames, das sie gemeinsam vorbereiten, auf das sie sich freuen können. Und das sie gemeinsam erleben. Vielleicht ist es das, dieses Wissen, jetzt, in dieser Zeit ums Rutenfest gehören wir zusammen.«

Oliver stand auf und ging zur Dachterrasse. »Für die Kinder ist es natürlich die absolut schönste Zeit – sie haben keine Schule mehr, auf dem Rummelplatz können sie sich austoben und beim Festumzug dürfen sie sich als Könige, Ritter oder Prinzessinnen verkleiden. Danach – noch schnell in der Schule das Zeugnis holen und ab in die Sommerferien. Deshalb lieben die Kids diese Zeit ganz besonders. Weißt du, was für mich früher der schönste Moment am Rutenfest war?«

Sie war aufgestanden, stand jetzt ganz nah neben ihm. »Was denn?« Sie nippte an ihrem Weißwein.

Er lächelte. »Wir waren hier bei Max, sind dann rübergelaufen, bis wir den Mehlsack sehen konnten, denn am Freitag, um fünf Uhr nachmittags, werden da oben die Kanonen abgeschossen – und dann geht es los! Ich hab damals immer eine Gänsehaut gekriegt.«

»Nicht nur damals.« Simone lächelte, zeigte auf seinen Arm und wiederholte einfühlsam ihre Worte: »Nicht nur damals.«

Der Timer am Backofen piepte. Etwas verlegen räusperte sich Oliver: »Ich hab was Kleines aufgebacken. Ist dir das recht?«

Sie nickte, auch wenn ihr Hunger nach der späten Pizza nicht so groß war. Aber die kleinen Quiches schmeckten köstlich – sie genossen das Essen draußen in der Schwüle auf der Dachterrasse. Simone wurde stiller und nachdenklicher. Oliver kannte diese Stimmung nur zu gut aus eigener Erfahrung.

»Simone, was ist los? Als du heute Morgen angerufen hast, na ja, du hast nicht besonders fröhlich geklungen.« Er versuchte seine Worte mit Bedacht zu wählen, nichts Falsches zu sagen.

Sie seufzte und trank ihr Glas leer. »Weißt du, wir haben ja diesen Fall oder diese zwei Fälle, ich weiß es auch nicht genau. Und … eigentlich darf ich darüber gar nicht sprechen …, aber es macht mich echt irre …« Sie machte eine Pause, wusste nicht, wie sie weitermachen sollte.

Oliver sah ihr in die Augen: »Okay, pass auf. Ich hab zwei Semester katholische Theologie studiert, war sozusagen angehender Priester. Das heißt, alles, was du sagst, fällt bei mir unters Beichtgeheimnis. Also nichts davon dringt nach außen … Und Max redet ja auch manchmal mit mir über seine Fälle.«

Simone atmete tief durch, lehnte sich dann mit dem Rücken an das Geländer der Terrasse und sah ihn an: »Ich hab das Gefühl, als würde ich dich schon ewig kennen und könnte mit dir über alles reden. Ist das nicht seltsam?«

Oliver berührte vorsichtig ihre Hand, und sie begann zu erzählen: »Wenn ich die Überwachung von diesem Raichle nicht verbockt hätte, dann würde er wahrscheinlich noch leben und wir hätten vielleicht sogar den Täter schnappen können und alles wäre vorbei. Aber ich hab Mist gebaut und deswegen ist er tot und dieser Killer läuft immer noch frei rum und ich werde so schnell wahrscheinlich keinen wichtigen Auftrag mehr kriegen.« Sie hatte das alles schnell runtergespult, um es loszuwerden. Ohne Punkt und Komma. »Es ist einfach meine Schuld, dass er tot ist. Wenn ich da gewesen wäre …«

Oliver zuckte zusammen, bis ins Innerste getroffen. Er kannte diese Formulierung, diese Sätze, diese Vorwürfe, in und auswendig. Jahrzehntelang hatte er sie gebetsmühlenartig wiederholt, hatte verhindert, dass sie endlich verstummen konnten, hatte niemandes Widerspruch gelten lassen.

»Simone«, seine Stimme war heiser, leise, »nicht! Bitte nicht! Sag … sag das nicht!« Er stand auf, taumelte zurück in die Wohnung, sank zu Boden und konnte die Tränen nicht mehr zurückhalten.

Mit jeder anderen Reaktion hätte Simone gerechnet, aber nicht damit. Hilflos und erschüttert stand sie da. Sie setzte sich auf das Sofa im Wohnzimmer, sah zu ihm hinab und dann hinaus in Richtung Friedhof. Dunkel dämmerte ihr die Geschichte von heute Nachmittag, die ihr Chef erzählt hatte. Hatte es damit zu tun? Der Sommerabend wurde endlich kühler, die Schwüle entließ die Menschen aus ihrem Würgegriff, ein leiser, kühler Wind strich um die Häuser. Die Luft fühlte sich jetzt samtig an, voller Geräusche und Düfte.

Der Wind wehte den »Friedhofsgeruch« zu ihnen herüber. In ihm mischten sich die Gerüche von Erde, Holz, Tannen, Thujen, kaltem Stein und Weihrauch und brachten einen Hauch Ewigkeit zu ihnen. Sie waren nur fünf Minuten zu Fuß unterwegs gewesen; Oliver schob die alte Eisengittertür auf und sie gingen langsam über den breiten Kiesweg, der zur Mitte des Friedhofes führte.

»Ich muss jetzt einen Weg gehen, den ich schon vor langer Zeit hätte gehen sollen. Begleitest du mich?«, hatte er sie gefragt, als er mit roten Augen und erschöpft die Tür geöffnet hatte.

»Ja«, war alles, was sie sagen konnte, so sehr rührte sie sein Anblick. Diese große, dunkle, hagere Gestalt war jetzt wie ein Kind, das sie nur noch beschützen wollte.

Vom Hauptweg bogen sie nach rechts und links in kleinere Nebenwege ab. Der Kies knirschte, die alten Bäume bewegten sich sanft im Wind. Simone hatte längst die Orientierung verloren, die Grabmale aus vergangenen Jahren und Jahrzehnten säumten die Wege.

Schließlich blieb Oliver vor einem schlichten schwarzen Stein stehen. Im letzten Licht konnte man auf der glatt polierten Oberfläche gerade noch die goldenen Lettern lesen:

ROSINA NOTHELFER
21. 7. 1970 – 21. 7. 1988

WER SIE KANNTE, WEISS,
WAS WIR VERLOREN HABEN

»Hier«, sein Hals war wie ein Reibeisen, über das er seine Stimme quälen musste, er räusperte sich, »hier ist Sina begraben. Seit damals war ich nicht mehr hier, ich konnte diese Endgültigkeit nicht akzeptieren. Ich bin an ihrem Tod mit schuld, auch wenn das alle immer abstreiten. Wenn ich an diesem Abend bei ihr gewesen wäre, wäre das alles nicht passiert.« Seine Stimme schwankte, Simone berührte leicht seinen Arm. »Das Schlimmste daran ist, das mir diese Schuld niemand nehmen kann und ich mir das nie verzeihen werde.«

Simone blickte auf das Grab, das liebevoll mit Hornveilchen und einem wunderbaren Rosenstrauch bepflanzt war, dessen duftende weiße Blüten in der beginnenden Dunkelheit leuchteten.

»Sie hat dich geliebt?«

Er nickte, bückte sich und fuhr sachte mit der Hand über die weißen Blüten.

»Meinst du nicht, sie hat dir vergeben? Und ich glaube, wo auch immer sie jetzt ist, sie möchte nicht, dass du leidest, dass du dich quälst.« Sie kniete neben ihm nieder. »Oliver«, ihre Stimme war leise, sanft, »hör auf damit – um ihretwillen.«

In der tiefer werdenden, blauen Dunkelheit gingen sie langsam nach Hause; vor dem Haus angekommen, nahm Oliver sie in den Arm. »Danke«, flüsterte er leise in ihr Ohr. »Danke für das, was du mir heute Abend gegeben hast. Möchtest du noch ... mit hochkommen?«

Simone schüttelte den Kopf, lächelnd sah sie ihn an. »Sei mir nicht böse, aber auch ich muss drüber nachdenken, wie ich mit mir umgehe ... und muss lernen, loszulassen.«

Er stand da, sah ihrem pinkfarbenen Smart nach und ging nach oben. Bei Max brannte noch Licht, aber er wollte jetzt nur alleine sein. Er fiel in sein Bett und schlief innerhalb von Sekunden ein – nicht mal die Hose hatte er ausgezogen, so erschöpft war er.

Max hörte Oliver die Treppe hochgehen, und im selben Moment meldete sich sein Pieper. Er wählte die Nummer und wurde mit der Streife verbunden, die Tanja Sailer überwachen sollte.

»Kommissar Krautter, Frau Sailer hat vor zehn Minuten das Haus verlassen, in ihrem eigenen Auto, und jetzt ist sie hier in den Anlagen beim Untertor. Es sieht so aus, als würde sie auf jemand warten.«

»Alles klar, ich bin in ...« Er schaute auf seine Uhr, es war 22.40 Uhr, »In acht Minuten bei euch. Informiert Tenhagen und wartet auf mich.«

49

Tanja Sailers Nerven waren zum Zerreißen gespannt, in der Stille der Sommernacht konnte sie sogar das Pochen ihres Pulses hören. Nervös sah sie sich um, fühlte sich beobachtet. Doch nichts bewegte sich. Stoisch ragte das Untertor in den Nachthimmel – erbaut im Jahr 1363 und eines der ältesten Bauwerke der ehemaligen Stadtbefestigung. Direkt vor ihr schlängelte sich ein schmaler Fußweg zwischen Stadtmauer und Grünanlagen. Angestrengt versuchte sie, die fleckige Dunkelheit zu durchdringen … Ihre Absätze hinterließen schwache Klangspuren in der Dunkelheit, aber das war auch das Einzige, was sich hier um 23 Uhr zu ereignen schien. Die Schwüle hatte endlich vor der Nacht kapituliert – eine angenehme Erleichterung beim Atmen. Der Duft der Büsche und Sträucher schwamm noch sommerschwer zu ihr herüber. Auch sie sehnte sich nach einem Gewitter, das endlich Abkühlung bringen würde.

»Jetzt hätte ich gerne den Brief, Frau Sailer.«

Etwas Hartes bohrte sich in ihren Rücken, sie erkannte Hertkorns Stimme und ihr Herz setzte einen Schlag lang aus. Dann allerdings fing es an, wie wild zu rasen.

»Den Brief!«

Es gelang ihr sich zu fassen. »Erst will ich das Geld haben, und nehmen Sie, was auch immer das ist, aus meinem Rücken!«

Der Druck wurde stärker. »Vorsichtig, du Miststück, ich habe zu viel zu verlieren. Gib mir jetzt endlich diesen verdammten Brief!«

Dumpf erinnerte sich Tanja Sailer an einen längst vergangenen Karate-Kurs; alles darüber hatte sie nicht vergessen, und ihr Gedächtnis machte ihr Mut. Mit einer schnellen Bewegung drehte sie sich zur Seite und wollte gerade ihr Knie hochreißen. Hertkorn hatte jedoch ebenfalls schnell reagiert, bekam sie halb zu fassen, verlor dabei allerdings die Pistole. Reflexartig tauchte Tanja danach, Hertkorn griff gleichzeitig zu und plötzlich krachte ein Schuss durch die Stille – der Knall prallte an der Stadtmauer ab. Verschreckt flogen Vögel aus den Bäumen auf und innerhalb von Sekunden wimmelte es auf dem Weg von dunklen Umrissen. Fast gleichzeitig durchschnitten die Strahlen von über einem Dutzend Taschenlampen die Nacht. Hertkorn lag wimmernd auf dem Pflasterboden, eine Hand an seine rechte Schläfe gepresst.

Wie Donner dröhnte Krautters Stimme: »Hände hoch, Frau Sailer, keine Bewegung und weg mit der Waffe!«

Tanja Sailer war zu Eis erstarrt und ließ sich widerstandslos die Handschellen anlegen. Der Notarzt, den Krautter vorsichtshalber angefordert hatte, kümmerte sich um Hertkorn. Seine Untersuchung war schnell und präzise: Hertkorn hatte einen Streifschuss an der Schläfe erlitten und musste zur weiteren Behandlung ins Krankenhaus eingeliefert werden.

»Keine dramatische Verletzung«, kommentierte der Arzt, tippte zum Abschied mit dem Finger an seine Stirn und stieg in den Rettungswagen.

50

Zwanzig Minuten später saßen sie zu dritt in Krautters Büro. Tenhagen hatte das Aufnahmegerät in Position gebracht und schob Tanja Sailer einen Becher Kaffee in Reichweite. Hertkorns Waffe lag in einem Beweisbeutel vor Krautter; er betrachtete gerade den Brief, um den es bei diesem Treffen gegangen war. Die junge Frau schaute in ihren Becher, als könnte sie dort Antworten finden. Kleine Schweißperlen standen auf ihrer Stirn und verrieten ihren inneren Aufruhr. Aber noch hatte sie sich entschieden, die Coole zu spielen.

Krautter drehte den dunkelblauen A-5-Umschlag um, sah, dass er ganz altmodisch mit Siegelwachs verschlossen gewesen war, dass dieses Siegel erbrochen, der Inhalt also schon einmal gelesen worden war. Im Umschlag befanden sich mehrere Seiten dichtbeschriebenen Briefpapiers. Ein erster Blick zeigte ihm, dass sie mit »November 1988« datiert waren. Er steckte jedes einzelne Blatt in eine Plastikhülle, und als drei Stück vor ihm lagen, sah er zu der Frau auf, die ihm gegenübersaß.

»Also, die Formalien haben wir ja schon geklärt, können wir also hiermit weitermachen. Was genau ist das, Frau Sailer?«

»Ich weiß nicht, was das ist, hab es gefunden bei Nicks Sachen.« Sie schickte einen dreisten Unschuldsblick zu Krautter hinüber und rutschte auf ihrem Stuhl hin und her; ihr war sichtbar unbehaglich.

»Gehe ich recht in der Annahme, dass Sie sich mit Herrn Dr. Hertkorn nicht aus freundschaftlichem Anlass getroffen haben? Sondern um ihn zu erpressen?«

»Erpressen?! Ich weiß nicht, wovon Sie reden! Wir waren nur zufällig zur selben Zeit am selben Ort und ich hatte das zufällig dabei.«

Krautters flache Hand krachte auf den Tisch, so dass sie zusammenfuhr: »Jetzt reicht's, lassen wir die Spielchen. Wir waren ebenfalls am Untertor und haben Sie beobachtet. Sie haben auf Hertkorn gewartet, er wollte den Brief und hat Sie mit einer Waffe bedroht.«

Tanja Sailer knetete ihre Hände. »Okay, ja, ick – ich wollte Geld von ihm haben, det stimmt. Die alle haben Nick so übel hängen lassen, als er sie dringend gebraucht hätte. Er war am Ende … und ich mit ihm. Er hat damals von Uwe ein Burago-Modell geschenkt bekommen, Sammleredition, irgendson Oldtimer, kurz bevor der die Stadt verlassen hat. Na ja, Nick hat det Modell in der Schachtel gelassen und nie ausgepackt, weiß auch nich, warum. Stand jedenfalls jahrelang im Regal im Büro. Und als ick jetzt seine Sachen gesichtet hab, da is mir die olle Schachtel runtergefallen; ich hab sie aufgehoben und dabei … dabei entdeckte ich in der Verpackung diesen Brief. Ich hab det gelesen und dachte mir, einer der Herren wird bestimmt was dafür springen lassen. Und dann hab ich gleich beim Ersten einen Treffer gelandet.«

Sie fuhr sich durch die inzwischen schwarz gefärbten Haare und fingerte an ihrer Zigarettenschachtel herum.

»Und da haben Sie gedacht, dass Sie das ja auch verdient hätten, nach all den Jahren, die Sie Ihrem Mann treu zur Seite gestanden haben?!« Krautters Stimme triefte vor Ironie; am liebsten hätte er sie sofort in eine Zelle gesperrt, so ätzte ihn das an. »Können Sie mir sagen, wo Sie am Dienstagabend waren, Frau Sailer?«

»Zu Hause, ich hab ferngesehen und bin dann so etwa gegen 21 Uhr zu Freunden. Ja, ist klar, ich geb Ihnen gleich die Namen und Adressen«, schnappte sie, als sie Krautters hochgezogene Augenbrauen sah. »Es geht Sie zwar nichts an, aber ich trauere auf meine Weise!«

Krautter gab den Brief an Alex weiter, die gestochen schöne Handschrift ließ sich schnell lesen. Es war eine genaue Schilderung der Ereignisse jenes Julitages 1988, präzise festgehalten in ihrer Grausamkeit von Uwe, dem jungen Kunststudenten. Auch er war zu betrunken gewesen, um seine Freunde zu hindern, und der Moment, als die Hand seines Freundes Sina in die Tiefe stieß, verfolgte ihn von da an, hatte sich in sein Gedächtnis gebrannt wie ein Mal.

»... Ich sehe ihn da stehen, ihn, der mir so viel bedeutet. Er steht da, er lacht, böse, sein Gesicht ist verzerrt wie eine Schwarze Veri-Maske. Sina weint, sie fleht, aber er holt aus und stößt zu, trifft sie, sie taumelt und noch bevor einer von uns etwas tun konnte, fällt sie, langsam, stumm, still, wie ein Schmetterling, wunderschön. Aber dann ihr Schrei! Ich kann diese beiden Gesichter nicht mehr aus meinem Gedächtnis löschen. Sie haben sich eingebrannt, haben mich gebrandmarkt als Mitwisser, Mittäter.

Seit dieser Nacht ist mir kein einziges Bild mehr gelungen, kein Entwurf, nicht einmal eine Karikatur. In mir ist nur noch Leere, ich habe nichts mehr, was ich auf die Leinwand bringen möchte, was ich anderen zeigen möchte. Nur noch Dunkelheit und Leere. Ich sehe die Pinsel an, die Stifte, die Kreide, das Papier, die Leinwand – aber alles starrt nur zurück, verhöhnt mich, wartet, wartet ... Und ich stehe davor, warte – aber jetzt nicht mehr. Ich lege alles beiseite und weiß, dass ich nie wieder etwas zu Papier bringen werde. Nie wieder werde ich Farben in ihrer strahlenden Schönheit auf dem Papier lebendig werden lassen ... Das Geschenk, das Gott mir gegeben hat, ist in dieser Nacht mit Sina gestorben, hinuntergestürzt in Tiefe und Tod.

Wieso ich die anderen nicht verrate? Wieso sollte ich? Mein Leben ist leer und vorbei, ich werde niemanden mitreißen. Das müssen sie mit sich abmachen, sie müssen in ihre Spiegel sehen und ihre Tode sterben. Du, mein Freund, warst für mich da und du hast mein Sehen der Welt verstanden. Du siehst sie durch deine Kamera. Deshalb schreibe ich dir, denn ich möchte, dass du die wahre Geschichte kennst. Was immer du damit irgendwann tun wirst, ich weiß, es wird das Richtige sein. Ich hoffe, dich auf der anderen Seite wiederzusehen, mein Freund.

Uwe«

Tenhagen las den letzten Satz und legte die Blätter vorsichtig, erschüttert auf den Tisch zurück. Tanja Sailer saß bleich und verbissen auf ihrem Stuhl, mied jeden Blickkontakt.

»Wieso haben Sie nicht das Richtige getan? An Stelle Ihres Mannes?« Tenhagen brachte die Frage kaum über die Lippen.

Trotzig sah sie ihn an: »Glauben Sie, ich hätte auch nur einen Pfennig Geld gesehen, wenn ich zur Polizei gegangen wäre?! Ich habe das getan, was für mich das Richtige war!«

Angewidert ließen sie sie von einer Polizistin abführen; vorläufig sollte sie in der Stadt bleiben und sich zur Verfügung halten; wahrscheinlich würde die Anzeige wegen Erpressung noch auf sie zukommen.

»Das ist ja ein reizendes Früchtchen.« Tenhagen spülte seinen Ekel mit Cola runter, die er direkt aus der Flasche trank.

Krautter hatte das Fenster geöffnet und ließ die kühle Nachtluft hereinströmen. Er stippte seine Brille zwei, drei Mal nach oben. »Tja, ich schätze mal, das hatte sich Uwe auch anders vorgestellt. Aber was ich jetzt wirklich gerne wissen möchte: Wer zum Donnerwetter noch mal hat denn jetzt die beiden umgebracht?!«

5. Tag
– Donnerstag –
Noch ein Tag bis zum Rutenfest

51

Krautter war erst gegen ein Uhr nachts ins Bett gekommen. Als er um halb neun verschlafen aus den Federn kroch, war Roland bereits wach und kämpfte mit den Frühstücksvorbereitungen.

»Morgen, Max! Tut mir leid, dass das Frühstück noch nicht fertig ist. Ich wollte mich fürs Abendessen revanchieren, aber bis ich in deiner Küche alle Schubladen durchsucht hatte ...«

»Schon gut – und bitte keine Entschuldigungen vor der ersten Tasse Kaffee. Du weißt, davor bin ich gar nicht ansprechbar!« Krautter klappte beiläufig die Zeitung auf, die er in morgendlicher Routine als Erstes aus dem Briefkasten gezogen hatte. »Verdammte Scheiße!« Er konnte nicht verhindern, dass ihm das rausrutschte.

Roland trat zu ihm. »Du meine Güte, habt ihr das so an die Presse gegeben?!«

»Sei doch kein Idiot, natürlich nicht«, fuhr Krautter ihn an.

Auf der Titelseite des Regionalteils prangte ein Bild von Raichle; darunter in großen fetten Buchstaben: *Bekannter Architekt ermordet! – Rutenfest in Gefahr?* Er überflog den äußerst ausführlichen Artikel, in dem die Ermordung breitgetreten wurde, das Wort »Serienmörder« zweimal vorkam, und der Polizei vorgeworfen wurde, nichts zu tun, obwohl es doch ein Schreiben mit Hinweisen gäbe.

»Himmelkreuzdonnerwetternochmal! Das gibt's doch gar nicht! Woher haben die das?« Sein Freund verstand die Aufregung nicht ganz, aber ihm war klar, dass diese Information nicht von der offiziellen Pressestelle der Polizei kam.

»Das sind absolute Insider-Informationen!« Krautter war wütend, spürte, wie sein Herz schneller schlug und heißes Blut durch die Adern pumpte. Er ließ Roland und das halbfertige Frühstück stehen und schnappte sich das Telefon. Tenhagen ging sofort an sein Handy ran.

»Tenhagen, stellen Sie fest, welcher Idiot diesen Artikel freigegeben hat und kriegen Sie raus, wer zum Donnerwetter die Quelle dieses Rolf Geißler ist!«

Tenhagen hatte den Artikel ebenfalls gelesen und war genauso entsetzt wie Krautter. »Bin schon unterwegs, Chef. Falls die sich auf Geheimhaltung ihrer Quellen berufen sollten …«

»Dann nehmen Sie den, der diesen Müll verzapft hat, vorläufig fest! Ich geh jetzt erst zu Hertkorn ins Krankenhaus.« Er warf das unschuldige Telefon achtlos auf das Cerankochfeld des Einbauherds. »Roland, sei mir nicht böse, ich muss los!« Er war im Augenblick nur froh, dass Roland nicht wusste, was in dem Brief stand, den er heute Nacht gelesen hatte. »Hör zu, ich bin gegen Mittag wieder hier, dann reden wir weiter, gell?«

Roland nickte seltsam abwesend und starrte auf den Zeitungsartikel.

Das Elisabethen-Krankenhaus war das größte Krankenhaus der Region und beherrschte den Moränehügel über der Stadt wie eine moderne Burg. Zur Zeit wühlten riesige Baumaschinen den Untergrund auf, um Platz für mehrere Neubauten zu schaffen. Es dauerte daher auch eine Viertelstunde länger, bis Krautter endlich am Informationsstand in der Eingangshalle stand und noch mal zehn Minuten, bis er in dem Gewirr der Gänge endlich Dr. Hertkorn in seinem Privatpatienten-Zimmer gefunden hatte. Der sah zwar angegriffen aus, war aber sichtlich kampfeslustig.

»Sie brauchen gar nicht erst versuchen, irgendwas zu fragen, solange mein Anwalt nicht hier ist«, fuhr er den Kommissar an, nachdem dieser die Tür hinter sich geschlossen hatte.

Hertkorn saß aufrecht in seinem Bett, hatte einen Verband um den Kopf und einen Infusionstropf an seiner linken Seite. Krautter hatte von der behandelnden Ärztin erfahren, dass Hertkorn eine leichte Gehirnerschütterung hatte und deshalb noch 24 Stunden im Krankenhaus bleiben sollte. Der Streifschuss war nicht weiter schlimm und würde wahrscheinlich nicht mal eine Narbe hinterlassen.

Im Zimmer gab es eine kleine, gemütliche Sitzecke, in der Krautter sich jetzt niederließ. »Dr. Hertkorn, ich hab ein paar Fragen und Sie entscheiden, ob Sie es auf die leichte oder die harte Tour möchten.«

»Machen Sie sofort, dass Sie rauskommen, was glauben Sie eigentlich, wer Sie sind?! Ein Anruf beim OB und Sie machen Streifendienst!«

Krautter hatte nicht die Absicht, zu verraten, dass er keinen Namen in Uwes Brief gefunden hatte. Er bluffte: »Ich weiß, dass Sie es waren, der Sina Nothelfer in den Tod gestoßen hat.« Seine Stimme war dunkel, düster, voller verhaltener Emotionen.

Hertkorn starrte ihn an, öffnete und schloss den Mund wie ein Fisch auf dem Trockenen. Dann wandte er sich ab und fuhr mit der Hand über die Augen und den Verband an seinem Kopf.

»Kein Widerspruch?«

»Woher wissen Sie es? Der Brief?« Hertkorns Stimme war ein Flüstern.

»Ja, und so, wie ich es sehe, wird sich das schnell rumsprechen.«

Der Anwalt wurde bleich und ließ sich in sein Bett zurücksinken. Sein Gesicht wirkte mit einem Mal eingefallen, seine Augen verschleiert.

»Auch wenn Sie es vielleicht nicht glauben, aber seit damals verfolgen mich ihre Augen. Wie ein Gespenst durchzieht sie mein Leben. Und glauben Sie mir, diese Jahre waren eine Qual.«

»Sie erwarten jetzt aber nicht allen Ernstes Mitleid von mir, oder? Mann, Sie haben eine ganze Familie zerstört, haben Menschen zurückgelassen, die daran zerbrochen sind ...« Krautter stand so schnell auf, dass der leichte Sessel nach hinten an die Wand kippte. »Menschen, die seit damals kein wirkliches Leben mehr haben. Sie, Sie haben es sich doch hübsch bequem gemacht in dieser ... Schlangengrube, in der die Vetternwirtschaft regiert! Wagen Sie es bloß nicht, an mein Mitgefühl zu appellieren, sonst vergess ich mich und brech Ihnen den Hals! Und jetzt sagen Sie mir auf der Stelle, wo Sie am Dienstagabend waren!«

52

Wie jeder seiner Kollegen musste sich Krautter an diesem Morgen durch einen Pulk von Pressejournalisten ins Büro kämpfen; Reporter mehrerer regionaler Radiosender streckten ihm ihre Mikrofone entgegen und vorm Haus parkten sogar zwei Fernsehübertragungswagen. Das Wetter machte das Spektakel nicht erträglicher. Bleiern lag der Himmel über dem Schussental und mittlerweile sehnte sich jeder nach einem Ende dieser Schwüle. Krautter wehrte sämtliche Fragen mit dem Hinweis auf die Pressestelle ab und fiel im Büro erleichtert auf seinen Stuhl. Ulla brachte ihm einen Kaffee; sie war kreidebleich.

»Na, dich nimmt das aber auch ganz schön mit«, lautete Krautters kurzer Kommentar, dann holte er tief Luft und blies mit gespitzten Lippen in seine Tasse – der Kaffee war höllisch heiß.

Sie nickte. »Max, ich … ich wollte dir noch was …« Ihr Blick flackerte und Krautters innere Alarmglocke schlug an.

In diesem Augenblick klingelte ihr Telefon und Ulla hastete aus seinem Büro. Gleich darauf summte sein Telefon.

»Es ist Mühlberg, er hat schon zwei Mal angerufen – und der OB bittet dringend um deinen Rückruf!«

»HERR HAUPTKOMMISSAR …« Bevor Mühlberg weiterreden konnte, schnitt Krautter ihm das Wort ab.

»Guten Morgen, Dr. Mühlberg.« Er bemühte sich um Höflichkeit. »Ich habe heute auch schon die Zeitung gelesen, darüber sollten wir aber erst nachher reden. Ich würde Sie gerne erst mal auf den neuesten Stand bringen, was den Fall betrifft.«

Krautter schilderte ihm die Ereignisse der letzten Nacht und das Gespräch mit Hertkorn am Morgen. Außerdem konnte er sich den Hinweis nicht verkneifen, dass der verehrte Herr Doktor Mühlberg telefonisch leider nicht erreichbar gewesen sei. Sie hätten auf dem Anrufbeantworter mehrere Nachrichten hinterlassen. Mühlberg hatte bisher geduldig zugehört, nahm aber nach dieser Äußerung neuen Anlauf.

»Jetzt lenken Sie mal nicht ab, Krautter, hier geht es um Ihre Arbeit und ich krieg die Tritte ans Schienbein von den Verantwortlichen der Stadt. Die Sitzung gestern war kein Zuckerschlecken, das können Sie mir glauben. Und nur weil ich persönlich mein Wort gegeben habe, konnten wir uns schließlich darauf einigen, das Rutenfest wie geplant stattfinden zu lassen!«

Krautter knallte schließlich den Hörer auf die Gabel; das Gespräch hatte an seinen Nerven gezerrt wie ein wütender Hund am Knochen.

»Tenhagen, kommen Sie, ich muss nachdenken. Gehen Sie mit zum Bäcker!«

Der Besuch im Krankenhaus hatte Krautter mehr aufgewühlt, als er sich eingestehen wollte. Nach über 20 Jahren war der Fall Nothelfer nun so gut wie aufgeklärt; aber er wusste, Hertkorn würde Himmel und Hölle in Bewegung setzen, um von der Justiz nicht zur Rechenschaft gezogen zu werden. Der Brief allein würde als Beweismittel nicht ausreichen – zu wenig Fakten, keine Namen. Er hörte schon Hertkorns kaltes Lachen, wenn die neuen Anklagepunkte in sich zusammenfallen und die alte Unfallversion aufrechterhalten würde.

Auf dem Weg zur Bäckerei, der mehr einem militärischen Eilmarsch als einem Spaziergang glich, murmelte Krautter mehr zu sich als zu Tenhagen: »Also, für den Sonntag, als Sailer ermordet wurde, und für den Dienstag haben beide ein Alibi. Obwohl, Frau Hertkorn kann nicht beschwören, dass ihr Mann tatsächlich im Gästebett geschlafen hat.«

Auf Tenhagens fragenden Blick hin erzählte er, was ihm der Anwalt vorhin im Krankenhaus gesagt hatte.

»Ja, unser verehrter, geschätzter, konservativer Anwalt, der für die Rückkehr zu Tugend und Tradition eintritt, der die Moral als Basis immer wieder beschwört, für den Aufrichtigkeit absolute Priorität besitzt, hat den Abend bei einem bekannten Call-Boy verbracht. Das darf natürlich niemand wissen, denn das wäre, im übertragenen Sinne, tödlich, wenn die Kollegen und die Parteigenossen das mitbekommen würden. So schnell wie das die Runde machen würde – da ist ein Lauffeuer 'ne lahme Ente dagegen.«

Tenhagen stieß hörbar die Luft aus. »Gehen wir also von einem oder von zwei Tätern aus?!«

»Ich glaub nicht, dass es zwei Mörder gibt. Die beiden Fälle weisen laut Obduktionsbericht so viele Parallelen auf, dass alles für ein und denselben Täter spricht.« Krautter fitzelte den Kümmel und die Salzkörnchen von seiner Schinkenseele, biss herzhaft hinein und wischte Senf von seinem Kinn. Kauend fügte er hinzu: »Dr. Brielmaier ist auch dieser Meinung, inoffiziell natürlich. Überprüfen wir schnellstmöglich die Alibis von der Sailer und von Hertkorn.«

53

»Danke für den Anruf, das weiß ich zu schätzen. Damit haben Sie mir sehr geholfen, wirklich, sehr!« Viktoria legte sacht den Hörer auf; ihr Onkel schlief neben dem Apparat im Wohnzimmer, hatte aber nichts gehört.

Ihre langjährige Quelle bei der Polizei versorgte sie zuverlässig mit Informationen, wenn es Neuigkeiten gab, was den Fall anging. Nachdenklich saß sie auf der Sessellehne und war dankbar für die unerwartete Gelegenheit. Das würde vieles vereinfachen … Sie schrieb die Notiz »Bin kurz weg, Viktoria« auf einen Zettel und legte diesen neben das Sofa auf den Couchtisch.

54

»Wir haben definitiv eine andere Motivlage, das heißt, wir ermitteln nicht mehr in Richtung Hotelprojekt, sondern graben in diesem scheinbar alten Fall. Simone, Sie fahren zur Familie Nothelfer in die Banneggstraße und klären ab, wo der Vater zu den fraglichen Zeiten am Sonntag und Dienstag war. Tenhagen, rufen Sie doch mal Viktoria Nothelfer in Lindau an. Fragen Sie auch sie mal nach ihren Alibis. Und ob sie weiß, wo Roland Nothelfer war … Er ist nämlich zufällig grade jetzt hier in der Stadt.«

»Ich hätte da noch jemanden.« Tenhagen ignorierte Simones warnenden Blick. »Jemand, der von dieser Geschichte damals wusste.« Er hielt einen Finger hoch. »Jemand, der ein persönliches Interesse hat und der sich nun rächen will.« Zweiter Finger. »Der an Informationen rankommt, die sonst nicht zugänglich sind.« Dritter Finger. »Über medizinische Kenntnisse verfügt!« Vierter Finger.

Krautter wurde ungeduldig: »Tenhagen, ich weiß, dass Sie bis vier zählen können!«

»Okay, aber reißen Sie mir nicht gleich den Kopf ab: Jemand, der Motiv und Gelegenheit und Informationen hatte, ist … Ihr Freund, Dr. Oliver Eishold!«

Eine Sekunde lang glaubte Krautter, nicht richtig gehört zu haben. »Was für ein Schwachsinn ist das denn, um alles in der Welt. Himmelkreuzdonnerwetternochmal!«

Tenhagen hatte mit solch einer Reaktion gerechnet. »Chef, ich weiß, Sie kennen sich …«

»Halten Sie bloß die Klappe, Sie … Sie Fischkopf! Gar nichts wissen Sie, gar überhaupt nix!« Er trat gegen den Papierkorb, der gegen die Wand krachte und dort eine Schramme hinterließ. »Dieser Mann, den Sie hier verdächtigen, dieser Mann leidet seit damals wie ein Hund! Der Einzige, dem er was tun würde, ist er selbst. Und das geb ich Ihnen schriftlich! Und seit damals kämpf ich mit ihm und gegen ihn und versuch, ihm zu helfen, drüber wegzukommen! Er gibt sich die Schuld an dem ganzen Unglück, verdammte Scheiße!« Krautter stampfte aus dem Zimmer, mit hochrotem Gesicht brüllte er: »Machen Sie Ihre Arbeit! Finden Sie diesen Mistkerl, der die beiden auf dem Gewissen hat! Ich bin die nächste Zeit für niemanden zu sprechen!«

Tenhagen hatte in den vergangenen Jahren durch verschiedene Andeutungen seines Chefs erfahren, dass er Eishold gern geholfen hätte, die schrecklichen Ereignisse um Sinas Tod zu vergessen. Deshalb war er sich auch völlig im Klaren darüber gewesen, dass seine Hypothese bei Krautter einen heftigen Wutanfall auslösen würde. Trotzdem … für Simone und ihn waren das logische Folgerungen und man sollte sie wenigstens überprüfen; wenn sie sich als falsch herausstellten, war es ja umso besser. Dass Krautter hier befangen war und gar nicht in diese Richtung denken wollte, verstand er nur zu gut. Aber sie waren schließlich alle Polizisten.

Simone kam zu ihm rüber und sah ihn fassungslos an. »Wieso hast du ihm das jetzt schon gesagt? Wir wollten doch noch abwarten … ich meine, wir haben ja gar nichts in der

Hand.« Sie nestelte an den Bändeln ihres Kapuzenpullis herum. »Ich meine … ich bin mir nicht mehr so sicher, ob wir da so logisch gedacht haben.«

Tenhagen begann sich zu ärgern: »Ich glaube, dass deine Logik grade ein bisschen von rosa Wölkchen vernebelt wird, kann das sein???«

»Hei, was soll das, was meinst du?«, fragte Simone mit gereiztem Unterton zurück.

»Na ja, ich hab gesehen, wie du in letzter Zeit reagierst, wenn sein Name fällt …«

»Oh ja, klar. Und der Herr Frauenversteher hat jetzt natürlich den vollen Durchblick, gell!« Sie stand vor ihm, die Hände in die Hüften gestemmt und funkelte ihn an.

»Simone …«, beschwichtigend hob er die Hände, »jetzt komm mal wieder runter …«

In diesem Moment klopfte Ulla an die Tür. »Entschuldigt, wenn ich euch störe, da ist ein Mann, der möchte gerne Max sprechen. Sein Handy ist tot, wisst ihr, wo er ist?«

»Nachdenken«, brummte Tenhagen, »… kann länger dauern. Worum geht es denn?«

»Weiß ich nicht, will er mir nicht sagen, aber er ist sehr aufgeregt.«

Sie gingen gemeinsam zu dem kleinen Wartebereich. Roland Nothelfer war sichtlich nervös, ging auf und ab, fuhr sich durch die Haare und sah ängstlich durchs Fenster nach draußen.

»Es wird ein Gewitter geben, bestimmt, es wird ein Gewitter geben, bald.«

Sie blieben stehen, aber er schien sie gar nicht wahrzunehmen.

»Es wird ein Gewitter geben, bestimmt, es wird ein Gewitter geben, ganz bald.« Monoton spulte er denselben Text ab, wieder und wieder.

Tenhagen trat schließlich energisch auf ihn zu und sprach ihn an. »Guten Tag, Herr …?«

Keine Antwort, aber Roland blieb stehen.

»Mein Name ist Tenhagen, ich bin auch Kommissar hier. Hauptkommissar Krautter ist leider nicht im Haus, kann ich Ihnen vielleicht weiterhelfen?«

Der hagere Mann schüttelte den Kopf. »Es wird ein Gewitter geben.« Jetzt hörte auch Tenhagen entferntes Donnern. »Ich mag keine Gewitter.«

In diesem Moment machte es bei Ulla klick. »Herr Nothelfer? Sie sind doch Herr Nothelfer, gell?« Bei den alten Akten war auch ein Foto des Bruders der Toten gewesen. Sie flüsterte Tenhagen zu: »Ich hab das Gefühl, das hier ist wirklich wichtig!«

Rolands Blick war verschleiert gewesen, aber als sie seinen Namen sagte, wurde er klar. Er nickte. Sie hakte ihn freundschaftlich unter und beruhigte ihn mit wenigen Worten: »Jetzt kommen Sie erst mal mit, sitzet na und trinket 'n Kaffee. Oder Tee?«

Tenhagen hatte bei Ullas Worten sofort kapiert, dass hier etwas Entscheidendes vor sich ging. Deshalb wollte er sich fürs Erste nicht einmischen, sondern setzte sich neben Nothelfer in Ullas Büro und sah ungeduldig zu, wie er zwei Tassen Kaffee samt einer Schale Tekrum-Kekse hinunterschlang.

»Die hatten wir früher auch immer, Keksbruch, gell?« Er mümmelte an einem Florentiner herum, lächelte selig wie ein kleines Kind.

Ulla nickte und strahlte ihn an. »Genau. Schmeckt immer noch am besten, und man weiß ja nie, was mr bei Keksbruch kriegt. Manchmal ist die Tüte ganz voll mit Schokokeksle!«

Er lachte und in diesem Augenblick wich der letzte Rest seiner Anspannung; er atmete tief durch. »Danke. Vielen Dank.« Sein Blick galt Ulla. »Max ist nicht da, sagen Sie?«

Die Frage war an Tenhagen gerichtet, dieser schüttelte den Kopf.

»Sie sind sein Kollege? Und arbeiten mit ihm an diesem Fall mit dem Sailer und dem Raichle?«

Nicken.

»Gut. Dann ... dann werde ich es Ihnen sagen. Aber Sie müssen mir versprechen, dass Sie Max sofort darüber informieren, wenn er ... wenn Sie ihn erreichen. Ich kann leider nicht länger in der Stadt bleiben.« Roland griff in seine Hosentasche und holte die Kopie des Zeitungsartikels heraus, die er bei Max auf dem Couchtisch gefunden hatte. Er versuchte sie glattzustreichen, was nur mäßig gelang. »Na ja, dann halt nicht.« Er gab den Versuch auf. »Also, es ist so. Ich war bei meiner Kusine in der Klinik, in Lindau. Sie hat diese Woche Urlaub, wie ich jetzt erst erfahren habe. Deshalb war sie auch nicht zu Hause, als ich sie Anfang der Woche besuchen wollte. Aber von ihrem Urlaub wusste ich ja nichts und bin deshalb einfach rein in ihre Wohnung. War ja nicht abgeschlossen. Ich hab sie überall in der Wohnung gesucht und bin dabei zuerst auf ein altes Fotoalbum mit Zeitungsartikeln und Fotos von meiner Schwester gestoßen. Gestern habe ich Max schon davon erzählt. Was er aber noch nicht weiß, ist, dass ich im Schlafzimmer meiner Kusine dieses Foto hier gesehen habe, an einer Pinnwand, mit ganz vielen anderen Fotos und Ausschnitten. Alles über Sina, die Berichte von damals und alles über das neue Hotelprojekt.«

Tenhagen horchte auf, er fühlte, wie sich seine Nackenhaare aufstellten. Nothelfer war offenbar in Gedanken noch dort in diesem Zimmer. »Ja – und dann?«, fragte er vorsichtig.

Tenhagen wartete geduldig, bis Roland Nothelfer aus seiner Gedankenwelt wieder aufgetaucht war und weitererzählte: »Sie hat immer zu mir gesagt, ich muss mit diesen Sachen aufhören, muss das alles abschließen, ruhen lassen, vergangen sein lassen. Nach vorne blicken, ›Roland, da ist dein Leben‹, hat sie immer gesagt. Aber sie ... sie hat es genau anders gemacht. Da an dieser Wand, da war aus den letzten zwanzig Jahren alles, was mit Sina zu tun hatte – und mit diesen Männern! Und dieses Foto« – er warf einen fast ängstlichen Blick darauf – »da sind sie alle drauf und sie ... sie hat ... um zwei einen Kreis gemalt und mit einem X das Gesicht durchgestrichen!«

55

Krautter war einerseits tief getroffen, aber andererseits auch Polizist genug, um einzusehen, dass Tenhagen nicht ganz Unrecht hatte. *Es wäre theoretisch möglich* … Er scheuchte diese Gedanken weg wie lästige Fliegen. Am Sonntag war Oliver noch nicht in Ravensburg gewesen und am Dienstag war er doch erst mit ihm und dann mit Simone zusammen. Ja, aber er hätte natürlich früher kommen können und nach dem Treffen mit Simone Raichle ermorden können. Das Motiv war da, die Gelegenheit, die Informationen, die Waffe; er hasste diese bohrende Stimme in seinem Kopf, die lauter wurde und keine Ruhe geben wollte.

Er entschloss sich, Oliver darauf direkt anzusprechen – am besten gleich und hier. Durch die Arkaden der Brotlaube kommend stand er mitten auf dem Gespinstmarkt, vor ihm das »Il Capuccino«, das ehemalige Café Kraft. Früher war es ein richtig klassisches altes Café mit Rüschenvorhängen und Plüschsesseln im holzgetäfelten Nebenraum. »'s Kraft«, wie die Ravensburger sagten, war berühmt gewesen für seine verschiedenen Kuchen und Torten und ganz besonders für die eigenen Pralinen. Kurz vorm Abi hatten sie, Roland, Oliver und er, viele ihrer Freistunden hier verbracht, rauchend und Kaffee trinkend über Gott und die Welt und ihre Zukunft philosophiert … Krautter seufzte vernehmlich. Ja, das war definitiv vorbei; er betrat das völlig renovierte Café und ging zur Theke. Wenn er schon mal hier war, konnte er im »Il Cappuccino« auch gleich mittagessen. Ein weiterer Blick auf sein blindes Handy zeigte ihm an, dass ihm dieses in keinster Weise nützlich sein würde. Er sah Tenhagen förmlich vor sich, wie er grinsend ausführte: »*Ja, Chef, wissen Sie, da gibt es so kleine schwarze Geräte, die verbindet man auf der einen Seite mit dem Handy und auf der anderen mit ner Steckdose, wartet, bis der Akku aufgeladen ist, und dann kann man mit diesem modernen kleinen Plastikding tatsächlich telefonie-*

ren … « So musste er die Bedienung bitten, das hauseigene Telefon benutzen zu dürfen. Zehn Minuten später saß er mit Oliver im hinteren Teil des Cafés und hatte die Frage gestellt, die seit dem Gespräch mit dem Kollegen in seinem Hinterkopf nagte.

»Du willst *was* wissen?« Überrascht sah Oliver von seinen Pfannkuchen auf. »Was ich am Sonntag gemacht habe?« Seine Augen waren mahagonidunkel, abweisend. »Du willst wissen, ob ich vielleicht schon früher in Ravensburg war, vielleicht schon in der Nacht zum Sonntag und ob ich was mit Sailers Tod zu tun habe, stimmt's?!«

Max wand sich vor Unbehagen, am liebsten wäre er rausgelaufen, so peinlich war ihm das. »Oliver, bitte, das ist eigentlich nur zur Sicherheit, Routine, um den letzten Zweifel zu beseitigen … den ich im Übrigen nie hatte!«

Die Stimme, mit der Oliver antwortete, war so eisig, dass sie wie flüssiger Sauerstoff alles um sich herum einfror. »Ich hatte am Sonntag eine Schulung für angehende Tierheilpraktiker. Sie fand in der Klinik in Daglfing statt und ging von 9 bis 17 Uhr. Dafür gibt es neben meiner Sekretärin noch zwanzig weitere Zeugen. Wenn du ihre Namen brauchst, lass es mich bitte wissen.«

Das Schweigen zwischen ihnen dehnte sich wie zähe Kaugummimasse.

»Hast du Roland und Viktoria eigentlich auch so unglaublich diskret befragt?« Oliver hatte den Teller von sich geschoben und blickte über den Rand seines Wasserglases zu ihm.

»Roland? Nein, er war gestern ziemlich k.o., durch die Medikamente und den Alkohol. Aber wieso Viktoria? Wie kommst du denn auf sie?«

»Na, weil sie auch in der Stadt ist. Als ich bei Sinas Vater war, habe ich sie getroffen. Hatte ich dir das nicht erzählt?«

»Viktoria war hier, in der Stadt?!« Krautter war wie elektrisiert. Er fingerte nach seinem Handy. »Ach Mist, tot. Hast du dein Handy dabei?«

Er erreichte Tenhagen sofort, aber bevor er etwas sagen konnte, sprudelte ihm dieser die Ereignisse der letzten Stunde ins Ohr. Krautter fluchte leise vor sich hin, winkte die Kellnerin zu sich, bezahlte und wies Tenhagen an, ihn so schnell wie möglich abzuholen. »Und Tenhagen, schicken Sie unbedingt jemanden zu Hertkorn. Nicht, dass dem noch was passiert!«

56

Alles ging viel leichter als gedacht. Sie betrat das Krankenhaus durch den Nebeneingang, fand auf der Onkologie ein leeres Ärztezimmer und einen passenden weißen Arztkittel.

Leise öffnete sie die Tür des Zimmers, niemand war auf dem langen Flur zu sehen. Sie spähte hinein, Dr. Hertkorn lag allein im Zimmer und schlief tief und fest. Sie trat fast unhörbar ein, ihre Hand krampfte sich um die Spritze in ihrer Tasche. Schnell machte sie die paar Schritte hinüber zum Bett, griff nach der Spritze und sah ihn an, sah ihn lange an, in dem Bewusstsein, dass sie dem Ende ihrer Mission näherkam. Sie spürte, dass dieser Mann Sina in den Tod gestoßen hatte – vorsichtig rollte sie den Ärmel des Klinikhemdes hoch – sein Stoß hatte ihre Kusine in den Tod geschickt – langsam zog sie die Spritze voll mit Luft – seine Tat hatte so viele Leben zerstört, Trauer und Verzweiflung gebracht – die Nadel schwebte über dem Infusionsschlauch – er hatte Sina getötet, aus Lust und Begierde und Angst – sie stach die Nadel in den Schlauch – in diesem Moment schlug Hertkorn die Augen auf, Erkennen und Panik weiteten seine Augen – mit einer einzigen Bewegung drückte sie die Luft in den Schlauch, hielt seinen Arm und Oberkörper fest und seinen Blick gefangen, bis die Luft das Herz erreicht hatte. Das Röcheln, das erstickt aus seinem Mund kam, hörte sich an wie »Sina«.

Tenhagen hatte den Wagen direkt vorm Café geparkt und bot Oliver gerade an, ihn nach Hause zu bringen, als der Anruf von der Zentrale kam. Der Notruf vom Krankenhaus war eingegangen, die Streifenbeamten vor Ort, Hertkorn tot! Mit Blaulicht und Sirene rasten sie durch die Stadt ins Krankenhaus; Oliver noch immer hinten auf dem Rücksitz.

Die Krankenschwester war ziemlich aufgeregt und versuchte, den Streifenbeamten möglichst genau zu beschreiben, wie die Ärztin ausgesehen hatte, die fast fluchtartig das Zimmer des Anwaltes verlassen hatte.

Krautter schaltete sofort: »Ich weiß, wer das war! Alex, Simone soll sofort die Fahndung rausgeben nach Dr. Viktoria Nothelfer. Und sie soll ein Foto von ihr auf Ihr Handy schicken, damit die Kollegen und Sie wissen, wie sie aussieht. Ihr schickt einen Streifenwagen zum Haus der Nothelfers in der Banneggstraße, kontrolliert die Ausfallstraßen, den Busbahnhof und den Bahnhof. Und schaut euch sicherheitshalber auch die Überwachungsbänder der Kameras hier in der Klinik an.«

Jetzt meldete sich Oliver, der unbemerkt mit hochgekommen war, zu Wort:

»Ich glaub, ich weiß, wo sie hinwill. Wir ... sind ganz in der Nähe von Sina!«

Krautter überlegte nur kurz: »Du könntest Recht haben! Tenhagen, ich leih mir Ihren Wagen!«

»Wohin wollen Sie, Chef?« Krautter und Oliver waren schon im Aufzug verschwunden.

Wenige Minuten später hielt der Audi am Hauptfriedhof. »Du wartest hier im Auto! Und wag' es ja nicht, rauszukommen!« Krachend schlug Krautter die Tür zu und lief in Richtung Nebeneingang.

Viktoria kniete vor dem Grab ihrer Kusine. Sie würde das Versprechen, das sie ihr gegeben hatte, bald eingelöst haben. Nur noch einer von diesen Mördern war am Leben ... Kies knirschte hinter ihr, sie fuhr hoch.

»Frau Dr. Nothelfer, ich glaube, wir sollten miteinander reden.«

»Kommissar ... Krautter, nicht wahr? Woher ... wie haben Sie mich gefunden?«

Er ignorierte die Frage: »Meinen Sie, Sina würde das gefallen, was Sie getan haben?«

»Sina wurde nie gefragt, Sina hatte nie eine Stimme. Sina wurde einfach nur begraben und diese Dreckskerle haben sie vergessen.« In ihren Augen sah er Hass glühen. Sie ballte die Fäuste und dann brach der Damm: »Niemand hat für sie gesprochen, für sie gekämpft. Alle haben sie verdammt noch mal die Füße stillgehalten. Es ging ja schließlich um DIE Familien der Stadt, DIE konnte man doch nicht für so was zur Verantwortung ziehen. Und die Jungs, die waren ja noch so jung, ha, hatten ihr ganzes Leben und ihre Karrieren vor sich. So was zerstört man doch nicht wegen so einer ... dummen Geschichte.« Ihre Stimme war lauter geworden und ihr letztes Wort wurde von Donnergrollen begleitet. »Gehen Sie weg, Kommissar. Lassen Sie mich in Ruhe.«

»Ich fürchte, das kann ich nicht.« In diesem Moment fiel ihm siedendheiß ein, dass seine Waffe im Wagen lag. Er musste improvisieren. »Sehen Sie, die ganze Polizei sucht nach Ihnen, die Stadt wird abgeriegelt. Sie haben gar keine Chance, wegzukommen.«

»Dann wissen die also noch nicht, wo ich bin, nicht wahr?« Ihre Miene hatte sich schlagartig verändert. Sie würde doch noch gewinnen ...

»Dr. Nothelfer ... Viktoria?«

Er trat einen Schritt näher und sah, dass sie etwas in der Hand hielt. Sie stürzte auf ihn zu und jagte die Spritze, die bereits Hertkorn den Tod gebracht hatte, in seinen Hals, traf die Schlagader und zog sie wieder heraus. Es war passiert, bevor er überhaupt erfassen konnte, was sie getan hatte. Seine Hand griff an den Hals, er fühlte warme Flüssigkeit ... Blut!

»Es tut mir leid, Kommissar.« Er knickte ein, versuchte sich an Grabsteinen festzuhalten. »Sie hatten nichts damit zu tun.«

Ihm wurde schwindelig. Er fiel auf den Kiesweg, fühlte hart die einzelnen Steine unter sich. Der dunkelgraue Bleihimmel verschwamm vor seinen Augen, in seinen Ohren mischte sich das Pochen seines Herzens mit dem Donnern des Gewitters. Er sah Blitze … Mit einem Mal fühlte er starke Arme, die ihn hielten, vorsichtig an Sinas Grabstein abstützten, eine Hand drückte fest auf seinen Hals und er sah Tenhagens Gesicht in aller Schärfe vor sich. Grell schoss ein Blitz über den Himmel direkt hinter dem Kollegen.

»Verflixt nochmal, Sie sturer Bock!« Tenhagen presste seine Hand fest auf die pulsierende Wunde.

Krautter fühlte sich leicht, in seinem Kopf war nur Watte. Oliver rannte auf sie zu und riss den Verbandskasten auf. Schnell hatten sie einen Druckverband angelegt und Krautter fühlte sich sicher und todmüde. Er sah Oliver an, der ihn jetzt im Arm hielt, pausenlos »Der Arzt ist gleich da« wiederholte und Tenhagen, der in sein Handy brüllte.

»Ihr habt sie? Gut, sehr gut! Gut gemacht!«

57

Den restlichen Nachmittag und Abend verbrachte Viktoria auf dem Besucherstuhl vor Tenhagens Schreibtisch. Sie hatten die Formalitäten erledigt und jetzt blickte sie stumm auf das Gerät, das ihre Aussage aufzeichnen sollte.

»Frau Dr. Nothelfer, Ihr Schweigen hilft weder Ihnen noch mir. Sie kennen Ihre Rechte, hab sie Ihnen ja vorhin vorgelesen. Sie sollten auf jeden Fall einen Anwalt einschalten. Aber wir beide müssen nicht auf ihn warten. Denn ein Geständnis können Sie auch ohne ihn und gleich ablegen.«

»Was wollen Sie denn noch wissen?«, fauchte sie ihn an. »Warum ich diese Schweine getötet habe oder wie oder wann oder wo? Das sind doch die berühmten W-Fragen, nicht wahr?« Ihr nervöses Lachen hing im Raum. »Ja, so ist es, ich habe Sailer und Raichle und Hertkorn umgebracht. Und ich wollte auch diesen Bankier umbringen.« Ihre Hände schlossen sich um den Kaffeebecher. »Es geht um Sina, meine Kusine. Sie war wie meine kleine Schwester. Wir wollten nach ihrem Abitur nach München ziehen. Zusammen eine Wohnung mieten. Oliver studierte ja auch dort und wir hätten so etwas wie eine Familie sein können. Sie war so voller Vorfreude, voller Leben, und sie wollte es einfach nur leben. Aber das haben die nicht zugelassen. Die haben sie zerstört. Sie haben auch mein Leben zerstört!« Jetzt glühten ihre Wangen, der Blick war glasig. »Das Einzige, was mir blieb, war Roland, aber auch ihn haben sie zerstört. Er wird nie ein richtiges Leben führen können, allein, ohne Hilfe, wird keine Familie haben.« Plötzlich kicherte sie, leise, silbrig. »Und sie alle glaubten, es ginge um dieses bescheuerte Hotelprojekt, keiner dachte an damals. Erst als sie mir dann gegenüberstanden, dämmerte es ihnen … ich hab ihnen die Zeit gelassen, es zu begreifen, bevor ich es beendet habe. Das war ich ihr schuldig!«

58

Max Krautter hatte sich beharrlich geweigert, im Krankenhaus zu bleiben. Der behandelnde Arzt hatte ihn nur unter der Auflage absoluter Bettruhe nach Hause entlassen. Oliver sicherte ihm das zu und verfrachtete Max aufs Sofa.

»Weißt du, ich wusste ja, dass sie eine sehr enge Beziehung zueinander hatten, aber mir wäre im Traum nie eingefallen, dass ausgerechnet Viktoria so etwas tun würde. Sie war damals sehr gefasst, na ja, zumindest wirkte sie so, und hat sich rührend um Roland gekümmert. Er hat immer gesagt, wenn sie nicht gewesen wäre, hätte er das Ganze damals nicht überlebt. Wie konnte sie diese Rachepläne nur so lange vor allen geheim halten?«

»Vielleicht hat sie das ja gar nicht.« Krautter stopfte sich noch ein Kissen in den Rücken. »Vielleicht hat das alles in ihr gegärt oder ist erst explodiert, als sie den Bericht in der Zeitung gelesen hat. Diese vier strahlenden, quicklebendigen Männer, die ihr Leben und ihre Erfolge genossen und allen anderen ins Gesicht lachten. Ich könnte mir vorstellen, dass das eine Art Auslöser war. Und sie spürte, was das mit Roland machte. Da kamen vielleicht Hass, Zorn, Schutzinstinkt zusammen und das Ergebnis ist Rache.« Er fasste sich an den Hals, das Sprechen fiel ihm schwer.

Oliver sah nachdenklich aus dem Fenster, draußen tobte das Gewitter seit einer Stunde mit Urgewalt. Der Wind heulte und brüllte um das Haus, Regen klatschte gegen die Scheiben. »Meinst du, sie ist unzurechnungsfähig?«

Krautter schüttelte den Kopf. »Sie werden vielleicht probieren, damit durchzukommen, aber ich glaube, diese eiskalte Planung wird kein Richter außer Acht lassen können.«

Sie schwiegen. Jeder suchte die Spur seiner eigenen Gedanken – Oliver seufzte schließlich und meinte: »Es kommt nichts Gutes dabei raus.«

»Wobei?«

»Wenn man zu lange an etwas festhält. An Gefühlen. Weißt du … oh ja, du weißt das, ich hab die letzten zwanzig Jahre an meinem Hass, meiner Wut und meinem Schmerz festgehalten und es ist nichts Gutes dabei rausgekommen. Im Gegenteil, Lebensfreude ging gleich Null und ich weiß echt nicht mehr, wann ich zum letzten Mal wirklich herzlich lachen konnte. Und das Schlimmste ist, Sina hätte nie im Leben gewollt, dass ich so lebe!«

Max sah die Augen seines Freundes schimmern. »Oliver, jetzt kannst du sie loslassen. Jetzt habt ihr beide euern Frieden.«

Oliver stand auf, nickte, fuhr sich über die Augen und öffnete das Fenster. »Ein Glück …«, er lächelte, »… dass das Gewitter heute kommt und nicht morgen beim Rutenfest-Auftakt.«

6. Tag
– Freitag –
Rutenfest

59

Der Freitagmorgen war klar und sonnig – wie ein frisch gebügeltes Hemd strahlte er über der Stadt, als wüsste er, dass er seinen Teil zum Rutenfest beitragen müsste. Selbst der Anflug von Herbst war vor dem Rutenfest noch einmal gewichen. Max hielt es trotz aller Versuche von Oliver nicht mehr zu Hause; er stand um acht Uhr im Büro und wartete bereits, als Ulla ankam. Er musste etwas Wichtiges erledigen – und er musste das selbst tun.

Sie war überrascht, ihn zu sehen; natürlich hatte sie von dem Kampf und der Verletzung gehört.

»Max!« Sie ging auf ihn zu. »Solltest du nicht im Bett sein?« Sie begutachtete kritisch seinen Hals mit dem dicken Druckverband und schüttelte missbilligend den Kopf. »Ich halt das für keine gute Idee …«

»Es war auch keine gute Idee von dir, Ulla.« Er setzte sich vor ihren Schreibtisch und schob ihr eine Tasse mit frischem Kaffee rüber.

»Was meinst du?« Fragend sah sie ihn an und holte die Zuckerschale.

»Ulla.« Was er jetzt sagen musste, fiel ihm sehr schwer. »Brauchtest du so dringend Geld? Warum hast du mich nicht gefragt?«

Sie sah zu, wie der Würfel Zucker sich auf ihrem Löffel mehr und mehr auflöste, zerfiel, schließlich als einzelne Körnchen auf dem Boden des Löffels lag.

»Du weißt es?« Ihre Stimme zitterte. »Woher?«

»Na, so schwer war das nicht. Es gab nur drei Personen, die wussten, von wem der Abdruck auf dem anonymen Brief stammte. Und am nächsten Tag lese ich den Namen in der Zeitung. Und eins und eins zusammenzählen kann ich nun wirklich. Ich wäre bloß nie auf dich gekommen. Wir kennen uns seit über zehn Jahren.«

Sie richtete sich auf. »Wir kennen uns, ha, oh ja, wir kennen uns. Du weißt vielleicht grad noch, was für 'ne Haarfarbe ich hab oder wie ich mit Nachnamen heiße. Aber des war's denn au scho!!« Sie verfiel ins Schwäbische. »Nix woisch du, gar nix. Mei Vater isch im Pflegeheim, Kosten: 3000 pro Monat, mei Ma isch fort und mei Junger isch arbeitslos, weil er trinkt. Mir hend nix meh, koi Geld meh, und koi Bank will uns meh was gebe. Und Freunde, ja, die verabschiedet sich ganz schnell, wenn's ums Geld got. Und du? Selbscht wenn du was gmerkt hettsch, selbscht wenn ...«, ihr Ton wurde bitter, hart, »... so viel Geld hettsch du gar it ghett. Und a Lösung au it.«

Max Krautter stand auf und holte aus seinem Büro eine Flasche Cognac. Er kippte einen Schuss der goldbraunen Flüssigkeit in ihre und in seine Tasse und forderte sie auf zu trinken. »Du hast Recht, ich weiß wirklich nicht viel von dir und das tut mir echt leid. Aber ich habe leider keine andere Wahl, ich muss das melden. Unter Umständen geht es um Beihilfe zum Mord.«

Sie erstarrte bis ins Innerste und er sah ihren flehenden Blick. »Beihilfe?! Um alles in der Welt, ich hatte keine Ahnung, was Viktoria vorhatte! Und Max, dann verlier ich die Stelle hier und dann ...«

»Langsam, jetzt warten wir erst mal ab. Ich werde mich für dich einsetzen. Und wenn alles schiefgehen sollte, dann werden wir was anderes finden. Dabei kann ich dir helfen.« Er räusperte sich, um den Kloß loszuwerden. »Ich bin in so was nicht so gut, aber ... ich mag dich sehr und wenn du mich dir helfen lässt ...«

Sie schraken beide zusammen, als Alex an die Glastür klopfte.

»Guten Morgen, Chef! Wieso sind Sie denn hier im Büro und nicht zu Hause? Trauen Sie uns denn nicht zu, dass wir den Fall hier allein zu Ende bringen?«

»Ah wa, und wo wir schon bei dem sind, was jetzt sein muss …« Krautter ignorierte Tenhagens fragenden Blick. »Nachdem Sie mir gestern das Leben gerettet haben, doch, isch schon so …« Er drückte ihm ebenfalls eine Tasse Kaffee in die Hand. »Also, Alex, ich heiße Max – aber glaub bloß nicht, dass du jetzt einen Kuss von mir kriegst!«

Zehn Minuten später war Ulla bei Dr. Mühlberg und berichtete ihm ausführlich über ihre Kontakte zu Viktoria Nothelfer und ihre Gründe, die sie dazu bewogen hatten, interne Informationen an sie weiterzugeben. Sinas Vater war Ullas Jugendfreund gewesen und der Kontakt zur Familie war über die Jahre nie abgerissen. Allerdings, versicherte sie glaubwürdig, hatte sie keine Ahnung, wozu Viktoria diese Informationen benutzte. Außerdem bekannte sie sich dazu, der Presse die Hinweise weitergegeben zu haben – die 5000 Euro würde sie selbstverständlich zurückgeben.

Bemüht sachlich setzte Krautter Tenhagen in seinem Büro über Ullas Aktivitäten in Kenntnis; der Jüngere war fassungslos und erhob keinen Widerspruch, als Krautter ihm ebenfalls Cognac in den Kaffee kippte.

»So, jetzt verrat mir aber bitte mal, was mich seit gestern beschäftigt, und ich find keine Antwort drauf: Wie um alles in der Welt hast du mich gestern aufm Friedhof gefunden?!«

Tenhagen grinste breit: »Hin und wieder ist es doch gut, wenn man ein funktionierendes Handy hat. Dr. Eishold hat sich erinnert, dass du mich mit seinem Handy angerufen hattest und hat einfach die Wahlwiederholung gedrückt! So einfach kann das sein, gelle!«

Krautter schaute ihn über seine Brille hinweg an: »Ja, schon gut, ich werd es auch noch irgendwann lernen.« Er deutete auf die Mappe, die Tenhagen vor sich liegen hatte. »Ist das ihr Geständnis?«

Tenhagen nickte und reichte sie ihm. »Ja, sie hat alles gestanden, und die Tatwaffe, ein Skalpell, haben wir im Haus ihres Onkels sichergestellt. Die Kollegen in Lindau sichern die Beweise in ihrer Wohnung, das reicht für eine wasserdichte Anklage aus.«

»Hat sie gesagt, warum sie mit Sailer angefangen hat?« Krautter blätterte langsam die einzelnen Seiten um.

»Selbst als sie von Ulla die Information über Uwe Fischers Abschiedsbrief bekam, konnte sie sich nicht sicher sein, wer Sinas Mörder wirklich ist. Deshalb hat sie einfach mit Sailer angefangen; der war wohl am einfachsten zu ködern. Und dank eines weiteren Hinweises schlich sie sich dann zu Hertkorn ins Krankenhaus.« Dabei blickte er stumm zu Ullas Büro rüber.

Krautter stand auf und schüttelte den Kopf: »Weißt du was, Alex, mir reicht's für heute. Ich geh heim … Sehen wir uns heute Abend beim Rutenfest? Ich würd dich gern auf ein oder zwei Bier einladen, damit du mal was Richtiges zu trinken bekommst! Und dich ein bisschen ins Rutenfest einführen, 's wird Zeit!«

Die Zeit schien still zu stehen und die ganze Stadt hielt den Atem an. Freitagnachmittag, 16.59 Uhr … jeden Moment mussten die Böllerschüsse krachen, die die Insignienübergabe an das Trommlerkorps und damit den offiziellen Beginn des Rutenfestes weit über das Schussental hinaus verkündeten.

Oliver stand neben Simone auf der Aussichtsplattform der Veitsburg, die wahrscheinlich nun auch die nächsten Jahre noch in ihrer alten Form erhalten bleiben würde. Er stand so dicht neben ihr, dass er ihr Haar riechen konnte. *Kokos,* dachte er und lächelte. Simone war wie gebannt, bisher hatte sie diesen Moment nie wahrgenommen und schon gar nicht bewusst erlebt. Sie trat aufgeregt von einem Fuß auf den anderen und auch Olivers Puls ging schneller; das überraschte ihn am meisten. Er sah immer wieder auf seine Uhr, die Unruhe wurde stärker, er sah hinunter auf die Stadt, die zu ihren Füßen lag.

Es war seine Stadt, sie hatte ihn geprägt – positiv wie negativ. Und er würde immer an ihr hängen, das war ihm jetzt so klar wie nie zuvor. Und er würde sie immer auch auf seine Art lieben ... diese manchmal spießige, enge, spröde Schöne, die ihre Kinder aber immer liebt und niemals loslässt. Hier waren seine Wurzeln, das akzeptierte er jetzt, und er konnte immer zu ihr zurückkommen.

Drei Böllerschüsse krachten in den Sommernachmittag – das Rutenfest hatte begonnen.

Danke ...

... meiner Familie: für eure sehr, sehr große Geduld mit mir.

... Harald & Yvonne: für viele wichtige Infos.

... Stefan Marschall: für ein hervorragendes Lektorat auf »einer Welle«.

... dem Verlag: für die kompetente, geduldige und sehr gute Betreuung.

Fehler: Falls der geneigte Leser solche findet, bitte mir ankreiden. Natürlich sind diese absichtlich drin!

Und last but not least: Diese Geschichte ist frei erfunden, ebenso die Personen. Ähnlichkeiten mit lebenden Personen sind nicht beabsichtigt.

Und beim Entdecken der realen oder erfundenen Schauplätze wünsche ich viel Spaß!